2018 年度浙江省哲学社会科学基金后期资助课题
项目编号：18HQZZ28（专著定稿）

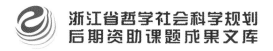
浙江省哲学社会科学规划
后期资助课题成果文库

明代戏剧唱词常用颜色词研究

吴 剑 著

中国社会科学出版社

图书在版编目（CIP）数据

明代戏剧唱词常用颜色词研究／吴剑著 . —北京：中国社会科学出版社，
2020.9

（浙江省哲学社会科学规划后期资助课题成果文库）

ISBN 978-7-5203-7257-2

Ⅰ.①明… Ⅱ.①吴… Ⅲ.①古代戏曲—唱词—戏剧研究—中国—明代
Ⅳ.①I207.37

中国版本图书馆 CIP 数据核字（2020）第 179363 号

出 版 人	赵剑英
责任编辑	宫京蕾
特约编辑	李晓丽
责任校对	秦 婵
责任印制	李寡寡

出　　　版	中国社会科学出版社
社　　　址	北京鼓楼西大街甲 158 号
邮　　　编	100720
网　　　址	http：//www.csspw.cn
发 行 部	010-84083685
门 市 部	010-84029450
经　　　销	新华书店及其他书店

印刷装订	北京君升印刷有限公司
版　　　次	2020 年 9 月第 1 版
印　　　次	2020 年 9 月第 1 次印刷

开　　　本	710×1000　1/16
印　　　张	16.25
插　　　页	2
字　　　数	283 千字
定　　　价	89.00 元

目　　录

图表索引

绪　　论

一　选题缘起与研究意义

（一）选题缘起

颜色是一种自然现象，对颜色的感知是人的一种心理活动，然而对颜色的表达却是语言和文化的产物，目前颜色词研究已经成为普通词汇学的经典课题。汉语颜色词是使用汉语的人们用来表达色彩范畴的词汇集合。汉语颜色词的数量统计、构词形式、句法特征、搭配能力，乃至语义系统描写、语义演变规律分析、语用特色等都是汉语词汇研究不可或缺的内容，尤其是基于汉语古典韵文文学语言的颜色词研究，是探讨汉语颜色词特征、汉语形容词特征、汉语文学语言、中华文化的重要课题。目前学界对汉语古典韵文文学语言颜色词研究的深度还不够，尚有继续挖掘的空间。

之所以选择在汉语古典韵文中研究颜色词，主要有两点原因：

（1）韵文文体贯穿于整个汉语古代文学史始末，研究素材十分丰富，古典韵文所有文体文学成就都很高，代表了所处时代文学审美的最高水平，体现了所处时代的社会文化。

（2）汉语古典韵文文学语言是在自然语言基础上经过文学创作加工的语言，风格典雅、含蓄，通过系统研究汉语古典韵文文学语言中的颜色词来考察汉语颜色词的句法功能、语义系统和语用特色，更易于发现汉语颜色词的语义、语用特征。

明代是我国戏曲史上继元杂剧之后的第二个黄金时期。章培恒、骆玉明认为："明代后期的通俗形式的文学也取得了重大成就。长篇小说《金瓶梅》，短篇小说集'三言'和'二拍'，戏剧如汤显祖的《牡丹亭》等，都在各自领域中达到了新的历史高度。"① 人们一般总认为明末章回小说才是

---

① 章培恒、骆玉明：《中国文学史》（下卷），复旦大学出版社 1996 年版，第 212 页。

明代成就最高的文学样式，语言学界对《金瓶梅》《醒世姻缘传》及"三言""二拍"等小说文体中的语言进行了大量细致的研究，然而对明代传奇、杂剧的戏剧语言研究却相对较少。明代戏剧作为一种文学和艺术形式，虽然在明朝初期戏剧演出和创作还较元代冷寂，但明代中叶以后随着社会经济的发展，戏剧得到了全面复兴，金宁芬提到："明代戏曲演出之盛，曾经达到'举国若狂'的地步。"① 明代戏剧作者之众、作品之多，数倍于元代杂剧，而且明代还出现了具有世界影响力的大剧作家汤显祖，戏剧（特别是传奇）成为明代文学极具代表性的文学样式。作为一种通俗文学形式，戏剧唱词要让一般观众听懂，其趣味性、可懂性、形象性、本土化等艺术特色较为显著，它既保留了汉语古典韵文原有的文学创作特征，又极为贴近当时老百姓的社会生活，反映他们的审美情趣，非常适合作为研究明代汉语颜色词的语料来源。从一定意义上说，明代戏剧语言中的唱词是集合了诗、词、曲、赋的一种韵文综合形式，唱词中以上几种文学样式杂糅其间，有很强的语言艺术表现力。常用颜色词在明代戏剧唱词中使用频数极高、搭配能力极强、构词形式极为丰富、句法成分极为灵活，本书将对常用颜色词进行重点研究，对非常用颜色词进行选择性介绍。

汉语古典韵文文学语言颜色词系列研究试图从《诗经》、《楚辞》、汉赋、骈赋、唐诗、宋词、元曲、明代戏剧唱词、清代诗歌这些韵文文体中颜色词运用的描写、分析入手，先做好断代研究，再进一步做历时梳理，这是汉语古典韵文文学语言颜色词系统研究的基础工作，同时也是汉语颜色词汇发展史研究的基础工作。《明代戏剧唱词常用颜色词研究》是汉语古典韵文文学语言颜色词系列研究不可或缺的一环。

（二）研究意义

第一，有利于明代戏剧唱词颜色词的总体研究。

明代戏剧唱词是汉语古典韵文文学语言之一。研究古典韵文文学语言中的颜色词，明代戏剧唱词是不可或缺的一环，这是断代研究的必然要求。本书归纳概括了明代戏剧唱词中颜色词数量、词形、句法、搭配等总体情况，使从宏观上把握明代戏剧唱词颜色词使用特征成为可能。

第二，有利于汉语古典韵文文学语言颜色词的语义、语用发展规律研究。

---

① 金宁芬：《明代戏曲史》，社会科学文献出版社 2007 年版，第 1 页。

董佳认为：“颜色词在诗词中常常转喻具体的事物，且转喻的实物往往比较固定”，“事物本体并不出现在句子表层，而是用事物的颜色来转喻事物，同时用其他形容词来修饰或描述这个颜色词”。① 颜色词这种转喻现象在汉语古典韵文中很常见。本书也认为颜色词字面意义可以通过转喻、隐喻、社会文化赋予等机制发展出其他意义。汉语古典韵文的不同文体和颜色词使用之间存在一种相互选择、相互适应的关系，骈赋中颜色词使用特征不同于诗歌，诗歌中颜色词使用特征不同于戏曲，文体是造成颜色词语用差异的重要因素。明代戏剧唱词中 ABB 词形特别多，且多为对举使用，例如：

例 1【前腔】［丑］绿依依柳色轻柔，红拂拂荷香娇软。《玉簪记·下第》

例 2【山坡羊】［小生］白茫茫六花飞坠，乱纷纷如风飞絮，我虚飘飘浮踪似伊。《红拂记·破镜重符》

本书希望能够总结出明代戏剧唱词颜色词的语义、语用规律，从而进一步深化对汉语古典韵文文学语言颜色词的语义、语用发展规律的认识。

第三，有利于明代戏剧唱词的语言研究。

汉语古典韵文文学语言既有继承性的一面，又有创新性的一面。明代戏剧唱词在韵律、句法、篇章、语言上均与以往的古典韵文文体有别。

在韵律上，明代戏剧唱词有宫调运用上的严格要求，明代传奇“必须按宫调连套，曲牌有定次，不可倒置；各曲牌的句数、字数、句法、用韵以及声之平上去入，韵之清浊阴阳等等都有一定之格”，“明中叶以后，还出现了一些专门论述传奇格律的著作，如沈璟《南九宫十三调曲谱》、王骥德《曲律》等”。② 明代杂剧在宫调上的要求比明代传奇更为严格。

在句法上，为了适应城市下层人士理解和欣赏的需要，戏剧唱词在继承古典韵文句法灵活性的同时，更多地表现出句法的规范性和易懂性。

在篇章上，骈赋、唐诗、宋词、元曲等传统古典韵文文体注重抒情

---

① 董佳：《古典诗词中颜色词的语义特点》，《西安文理学院学报》（社会科学版）2012 年第 4 期。

② 金宁芬：《明代戏曲史》，社会科学文献出版社 2007 年版，第 22 页。

性，篇幅一般较短，而明代戏剧（尤其是明代传奇）唱词注重叙事性，篇幅一般比较长。

在语言上，因为戏剧唱词是要让普通大众听懂的，所以必然要求语言质朴、本色、通俗，这样才能引起受众的共鸣，才能有艺术表现力。汉语古典韵文的创作体例和行文风格在明代戏剧唱词中有了很大的突破。

第四，有利于了解明代社会和文化。

明清传奇是明清两代戏曲的重要形式，可比肩于唐诗、宋词、元杂剧，是我国宝贵的文学遗产。戚世隽也指出："明代的杂剧创作，虽不再成为占据舞台主导地位的戏曲样式，却以其与元代截然不同的风貌，显示了它自身的价值和意义。"① 明代戏剧（特别是传奇）作为一种古典韵文文学样式，有着宽广的故事容纳能力，它一般有30—50出，由生、旦、净、末、丑、外等角色扮演十几个乃至几十个戏剧人物，这样的艺术容量足以包容相当丰富、繁杂的社会生活。市民社会在明代的产生、发展、繁荣引起了市民通俗文学（如戏剧）的勃兴，市民通俗文学成为明代文学主流之后又进一步增强了汉语词汇的表现力。明代戏剧作品就是明代社会生活的写照，研究明代戏剧词汇有助于了解当时的时代特征，有助于了解明代文人的复杂心态，有助于了解中华民族的文化习俗和伦理道德观念。要想研究好明代戏剧，戏剧语言的研究要先行。戏剧唱词中有着丰富含义的颜色词是体现戏剧语言特点和承载戏剧文化内涵的极佳材料。潘晨婧从汉赋中表现出的礼仪文化色彩审美、服饰文化审美、酒宴文化审美三个角度阐发了"汉赋不再是为汉王室歌功颂德的工具，而是具有了平民化、趣味化的时代特征"② 的观点，这种研究角度值得借鉴，即我们也可以明代戏剧唱词颜色词为视角去了解明代社会和文化。

总之，本书以常用颜色词为切入点，对宏观上把握明代戏剧唱词颜色词使用情况、深化对汉语古典韵文文学语言颜色词的语义、语用规律认识、总结明代戏剧唱词语言特征及其所反映出的明代社会文化都是很有意义的。

二　研究现状与研究设想

（一）研究现状

自20世纪40年代以来，世界各地的学者纷纷对本民族的颜色词进行

---

① 戚世隽：《明代杂剧研究》，广东高等教育出版社2011年版，第1页。

② 潘晨婧：《汉赋色彩审美的平民化特质》，《江西社会科学》2012年第9期。

了深入而又细致的描写与分析。显然，颜色词已经成为一个经典的语言学研究课题。国内研究汉语和少数民族语的学者也对我国境内语言的颜色词做了大量细致的研究，相关研究报告和论文不断地见诸期刊，硕博士论文也在逐年递增。这一方面说明该研究课题有意义，另一方面也增加了后继者创新的难度。本书希望在前辈和时贤的研究基础上，进一步推进汉语古典韵文文学语言颜色词研究的广度与深度，争取有所创新。

1. 颜色词的研究方法论

通过系统考察国内外颜色词研究的文献资料，可以总结出颜色词研究的"七法两线"："七法"指传统小学研究法、普通语言学研究法、认知语言学研究法、文化语言学研究法、比较语言学研究法、心理实验研究法、语用学研究法七种研究颜色词的方法，"两线"指以基本颜色词为核心的颜色词词汇系统研究与语义系统研究这两条主线。下面我们以七种研究方法为纲对相关颜色词研究文献展开述评。

第一，传统小学研究法。传统小学（即文字、音韵、训诂之学）研究法的研究思路，主要是去考证颜色词的起源，系联颜色词词群，考察颜色词的本义、引申义等。胡朴安从文字学上去考证古代辨色的本能与染色的技术，他从《说文解字》（以下简称《说文》）"色"字的考证谈起，"色之发见，即在于自己本身"，他不赞同段玉裁依照汉代阴阳五行家的说法对赤、青、白、黑、黄的字义解释，而依照古人的生活经验认为"白色之发见在于人之本身，当为最先；赤色之发见在于猎兽；黄色之发见在于耕土；黑色之发见在于火化。"[1] 张清常论颜色造字："'白'借'日'光，'赤'借'火'光，'黑'是'火'熏烟囱，'朱'借赤心'木'，'丹'为巴越之赤石。'青'可能与矿石有关。丝绸染色，造了大批形声字如'红'、'绿'、'紫'、'绛'等。"[2] 张永言归纳出了上古汉语"黑"义词97例，"白"义词85例，"赤"义词65例，"黄"义词29例，"青"义词25例，他还指出汉语和侗台语有亲属关系。[3] 徐朝华系联了上古汉语表统称类、红色类、黄色类、青色类、白色类、黑色类以及不能归入以上

---

① 胡朴安：《从文字学上考见古代辨色本能与染色技术》，《学林》1941年第3期。

② 张清常：《汉语的颜色词（大纲）》，《语言教学与研究》1991年第3期。

③ 张永言：《论上古汉语的"五色之名"兼及汉语和台语的关系》，载《语文学论集》，语文出版社1992年版，第100—135页。

各类的其他类颜色词，并论证了上古新出现颜色词的两个主要来源与上古复音颜色词的七种构造方式。①

第二，普通语言学研究法。普通语言学研究法主要借鉴国外描写语言学的理论，如词汇发生顺序理论，词汇场理论和义素分析法，语义的聚合分析（paradigmatic analysis）和组合分析（syntagmatic analysis）方法等来研究颜色词。柏林和凯（Berlin & Kay）在调查了近一百多种语言的基础上，提出人类语言具有 11 个基本颜色范畴，并且遵循 6 个阶段的普遍蕴含关系：白/黑<红<绿/黄<蓝<褐<紫/桃红/橙/灰（符号<表示一种蕴含关系，符号/表示一种选择关系）。② 凯和麦克丹尼尔（Paul Kay and Chad K. McDaniel）对柏林和凯的理论进行了修正，他们运用模糊集理论和视觉神经学说，确立了新的基本颜色范畴系统，即人类语言的基本颜色范畴大致可分为三类：（1）主要范畴，即黑、白、红、黄、绿、蓝，它们是其余两类范畴的基础；（2）综合范畴，即暗冷色（黑、绿或蓝）、亮暖色（白、红或黄）、暖色（红或黄）、冷色（绿或蓝）；（3）派生范畴，褐（Brown）等于黄+黑，桃红（Pink）等于红+白，紫（Purple）等于红+蓝，灰（Grey）等于黑、蓝或褐+白色。③ 国内学者刘钧杰、姚小平、刘丹青、叶军、李红印、解海江、吴建设④等对古今汉语的基本颜色词及其发生顺序做了较为深入的研究。

第三，认知语言学研究法。韦日比茨卡（Wierzbicka）不同意用物理学上的"波长"，色彩学上"浓度""亮度"以及"基本的神经反应范

① 徐朝华：《上古汉语颜色词简论》，载南开大学中文系编《语言研究论丛》（第八辑），南开大学出版社 1999 年版，第 13—26 页。

② Berlin, B., & Kay, P. (1969). *Basic color terms*: *Their universality and evolution*. Berkeley: Univ. of California Press.

③ Kay, P., & McDaniel, C. K. (1978). The Linguistic Significance of the Meanings of Basic Color Terms. *Language*, 54 (3), 610–646.

④ 刘钧杰：《颜色词的构成》，《语言教学与研究》1985 年第 2 期。姚小平：《基本颜色调理论述评——兼论汉语基本颜色词的演变史》，《外语教学与研究》1988 年第 2 期。刘丹青：《现代汉语基本颜色词的数量及序列》，《南京师大学报》（社会科学版）1990 年第 3 期。叶军：《浅论现代汉语基本色彩词》，《内蒙古大学学报》（人文社会科学版）2000 年第 3 期。李红印：《汉语色彩范畴的表达方式》，《语言教学与研究》2004 年第 6 期。解海江：《汉语基本颜色词普方古比较研究》，《语言研究》2008 年第 3 期。吴建设：《汉语基本颜色词的进化阶段与颜色范畴》，《古汉语研究》2012 年第 1 期。

畴"等方法来研究颜色词的意义,她指出应该区分语言意义(meaning)与科学知识(scientific knowledge),主张从认知语言学出发重新组织基本颜色词的词义构成成分,并对基本颜色词的发展阶段做了重新构拟。① 用认知语言学中的原型范畴理论,转喻、隐喻理论来研究汉语颜色词意义的产生和发展是进入 21 世纪以来的学术潮流。

第四,文化语言学研究法。文化语言学研究法是从人类的生活经验、社会经验、审美情趣等角度来审视各民族语言颜色词的研究方法。于逢春认为颜色词的人文性是理解颜色词理性意义,把握颜色词联想意义,探索颜色词产生、发展规律的基础。他指出汉语颜色词借物呈色的造词方法,汉语颜色词在冷色/暖色、有彩色/无彩色、基本颜色词/非基本颜色词的对称同构,以及反映在文学艺术作品中的颜色审美观念都是汉语颜色词人文性的体现。② 谷晓恒、李春玲、杨金良、张宁、潘晨婧③等也对颜色词的文化内涵做过阐释。

第五,比较语言学研究法。比较语言学研究法,是对中华民族共同语(现代汉语普通话)与方言、国内少数民族语、外国语中的颜色词进行对比分析的研究方法。在方言这座宝库里,颜色词资源远比现代汉语普通话丰富,对方言颜色词的研究在一定程度上可以深化对汉语颜色词构词方式和文化内涵的认识。谢耀基认为香港的颜色词语虽然带有比较浓厚的外来和地方色彩,有独特的社区性,但还是主要体现了汉民族的传统文化,在变异中不离继承。④ 少数民族语言学界对西夏语、满语、哈萨克语、维吾尔语、鄂温克语、壮语、拉祜语、朝鲜语、莫语、纳西语、怒苏语、哥隆

---

① Wierzbicka, A. (1990). The meaning of color terms: semantics, culture, and cognition. *Cognitive Linguistics*, 1 (1), 99–150.

② 于逢春:《论汉语颜色词的人文性特征》,《东北师大学报》(哲学社会科学版) 1999 年第 2 期。

③ 谷晓恒:《从唐宋词使用的颜色词看唐宋审美文化的内涵》,《青海民族学院学报》2001 年第 2 期。李春玲:《汉语中红色词族的文化蕴含及其成因》,《汉字文化》2003 年第 2 期。李春玲:《汉语中黑系词族的文化蕴涵及其成因》,《汉字文化》2005 第 1 期。杨金良:《基本颜色词价值取向的跨文化研究》,《宁波大学学报》(人文科学版) 2004 年第 1 期。张宁:《颜色词的文化蕴涵探析》,《唐都学刊》2006 年第 1 期。潘晨婧:《汉赋色彩审美的平民化特质》,《江西社会科学》2012 年第 9 期。

④ 谢耀基:《香港话语的颜色词》,《方言》2000 年第 3 期。

语等国内少数民族语中颜色词的研究①，取得了很大的成就。汉语与英语、法语、俄语、日语、韩语、泰语的颜色词比较研究也如火如荼②。比较语言学研究法主张由外而内地观察自身，在对比的视角下发现自身的独特性。

第六，心理实验研究法。用心理实验方法研究颜色词是心理学界常用的方法，研究范围涉及颜色词的概念结构、分类、习得等领域。刘皓明、张积家、刘丽虹认为："语言关联性假设主张语言任意切分世界，颜色的物理特性是非常客观地反映在连续的光谱上的，不同语言有不同的颜色分类就是语言任意切分光谱的结果。"这与颜色词普遍进化理论是背道而驰的。他们提出了五点研究思路："（1）颜色词及联想意义；（2）颜色词与民族心理；（3）复合颜色词的加工及其认知的影响；（4）通感；（5）颜色词的概念组织。"③张积家和林新英运用自然分类和多维标度法，对279名大学生进行了11种基本颜色词的分类研究。④陈曦、张积家、舒华针对词义不透明词中词素与整词的关系，利用语义启动和色词干扰的实验范式，对颜色词素在词义不透明双字词中的语义激活进行了研究，"由于颜色词素的加工既涉及语义系统，也涉及知觉系统，所以虽然在多词素词中

---

① 聂鸿音：《试析西夏语表"五色"的词》，《民族语文》1991年第3期。吴宝柱：《论满语颜色词》，《满语研究》1992年第2期。杨洪建：《哈萨克颜色词的量性特征及用法》，《新疆大学学报》（社会科学版）2005年第3期。阿不力米提·优努斯、庄淑萍：《维吾尔语颜色词的文化含义》，《语言与翻译》2006年第4期。朝格查：《论鄂温克民间故事中的颜色词"红"与"黄"》，《民族文学研究》2006年第2期。蓝庆元：《壮语方言颜色词考源》，《民族语文》2007年第5期。张伟：《拉祜语颜色词的文化内涵》，《云南师范大学学报》（哲学社会科学版）2007年第5期。玄贞姬：《汉朝颜色词群造词类型对比》，《延边大学学报》（社会科学版）2007年第2期。王宇枫：《语言接触中的莫语颜色词》，《民族语文》2008年第2期。张积家、刘丽红、陈曦、和秀梅：《纳西语颜色认知关系研究》，《民族语文》2008年第2期。陈海宏、谭丽亚：《怒苏语颜色词的构成及其文化内涵》，《四川民族学院学报》2011年第4期。符昌忠：《哥隆语颜色词系统的重构及其人文背景》，《语言研究》2013年第1期。

② 目前汉语与英语的颜色词比较研究较为深入。详见廖正刚《英汉基本颜色词跨范畴现象对比研究》，博士学位论文，东北师范大学，2011年。

③ 刘皓明、张积家、刘丽虹：《颜色词与颜色认知的关系》，《心理科学进展》2005年第1期。

④ 张积家、林新英：《大学生颜色词分类的研究》，《心理科学》2005年第1期。

处于附加词素的地位，也具有加工上的优势"。①

第七，语用学研究法。语用学研究法指颜色词的运用研究，内容包括传统意义上的修辞研究、辞书释义、翻译等。金福年的博士论文《现代汉语颜色词运用研究》对现代汉语中颜色词的修辞现象做了比较系统的研究。② 辞书中颜色词的收词与释义问题是一个非常有意义的课题，叶军和李红印对颜色词在词典编纂中的收词立目、释义模式以及词性标注等方面都做出了富有启发性的论述。③ 杜予景和马彦超对颜色词的翻译做了初步研究。④

综上所述，我们关于颜色词研究方法的评述如下：第一，以上七种方法在汉语颜色词研究中都各有所长，比如传统小学研究法在系联颜色词词群、普通语言学研究法在构拟基本颜色词及其发生顺序、认知语言学研究法在解释颜色词的词义引申机制上都有独到之处，而且现在各种研究方法出现了相互交织运用的情况，赵晓驰⑤的博士论文就是例证。第二，基本颜色词及其发展顺序的研究目前取得的成就最大，但对颜色词的研究不能局限于此，颜色词的语义系统才是需要重点关注的内容，今后的研究要从意义出发。第三，对汉语颜色词的研究，要重视研究材料的选择，通过研究汉语古典韵文文学语言的颜色词使用来考察汉语颜色词的语义系统、句法功能和语用特色，更易于发现汉语颜色词的词汇语义特点和韵文创作者选用颜色词的语用效应。

汉语颜色词研究不能总是局限于基本颜色词的探讨，以及从物理—色彩等角度去研究颜色的物理属性。要真正深入研究颜色词的语义系统，才能打开新的局面。

2. 汉语古典韵文文学语言颜色词系列研究

汉语古典韵文文学语言颜色词研究是汉语颜色词研究的重要组成部

---

① 陈曦、张积家、舒华：《颜色词素在词义不透明双字词中的语义激活》，《心理科学》2006 年第 6 期。

② 金福年：《现代汉语颜色词运用研究》，博士学位论文，复旦大学，2003 年。

③ 叶军：《谈色彩词词典的收词和释义》，《辞书研究》2003 年第 3 期。李红印：《颜色词的收词、释义和词性标注》，《语言文字应用》2003 年第 2 期。

④ 杜予景：《中国古典诗作颜色词翻译初探》，《绍兴文理学院学报》（哲学社会科学版）2004 年第 4 期。马彦超：《颜色词"红"的内涵及其翻译》，《山西大同大学学报》（社会科学版）2008 年第 6 期。

⑤ 赵晓驰：《隋前汉语颜色词研究》，博士学位论文，苏州大学，2010 年。

分，是汉语韵文颜色词演变发展史研究的有机组成部分。汉语古典韵文文学语言颜色词系列研究已经完成的硕士、博士学位论文有程江霞的《李贺诗歌颜色词（语素）研究》、孙钰的《苏轼词的颜色词研究》、夏秀文的《李白诗歌颜色词研究》、董佳的《宋词基本颜色词研究》、潘晨婧的《汉赋颜色词研究》、郑乔的《袁宏道诗歌颜色词研究》、汪琦的《元代散曲常用颜色词研究》、郝静芳的《魏晋南北朝骈赋颜色词研究》、程江霞的《唐诗颜色词研究》和杨福亮的《清代诗歌颜色词研究》。[①]

以上学位论文都以汉语古典韵文文学语言中的颜色词作为选题，都属于汉语词汇语义学的研究论文，但研究内容各有侧重，有的侧重于句法分析，有的侧重于语义系统描写，有的侧重于语用效应研究。但大家基本的共识是：（1）颜色词基本上可以分为语义颜色词和语用颜色词两大类；（2）语义颜色词有着丰富的非原型语义，其产生机制主要有转喻、隐喻等认知机制和社会文化赋予机制，语用颜色词的语义则比较简单；（3）颜色词的语用分析可以从题材、韵律、句法、构词、社会文化等角度展开；（4）含彩词语的分析可以从"不同颜色词+相同名词"与"相同颜色词+不同名词"两个角度着手，整体意义并非组成成分字面意义简单相加的含彩词语非常值得研究。与此同时，该系列研究也存在一些问题，比如：颜色词的句法分析遭遇困难，颜色词的语义值没有系统地进行探求，当时社会文化对颜色词使用影响的研究还不够深入，语义颜色词和语用颜色词的定义仍处于发展当中（并未统一）等。

（二）研究设想

界定研究术语和建设语料库是明代戏剧唱词常用颜色词研究的前提工作。

---

① 程江霞：《李贺诗歌颜色词（语素）研究》，硕士学位论文，北京师范大学，2008年。孙钰：《苏轼词的颜色词研究》，硕士学位论文，北京师范大学，2009年。夏秀文：《李白诗歌颜色词研究》，博士学位论文，北京师范大学，2010年。董佳：《宋词基本颜色词研究》，博士学位论文，北京师范大学，2010年。潘晨婧：《汉赋颜色词研究》，博士学位论文，北京师范大学，2011年。郑乔：《袁宏道诗歌颜色词研究》，硕士学位论文，北京师范大学，2012年。汪琦：《元代散曲常用颜色词研究》，博士学位论文，北京师范大学，2014年。郝静芳：《魏晋南北朝骈赋颜色词研究》，博士学位论文，北京师范大学，2015年。程江霞：《唐诗颜色词研究》，博士学位论文，北京师范大学，2015年。杨福亮：《清代诗歌颜色词研究》，博士学位论文，北京师范大学，2016年。

1. 术语界定

颜色词：单纯表示颜色的词与在特定情形下用为颜色的词之总和。

颜色词可分为语义颜色词和语用颜色词两大类。马燕华指出判别语义颜色词和语用颜色词三条操作性较强的标准：（1）语义原型标准①，语义颜色词的原型语义是颜色，语用颜色词的原型语义是事物；（2）非原型义标准，语义颜色词一般有着丰富的非原型义，语用颜色词一般没有非原型义；（3）形式标准，语义颜色词典型搭配形式为"语义颜色词+名词"（如红颜、青丝），语用颜色词典型搭配形式"语用颜色词+语义颜色词"（如金黄、银白等）。② 我们认为，这三个标准中（1）和（2）是辨别语义颜色词、语用颜色词的有效手段，（3）还有待在具体语料中进一步验证，因为在汉语古典韵文文学语言中"金黄""银白"这类用例的出现频数是极低的。

语义颜色词：单纯表示颜色的词，如"黑""白""红""绿""青"等。语义颜色词是典型的形容词，具备形容词的语法特征。

语用颜色词：在特定情形下用为颜色的词，如"霜""星""鹤""银"在形容人体鬓发的语境中常表现出"白色"义。相比起语义颜色词，语用颜色词有更具象的颜色表现力，因为语用颜色词能够直接唤起人们对特定名物颜色的联想。比如，"霜鬓"可以使人直接联想到老年人像霜一样斑白的头发。语用颜色词是典型的名词，具备名词的语法特征，一般情况下表现为事物，只在特定情形中表现为颜色。

---

① "语义原型（semantic prototypes）"是 Lyons 在其著作《语义学引论》中提出的概念，他在文中举"dog"为例，"dog"作为一个自然类表达式的指示意义（denotation）是模糊的（普通人对狗的认识与专家对狗的认识不太一样），可是操同一种语言的说话者似乎在大多数情况下都可以毫无困难地使用这一表达式，一种解释是人们极少在一个词的模糊和不确定意义上使用这个词。人们通常只操纵原型（prototypes）意义，同时他们也想用该意义去指称这个原型。"dog"的原型可能很像 *Longman Dictionnary of Comtemporary English*（1978）的定义"普通的四条腿的肉食动物，特别是很多种类可以被人类用来作为陪伴，或者狩猎、工作、护卫等等（Common four-legged flesh-eating animal, especially any of the many varieties used by man as a companion or hunting, working, guarding, etc.）"，而不是 *Collins Dictionary of the English Language*（1979）"驯养的犬科哺乳动物（domesticated caine mammal）"的定义，Longman 词典指出了"dog"的核心外延（nuclear extension 或 focal extension），也就是其原型。详见［英］John Lyons（莱昂斯）：《语义学引论》，外语教学与研究出版社 2000 年版，第 96—101 页。

② 马燕华：《论颜色词的分类及其特征》，中国语言学第 16 届年会论文（昆明），2012 年。

　　语用颜色词表颜色的用法若逐渐为人们所接受，而且在语法上也逐渐从典型的名词向典型的形容词转变，那么语用颜色词就会变为语义颜色词。诚如刘钧杰所言："如果从历史上考虑，现代的纯颜色词大部分是古代的物体颜色词变来的。"① 他指的"纯颜色词"等同于本书定义的语义颜色词，而"物体颜色词"等同于本书定义的语用颜色词。在某一历史时期，语义颜色词和语用颜色词之间存在着中间状态，即某些语用颜色词可能正处于转变为语义颜色词的过程中，一旦超越了这个中间状态，这些语用颜色词就真正转变为语义颜色词。

　　常用颜色词：在各颜色范畴中使用频数较高的颜色词。本书主要依据频数标准确定了白、黑、红、紫、绿、翠、黄、青这八个明代戏剧唱词常用颜色词。

　　原型颜色词：在各颜色范畴中使用频数最高、搭配范围最广、句法功能最强、语义最丰富的颜色词，具有该范畴颜色词最多特征。一个颜色范畴只能有一个原型颜色词。原型颜色词都是常用颜色词。

　　含彩词语：表颜色义的颜色词（语素）与不表颜色义的词（语素）组合而成的语言片段。叶军首次提出"含彩词语"这个术语："含彩词语是指具有某种色彩的事物，反映到语言中就是那些含有色彩词素却不表示色彩概念的词语。"她区分了含彩词语的两种情况：一是"色彩词素直接参与含彩词语的意义构成，揭示含彩词语所指事物的色彩特征"；二是"色彩词素间接参与含彩词语的意义构成，即其在含彩词语的意义构成中起比喻、象征或借代作用。"② 本书赞同叶军对含彩词语的定义，并认为含彩词语可分为保留颜色义的含彩词语与不保留颜色义的含彩词语两类。

　　原型语义："词语有原型的意义，是词语活用的基础"，"原型性可以被看作是词汇意义具有局部稳定性的基础，它代表了意义的习惯性或规则性的一面"。③《语言学名词》"原型语义学"词条："词义研究的一种方法。将词语的意义分为原型意义和非原型意义，前者为中心，后者形成向外辐射的网络系统。"④

---

① 刘钧杰：《颜色词的构成》，《语言教学与研究》1985 年第 2 期。

② 叶军：《含彩词语与色彩词》，《山东大学学报》（哲学社会科学版）1999 年第 3 期。

③ 束定芳：《认知语义学》，上海外语教育出版社 2008 年版，第 73 页。

④ 语言学名词审定委员会：《语言学名词》，商务印书馆 2011 年版，第 10 页。

非原型语义：以原型语义为基础，在隐喻、转喻、社会文化赋予等机制作用下发展出的语义。

语义系统：语言中由原型语义和非原型语义组合而成的，有一定层次关系的语义聚合体。

语义显著度：被编入人类心理词典中的语义所享有的认知优先程度。Giora（2002）认为："词汇、短语还是句子（例如普通的习语）的语义若要被认为是显著的（salient），它必须在心理词典中被编码，此外某些语义还因为具有常规性（Conventionality）、频繁性（Frequency）、熟悉性（Familiarity）或是典型性（Prototypicality）而享有更高的认知优先性。没有被编入心理词典的语义（例如即时发生的会话含义）就是不显著的。被编入心理词典但不是人们非常熟悉或者经常使用的意义就是较不显著的。"①

语义广义度：语义搭配种类和数量的丰富程度。王宁指出："词汇意义是脱离了语境的意义，是语言意义。""词汇意义具有社会性（注：广义性）。社会性是语言意义的本质属性。由于大家都用这个词，这个词便具有了广义性，是社会约定俗成的。正因为词义社会性造成了它的广义。""所谓词的广义，是从两个方面来说的，一方面，词的某一义项所能适用的物类和事类往往不止一种；另一方面，某一义项能适用的是这一物类和事类的全体，而不单指其中的一个。"② 根据王宁的定义，广义性主要与词在句子中的语义指向有关。

语义指向："语义指向是处在句子的同样句法位置上的具有同样语法性质的词语却可以同句子的不同句法成分发生语义联系的现象，是句法成分的语义关系同语法关系不对应的现象。"③ 本书所研究的语义指向主要侧重于颜色词所修饰名物的种类和数量，这些名物是颜色词解释说明的对象。例如：

---

① Giora，R.（2002）. Literal vs. figurative language：Different or equal? *Journal of Pragmatics*，34（4），487—506.

② 王宁：《汉语词汇语义学在训诂学基础上的构建》，超星学术视频，2011年。网址：http：//video. chaoxing. com/serie_ 400004196. shtml，2011-04-18。关于"词的广义"，还可参看王宁《论词的语言意义的特性》，《北京师范大学学报》（社会科学版）2011年第2期。

③ 王红旗：《论语义指向分析产生的原因》，《山东师大学报》（社会科学版）1997年第1期。

例 3【前腔】［末］空怜汉妃孤冢在，草色经寒犹自青。《香囊记·南归》

例 4【好姐姐】［旦］遍青山，题红了杜鹃。荼蘼外烟丝醉软。《还魂记·惊梦》

上面例子中下加波浪线的词语（本书称之为"被指成分"）是句中颜色词（下加着重号，本书称之为"指向成分"）的语义指向。例 3 "草色"是"青"的语义指向，即"青"说明的对象；例 4 "杜鹃"是"红"的语义指向，即"红"说明的对象。本书将根据语料中颜色词语义指向名物的种类和数量的丰富程度来确定其广义度。

2. 语料库建设

明代戏剧分为明传奇和明杂剧两大类。

明代传奇是在宋元南戏基础上吸收北曲杂剧的某些因素发展形成的，明人吕天成在其《曲品》中对杂剧、传奇在艺术上的区别做过一番界说："金元创名杂剧，国初演作传奇。杂剧北音，传奇南调。杂剧折惟四，唱止一人；传奇折数多，唱必匀派。杂剧但撼一事颠末，其境促；传奇备述一人始终，其味长。"① 明代传奇的前身宋元南戏并没有什么音乐规范，而明代传奇的作者逐渐将音乐规范化，"传奇创作由原来的'本无宫调'，转向'寻宫数调'，各种各样的曲子，按照它们在音乐上的内在联系，以一定的序列连缀成套，被纳入到一定的宫调中。曲牌的格律也逐渐走向规范化，句法、句数、字数、平仄、用韵等，都有一定的格式"②。此外，明代传奇在表演体制、剧本文学方面都比宋元南戏有了较大变化和发展。

明代是"元以后杂剧发展史的重要发展阶段，明初宫廷杂剧一度占有戏曲的舞台优势，明中叶后产生的文人南杂剧亦非纯然案头之曲"，"明杂剧在戏曲史上起着承前其后、继往开来的作用"。③

明代戏剧选本很多，比较有名的选本是毛晋的《六十种曲》和沈泰的《盛明杂剧》，选本的刊印与流传使我国古代珍贵的戏剧遗产得以保

---

① （明）吕天成：《曲品校注》卷上，吴书荫校注，中华书局 2006 年版，第 1 页。
② 苏国荣：《〈明代传奇卷〉前言》，《艺术百家》2000 年第 3 期。
③ 徐子方：《略论明杂剧的历史价值》，《艺术百家》1999 年第 2 期。

存。《六十种曲》汇编了 60 部宋元南戏和明代传奇的重要作品①，《盛明杂剧》（初集、二集）汇编了明代杂剧 60 种。此外，现代人也编辑出版了《古代戏曲丛书》（上海古籍出版社）、《明清传奇选刊》（中华书局）、《中国戏曲经典》（山东教育出版社）、《冯惟敏全集》（齐鲁书社）等戏曲集子，这些都是研究明代戏剧唱词颜色词的重要语料来源。本书以明代戏曲史专家金宁芬在其专著《明代戏曲史》第一章第二节"明代戏曲的分期和流派"中认定的代表性戏剧作品为基础，并进行了适当扩充，最后确定选用明代传奇作品 31 部、明代杂剧作品 43 部作为语料来源。这 74 部戏剧作品反映了明代戏剧不同时期、不同派别、不同题材的基本面貌。

传奇选本有：《琵琶记》《香囊记》《金印记》《双忠记》《连环计》《三元记》《绣襦记》《双珠记》《宝剑记》《鸣凤记》《浣纱记》《玉玦记》《明珠记》《红拂记》《玉簪记》《红梅记》《焚香记》《琴心记》《红梨记》《还魂记》《紫钗记》《邯郸记》《南柯记》《义侠记》《燕子笺》《荆钗记》《精忠记》《白兔记》《杀狗记》《西楼记》和《娇红记》，共计 31 部，详见附录一。

杂剧选本有：《中山狼》《曲江春》《渔阳三弄》《翠乡梦》《雌木兰》《女状元》《僧尼共犯》《昭君出塞》《一文钱》《昆仑奴》《易水寒》《桃花人面》《虬髯翁》《高唐梦》《五湖游》《远山戏》《洛水悲》《霸亭秋》《鞭歌妓》《簪花髻》《北邙说法》《团花凤》《红线女》《花舫缘》《广陵月》《真傀儡》《男王后》《齐东绝倒》《香囊怨》《武陵春》《兰亭会》《写风情》《脱囊颖》《鱼儿佛》《双莺记》《不伏老》《红莲债》《络冰丝》《错转轮》《蕉鹿梦》《樱桃园》《逍遥游》和《相思谱》，共计 43 部，详见附录二。

以上语料总量约 294 万字，其中传奇语料约 260 万字，杂剧语料约 34 万字。从这 74 部明代戏剧唱词纸质文本中一共获得了颜色词语料 6323 条，其中语义颜色词 5533 条，语用颜色词 790 条。语料整理按以下三步进行：

第一步，从 74 部明代戏剧作品纸本中搜集颜色词语料，并按基本信息、句法描写、语义描写、语用描写四大类参数将其录入电脑，初步建成明代戏剧唱词颜色词语料库。

---

① 据金宁芬（2007）年考证，《六十种曲》中只《西厢记》一种为元人杂剧。

第二步，对照 74 部剧作的权威注本，逐一比对有关颜色词的释义。

第三步，后期多次进行科学分类和详细标注的工作，包括：（1）增加遗漏的语料，删除存疑的语料，修改不正确的标注；（2）根据认知语言学、词汇语义学相关理论对颜色词的语义系统、语用效应进行细致、深入、系统地描写；（3）补充语料的语境信息。最终建成一个比较成熟的明代戏剧唱词颜色词语料库。

需要说明的是，在语料库中我们不收录以下六种情况的颜色词词形：

第一，由于通假现象而产生的颜色词词形。如"黄天"（通"皇天"），"苍黄"（通"仓惶"），"蓝缕"（通"褴褛"）等。

第二，音译词中的颜色词词形。如"蓝若"是梵语"Aranya"的音译，"伽蓝"是梵语"Samghārama"的音译。

第三，成语中颜色义已经完全虚化了的颜色词词形。如"数黑论黄""数黑论白""抽黄数白"中"黑、黄、白"的颜色词语义已经完全虚化，现在整个成语本身只表示"背后乱加评论，肆意诽谤别人"的意义。又如，"飞黄腾达"中"飞黄"本是古代一种骏马的名称，现在也完全看不出"黄"的颜色义了。

第四，作为副词使用的颜色词词形。如"赤紧"的"赤"，"白赖、白忙、白占"的"白"，"素餐尸位、素知、素仰、素志"的"素"，它们的颜色义也已完全虚化。

第五，"风色、春色、秋色、天色、雨色、晨色、山色、水色"等不表示确切名物色彩的词与"愁色、厉色、行色、愧色、喜色、妒色"等表示抽象情感色彩的词。这两类词都不是颜色词。

第六，人名和地名中的颜色词词形。人名如"樊素、黄婆、黄公、黄香、龚黄、朱陈、红娘"，地名如"黄石、青城、乌江、赤壁"，这些名称的颜色理据已经模糊甚至完全丧失。需要特别指出，为了比较"蓝"的用典和纯粹充当颜色词这两种用法的使用情况，我们在语料中保留了"蓝田""蓝桥"两个地名。

三　研究内容与研究方法

（一）研究内容

1. 描写颜色词概况并确定各范畴原型颜色词

我们将描写明代戏剧唱词中颜色词的数量概况、词形概况、搭配概况、句法概况，从宏观上把握明代戏剧唱词中颜色词的使用情况。

按颜色属性将所有得到的颜色词划入若干范畴，并确定各范畴的原型颜色词。确定原型颜色词有四个标准：（1）使用频数最高；（2）搭配范围最广；（3）句法功能最强；（4）语义最丰富。比如，从汤显祖《还魂记》《紫钗记》《邯郸记》《南柯记》这四部戏剧作品的唱词中可以系联出红、朱、绛、赤、丹、殷、酡、绯、彤、赭、茜、血、檀、梅、鹤这组"红"范畴词群，依据上述四个标准可以确定"红"为这组词群的原型颜色词，并用它来命名该范畴。在实际研究中主要依据（1）和（2）确定原型颜色词。因此，原型颜色词一定是常用颜色词，而常用颜色词未必是原型颜色词。

2. 重点描写颜色词语义系统

颜色词的语义是自成系统的，该系统会在自身聚合中实现，并不依靠语法。颜色词的语义系统由一群相互依赖的义项聚合而成，本书对颜色词义项的归纳主要基于已经建成的明代戏剧唱词颜色词语料库。

本书将重点论述"白、黑、红、紫、绿、翠、黄、青"八个常用颜色词的语义系统，并用语义网络图形式展现出各义项在语义系统中的关联性。

3. 分析颜色词非原型语义产生机制

我们认为颜色词非原型语义的产生机制主要有转喻、隐喻和社会文化赋予三种机制。

转喻（Metonymy）是人类认知基本方式之一。人们常用某一事物易于理解或领悟的方面来表达该事物的整体，一个有名的例子是一位女招待对另一位女招待说："这火腿三明治刚才把啤酒撒溅了自己一身。"[①] 上述例子中"这火腿三明治"表示正在吃三明治的人。事物的典型颜色能用来转喻该具体事物，如颜色词"红"可以转喻花儿（尤其是红颜色的花），就是因为大自然中绝大多数花的颜色是红色的。

隐喻（Metaphor）也是人类认知基本方式之一。隐喻是借助一个经验域去理解另一个经验域。"我们曾被引导去设想'恋爱是旅行'、'争辩是

---

① ［美］乔治·莱科夫（Goerge Lakoff）：《女人、火与危险事物——范畴所揭示之心智的奥秘》（上），梁玉玲等译，台湾桂冠图书股份有限公司1994年版，第77页。

战争’、‘时间是金钱’等譬喻。”① 在语言使用中人们倾向于用经验中较清楚界定的、较具体的概念去理解较不具体的、比较模糊的概念（如恋爱、争辩、时间等）。有些颜色能唤起人们内心的某些感受，如"白"能让人产生空无一物的感觉，因而"白"就能隐喻指"空白"的意义。

社会文化赋予机制是基于语义民族性的考虑，张庆云指出："语言中的语义，特别是义项，最明显地反映出一种语言的民族个性。这种个性是受客体（含社会的自然环境、历史、文化、生活、劳动、风俗、习惯等）、主体和语言三个条件决定的。"② 汉语颜色词的语义也必然带有民族性的特征，颜色词"青"表"东方"义显然受到了中华民族阴阳五行思想的影响。

4. 分析颜色词语义显著度和广义度

颜色词语义显著度，指被编入人类心理词典中的颜色词语义所享有的认知优先程度。束定芳指出："词汇通常有多重意义，其中一些更容易接近，因为我们在大脑中给予了某些意义更多的认知优先处理。什么决定一个词的某一特定意义的优先权呢？""答案其实很简单，后一种意义在当前主流的使用中更显著。这说明两点：（1）显著程度根据的是我们先入为主的知识和经验，因此与熟悉程度有关；（2）显著程度是动态的，随着使用、社会、环境和说话者的变化而变化。""因为词汇是对其使用历史的编码，最熟悉和经常出现的意义在意义层级系统中当然会获得优先。但交际中，可能有这样的情况——说话者认为显著的意义听话者可能不认为显著。"③ 本书中颜色词的语义显著度可以通过颜色词各义项在语料中的使用频率得到量化，通常情况下原型语义就是显著度最高的意义。

颜色词语义广义度，指颜色词语义搭配种类和数量的丰富程度。王宁指出："任何言语的词，指向都是单一的，而语言的词是把全社会所有具有现实性的言语意义综合在一起而具有了广义性。所以，词的广义性更准确的说，应当是社会的词在它所适应的全部语境中指向的广泛性。"④ 本

---

① ［美］雷可夫（George Lakoff）、［美］詹森（Mark Johnson）：《我们赖以生存的譬喻》，周世箴译，联经出版事业股份有限公司 2006 年版，第 195—196 页。英文单词 Metaphor，台湾学者翻译成譬喻，大陆学者通常将其翻译为隐喻。

② 张庆云：《义项的民族个性》，《外语与外语教学》1995 年第 2 期。

③ 束定芳：《认知语义学》，上海外语教育出版社 2008 年版，第 236—237 页。

④ 王宁：《论词的语言意义的特性》，《北京师范大学学报》（社会科学版）2011 第 2 期。

书中颜色词广义度指颜色词在它所适应的全部语境中语义指向的丰富程度，具体指标为语义搭配的种类和数量。颜色词语义搭配的种类和数量越多，广义度越大，反之则越小。

5. 分析颜色词语用效应

颜色词语用效应，指文体、题材、韵律、创作目的、创作者宗教信仰、创作者生平事迹、社会文化等语用因素对汉语古典韵文文学语言颜色词使用所造成的影响。就明代戏剧唱词而言，需要分析不同戏剧主题、不同戏剧情境、不同人物身份、特殊句法格式、特殊韵律要求等对颜色词使用的影响。

比如，颜色词连用有时会产生一定的语用效应。

例 5【上小楼犯】［生］展嵬嵬登了阁，砌臻臻游了房。真乃是倚着红云，踏着红莲，逗着红妆。《邯郸记·极欲》

例 5 中"红"的连用可以渲染出"富足""奢华""喜庆"的语用效应，"红云""红莲""红妆"形象地表现了《邯郸记》中卢生穷奢极欲的生活。对颜色词语用效应的分析可以看出戏剧创作者的情感倾向和写作技巧。

6. 分析含彩词语

"含彩词语"指表颜色义的颜色词（语素）与不表颜色义的词（语素）组合而成的词语，包括保留颜色义含彩词语与不保留颜色义含彩词语两类。

不保留颜色义含彩词语有以下特征：

（1）构词成分中至少有一个表颜色义的颜色词（语素）。

（2）组合形式比较固定，出现频数比较高，《汉语大词典》等大型辞书有收录。

（3）整体意义并非其组成成分字面意义的简单相加。

以往的汉语古典韵文文学语言颜色词系列研究对含彩词语的研究主要集中在两个方面：（1）"不同颜色词+相同名词"含彩词语分析，如，"白云、黑云、玄云、墨云、苍云、红云、青云"等；（2）"相同颜色词+不同名词"含彩词语分析，如，"黑+不同名词""白+不同名词""红+不同名词"等。本书在继承以上两种研究方法的基础上，将更加关注不保留颜色义含彩词语的语义整合现象。

(二) 研究方法

我们的研究方法主要有两种：

一是语料库法。根据明代戏剧唱词的语料特点，我们设置了编号、来源、曲牌、角色、含颜色词语料、颜色词、句法成分、颜色词分类、语义搭配大类、语义搭配小类、颜色义项、非原型语义产生机制、权威注本释义、《汉语大词典》释义、含彩词语语义分析、语境描写等 18 项具体参数对选定的纸本语料进行电脑录入。

二是语义描写法。我们将西方认知语言学的原型范畴、转喻、隐喻理论与汉语词汇语义学相关理论作为理论基础，这些理论对颜色词的语义系统有着较强的解释力。

我们主要以描写语言现象为主，全面总结归纳明代戏剧唱词中颜色词的总体使用情况。同时将聚类考察与个案分析结合起来，先将颜色词分成七个范畴，然后再从这七个颜色范畴中各抽取 1—2 个常用颜色词开展系统的个案考察，这就使研究成果既有一定的广度，也会有一定的深度。研究最终目的是为了解释，我们也试图用认知语言学相关理论解释明代戏剧常用颜色词的语义、语用规律。

第一章

明代戏剧唱词颜色词概况

第一节　总体概况

本节将简要叙述明代戏剧唱词颜色词的数量概况、词形概况、搭配概况和句法概况，从宏观上把握研究对象的使用情况。

一　数量概况

在约 294 万字的语料中，一共获得了含颜色词的语料 6323 条，其中语义颜色词 5533 条，语用颜色词 790 条。从这 6323 条语料中共得到单音节语义颜色词 45 个，语用颜色词 39 个。我们把表示同一颜色范畴的颜色词用字（包括俗体字、异体字、通假字等）记为一个颜色词，把表示不同颜色范畴的颜色词用字通过加下标的方式记为不同的颜色词。

我们根据明代戏剧唱词语料库的实际情况，确定了颜色词的七个范畴："白"范畴、"黑"范畴、"红"范畴、"绿"范畴、"黄"范畴、"青"范畴、泛颜色范畴。[①]

语料中 45 个单音节语义颜色词分范畴情况如表 1-1 所示。

表 1-1　　　　　　　45 个单音节语义颜色词分范畴情况

颜色范畴	单音节语义颜色词	数量小计
"白"范畴	白、素、皑（皚）、皓、颢、皎（皦）、皤	7
"黑"范畴	黑、乌、玄、皂（皁）、黛、黯、墨、黔、黤、黝、缁、褐	12
"红"范畴	红、赤、朱、绛、丹、绯、彤、赭、殷、茜、赫、赪、赨、酡、浥、紫	16

---

①　徐朝华（1999）曾将"彩"等泛指各种颜色词的词归为统称类。在本书中我们将这类颜色词归入泛颜色范畴。

颜色范畴	单音节语义颜色词	数量小计
"绿"范畴	绿、碧、翠、蓝	4
"黄"范畴	黄、缃	2
"青"范畴	青、绀、苍	3
泛颜色范畴	彩（綵、采）	1

语料中 39 个语用颜色词分范畴情况如表 1-2 所示。

表 1-2   39 个语用颜色词分范畴情况

颜色范畴	语用颜色词	数量小计
"白"范畴	冰、雪、冰雪、秋、霜$_1$、秋霜、粉$_1$、缟、鹤$_1$、花（华）、潘、星、银、玉、梨花	15
"黑"范畴	黟、煤、晦、暗	4
"红"范畴	霞、血、粉$_2$、鹤$_2$、榴、梅、霜$_2$、檀、猩、樱、胭脂、桃花	12
"绿"范畴	荷	1
"黄"范畴	金、曛	2
"青"范畴	葱、莓、鸦	3
泛颜色范畴	锦、斑	2

以上 45 个单音节语义颜色词和 39 个语用颜色词反映了明代戏剧颜色词语料库中颜色词的基本面貌。

二　词形概况

下面从语音形式，语素的性质和组合方式两个方面分别介绍明代戏剧唱词颜色词的词形情况。

语音形式方面，有单音节、双音节和三音节的颜色词，如表 1-3 所示。

表 1-3   单、双、三音节颜色词

颜色词类型	单音节	双音节	三音节
语义颜色词	白、黑、红、紫、绛、丹、绿、翠、蓝、黄、青、绿、碧、彩	嫩绿、浓碧、淡黄、苍黄、粉红、茜红、浅红、黛绿、碧绿、翠绿、鸦青、花白	白茫茫、白秃秃、碧荧荧、碧澄澄、紫腾腾、翠巍巍、翠臻臻、青袅袅、赤刺刺、皎团团、黄登登、黑漫漫、黑朦胧、碧参差

续表

颜色词类型	单音节	双音节	三音节
语用颜色词	金、银、锦、星、霜	秋霜、梨花、桃花、胭脂	粉丕丕、锦棱棱

语素的性质和组合方式方面，既有单纯颜色词，也有合成颜色词，如表1-4所示。

表 1-4　　　　　　　　　　单纯颜色词与合成颜色词

语素组合方式			代表颜色词
单纯词			白、黑、红、紫、绿、黄、青、彩｜①冰、雪、梅、金、荷、葱、锦
合成词	复合式	联合型	绛彩、皓彩、彩碧、青紫、青蓝、青细、青翠、丹青、紫绯、红紫、朱紫、紫翠、紫乌、白碧、白黄、翠红、碧翠、翠黛、苍黄、赭黄、黑白｜金彩、金紫、金绯、金翠、金碧、黛粉、粉黛、红粉、粉红
		偏正型	嫩绿、娇红、退红、轻红、深红、浅红、嫣红、微绛、淡黄、流黄、洁白、淡素、淡翠、轻翠、透紫、嫩紫、深青、凝碧、澄碧、浓碧、显赫｜猩红、鹃红、梅红、桃红、霞红、茜红、鸦红、乾红、蒲绿、修绿、黛绿、碧绿、翠绿、弯绿、蛾黄、鹅黄、杏黄、花白、海青、鸦青、驼褐
		补充型	青簌簌、黑碌碌、黑钻钻、赤斑斑、赤泼泼、红生生、翠生生、翠呆呆、碧濛濛｜粉丕丕、锦棱棱
	重叠式		青青、苍苍、乌乌、黑黑、皎皎、皞皞、赫赫、红红、彩彩、黯黯、星星、墨墨
	附加式（后加式）		皤然、赧然、黯然

单纯颜色词是由一个颜色语素构成的单纯词，上文提到的单音节颜色词均为单纯颜色词。

合成颜色词是由两个以上语素（其中必须要有1个颜色语素）构成的合成词，有复合式、重叠式和附加式三种形式。表颜色的词根语素与表颜色、程度、事物的词根语素组合构成复合式颜色词，表颜色的相同词根语素重叠构成重叠式颜色词，表颜色的词根语素和词缀语素组合构成附加式颜色词。

复合式颜色词主要有联合型、偏正型和补充型三种。联合型复合颜色

---

① 符号"｜"前后的颜色词有差别，"｜"前面的颜色词组成成分不包含语用颜色词，"｜"后面的则包含了语用颜色词。

词由两个以上都表颜色的词根语素构成。偏正型复合颜色词由表程度或事物的词根语素与表颜色的词根语素构成。补充型复合颜色词是对颜色的情状进行补充说明，主要为 ABB 形式。

ABB 颜色词是复合式颜色词中比较特殊的一类型式（补充型），具体如表 1-5 所示。

表 1-5 　　　　　　　　　　　　ABB 词形颜色词

颜色范畴	ABB 词形颜色词	数量小计
"白" 范畴	白茫茫、白泠泠、白秃秃、皎团团、粉丕丕	5
"黑" 范畴	黑漫漫、黑碌碌、黑沉沉、黑钻钻	4
"红" 范畴	红拂拂、红生生、赤斑斑、赤剥剥、赤刺刺、赤碌碌、赤律律、赤泼泼、紫腾腾	9
"绿" 范畴	绿依依、碧澄澄、碧濛濛、碧荧荧、碧油油、翠呆呆、翠生生、翠丝丝、翠巍巍、翠臻臻、翠娟娟	11
"黄" 范畴	黄登登	1
"青" 范畴	青簌簌、青疏疏、青袅袅	3
泛颜色范畴	锦棱棱	1

综上所述，明代戏剧唱词语料中的颜色词词形，无论从语音形式还是语素组合方式来看都十分丰富，尤其是 ABB 形式的补充型复合颜色词已经在唱词中大量使用了。

三　搭配概况

明代戏剧唱词语料中颜色词（尤其是语义颜色词）属于形容词性质，形容词的典型搭配形式为"形容词+名词"，本书将颜色词的搭配对象分为三大域：自然物域、非自然物域、人体域。这三类搭配域各自还有一些搭配小类，搭配小类的归纳和命名依据语料的实际情况确定。

就单用的颜色词而言，主要依据颜色词的语义指向确定搭配对象的性质。

如：

例 1【赏宫花】［生］槐花正<u>黄</u>，赴科场举子忙。太学拉朋友，一齐整行装。《琵琶记·文场选士》

"槐花正黄"中的"黄"的语义指向确定为自然物域中的植物"槐花",以此类推。

就含彩词语中的颜色词而言,以紧接在颜色词后第一个词语的字面意义来确定搭配对象的性质。

如:

例2【哭岐婆】[生净丑] 洛阳富贵,花如锦绮;<u>红</u>楼数里,无非娇媚。春风得意马蹄疾,天街赏遍方归去。《琵琶记·杏园春宴》

"红楼数里"中的"红楼"属于颜色词"红"修饰非自然物域中建筑物"楼"的情况。

再如:

例3【江儿水】[旦] 提起那婚姻事,欲言待怎生。我和他花前曾把深盟订,指望百年谐欢庆。谁知一朝打散鸳鸯颈,这都是咱红颜薄命,要结婚姻则除向<u>碧</u>纱厨等。《娇红记·婚拒》

"碧纱厨"中的"碧"修饰非自然物域中的织物"纱",而不是非自然物域中的建筑物"厨"。

又如:

例4【三段催】[旦] 有几个王孙们金鞍马蹄,怂盘桓踏<u>青翠</u>堤。有几个才士们提壶挈榼,逞风骚流觞水湄。《娇红记·诟红》

"青翠堤"中的"青翠"是个双音节联合型颜色词,本书定义"青""翠"都修饰非自然物域中的建筑物"堤"。

又如:

例5【破齐阵引】[旦] 目断天涯云山远,亲在高堂<u>雪</u>鬓疏,缘何书也无?《琵琶记·临妆感叹》

"雪鬓"中的"雪"指老人鬓发如雪花一般的白色,语用颜色词

"雪"修饰人体域的发肤类词语"鬓"。

需要特别指出,当遇到通假现象、省略现象时,要分别依据本字和补全后的整词来确定修饰对象的性质。

例6【朝天子】[生]一径香风软碧沙,粉墙低转处有人家。《邯郸记·入梦》

"碧沙"中的"沙"通"纱",这是古汉语通假现象,因此判定"碧"修饰非自然物域中的织物,而不是自然物域中的沙土。

例7【缕缕金】[旦]玉筋落,翠蛾愁,出门思避难。欲谁投,无奈弓鞋窄,行行落后,悔教夫婿觅封侯。孤身怎奔走?悔教夫婿觅封侯。孤身怎奔走?《红拂记·竞避兵燹》

"翠蛾"中的"蛾"通"娥",是"蛾眉"的省称,因此判定"翠"修饰人体域中的面部类词语"眉"。

本书确定唱词中颜色词的语义搭配关系,单用时主要根据颜色词语义指向物的字面义,构成含彩词语时主要根据颜色词就近修饰物的字面义。

语义颜色词在5533条语义颜色词语料中的搭配情况如表1-6所示。

表1-6　　　明代戏剧唱词语义颜色词在三大搭配域的使用情况

搭配域	自然物域	非自然物域	人体域	小计
使用频数(次)	2620	2091	822	5533
百分比①	47.35%	37.80%	14.85%	100%

可见,使用频数最多的是自然物域(2620次),非自然物域(2091次)其次,人体域(822次)最少。这只是总体情况,三大搭配域还可很多小类。

本书把语料中语义颜色词搭配对象的自然物域再分9个小类,具体分类标准如下:

① 本书中"百分比"均指某小类使用频数占图表中所有成员使用频数总和的比例,只保留两位小数位数。

　　（1）植物类，如草、树、花、林、竹、梨、杏、兰、枫、桂、梧、杨、柳、苔藓等；

　　（2）动物类，如兔、鹿、狼、鹤、驹、虎、鹊、凤、龙、鹰、牛、象、驼、鸾等；

　　（3）气象类，如云、雨、冰、雪、露、虹、霞、霄、雾、日、月、昼、夜等；

　　（4）山川河海类，如山、水、海、波、浪、江、河、泉、湖、壑、丘、穴、崖等；

　　（5）沙土类，如土、泥、田、壤、尘、埃、沙、野、畴、甸等；

　　（6）光影类，如光、影、昏、焰、荧等；

　　（7）时光类，如年、韶、岁、春等；

　　（8）天地星辰类，如天、地、星、宸、微、极等；

　　（9）其他类，如颜色、石头、景致等。

语义颜色词在自然物域9小类的具体搭配情况如表1-7所示。

表1-7　　明代戏剧唱词语义颜色词在自然物域各小类的搭配情况

自然物域各小类	植物类	动物类	气象类	山川河海类	沙土类	光影类	时光类	天地星辰类	其他类	小计
使用频数（次）	826	478	568	305	131	48	82	128	54	2620
百分比	31.53%	18.24%	21.68%	11.64%	5%	1.83%	3.13%	4.89%	2.06%	100%

　　自然物域各小类中出现频率的前三位是植物类（31.53%）、气象类（21.68%）、动物类（18.24%）。

　　本书把语料中语义颜色词搭配对象的非自然物域再分14个小类，具体分类标准如下：

　　（1）建筑物类，如楼、门、窗、栏、屋、堂、庭、殿、阙、台、阁、墀、宫、墓等；

　　（2）衣物类，如鞋子、帽子、衣服、各类织物等；

　　（3）食物类，如酒、粮、菜等；

　　（4）药物类，如砂、丹、丸等；

　　（5）钱财类，如金、银、钱、聘礼等；

　　（6）创作物类，如曲谱、诏书、书籍、文字、画作、石刻等；

（7）用具类，如笔、拂子、扇子、棒子、杆子、地毯等；

（8）家具类，如酒器、炊器、床、帘子、帐子、灯、蜡烛、炉子等；

（9）兵器类，如刃、剑、弓、枪、铠甲等；

（10）妆饰物类，如女子化妆所需镜子、首饰、各类玉器等；

（11）交通相关类，如舟、车、辇、轿、道路等；

（12）娱乐工具类，如棋子、骰子、绣球、乐器等；

（13）国人观念类，如阴阳、五行、鬼神等；

（14）其他类，如烟尘、旗帜、礼器、帝王仪仗、行政区划等。

语义颜色词在非自然物域 14 小类的具体搭配情况如表 1-8 所示。

表 1-8　　明代戏剧唱词语义颜色词在非自然物域各小类的搭配情况

非自然物域各小类	使用频数（次）	百分比	非自然物域各小类	使用频数（次）	百分比	非自然物域各小类	使用频数（次）	百分比
建筑物类	442	21.14%	创作物类	111	5.31%	交通相关类	38	1.82%
衣物类	697	33.33%	用具类	25	1.2%	娱乐工具类	35	1.67%
食物类	36	1.72%	家具类	85	4.07%	国人观念类	35	1.67%
药物类	5	0.24%	兵器类	24	1.15%	其他类	49	2.34%
钱财类	129	6.17%	妆饰物类	380	18.17%	小计	2091	100%

非自然物域各小类出现频率的前三位是衣物类（33.33%）、建筑物类（21.14%）、妆饰物类（18.17%）。

本书把语料中语义颜色词搭配对象的人体域再分 10 个小类，具体分类标准如下：

（1）人类，如男人、女人、老人、儿童；

（2）面部类，如须、眉、唇、口、眼、耳、鼻、头、面部；

（3）发肤类，如头发、皮肤；

（4）内脏类，如心、胆、肠、肺等；

（5）四肢类，如手、指、脚、腿等；

（6）骨骼类，如骷髅、骨头、筋络等；

（7）排泄物类，如唾液、血液、汗液、眼泪等；

（8）品行类，指人的品行和情感，如忠、奸、哭、笑、悲、愁等；

（9）职业类，指人的各种职业，如和尚、将军、帮闲、媒婆等；

（10）其他类，指不能归入以上 9 类的内容，如舌头、喉咙、脑子等。

语义颜色词在人体域 10 小类的具体搭配情况如表 1-9 所示。

表 1-9　　　　　明代戏剧唱词语义颜色词在人体域各小类的搭配情况

人体域各小类	人类	面部类	发肤类	内脏类	四肢类	骨骼类	排泄物类	品行类	职业类	其他类	小计
使用频数（次）	144	368	116	66	24	15	48	28	4	9	822
百分比	17.52%	44.77%	14.11%	8.03%	2.92%	1.82%	5.84%	3.41%	0.49%	1.09%	100%

人类域各小类中出现频率的前三位是面部类（44.77%）、人类（17.52%）、发肤类（14.11%）。

四　句法概况

明代戏剧唱词语料中颜色词的句法功能非常灵活，特别是当颜色词单用时，几乎可以充当任何句法成分。下面仍以 5533 条语义颜色词语料为例，其中颜色词单用的例句共有 979 条，含彩词语的例句共有 4554 条。

语义颜色词单用时可以充当主、谓、宾、定、状、补等各种句法成分。

充当主语：

　　　　例 8【祝英台近】［贴］绿成阴，红似雨，春事已无有。《琵琶记·牛氏规奴》

"绿成阴"中的"绿"，"红似雨"中的"红"，它们单用时做主语。

充当谓语：

　　　　例 9【前腔】［丑］十处欠下九处钱，白着眼皮儿由他索。《宝剑记·第三十二出》

"白着眼皮"中的"白"单用时做谓语。

充当宾语：

　　　　例 10【莺啼春色中·莺啼序】［旦］耳边恍惚谁叫你？再三听还

非，口中的恍出声儿细。思来自也不知，满眼是<u>青黄紫翠</u>，审觑处雾迷烟霭。《西楼记·离魂》

"满眼是青黄紫翠"中的"青、黄、紫、翠"单用时做宾语。
充当定语：

　　例11【拙鲁速】［正末］花儿有几丛，树儿有几重，<u>碧澄澄</u>的银蟾上梧桐，暖融融柳摆着风。香馥馥的春瓮，喜孜孜的昆仲，便唤做大罗仙也可通！《曲江春·第三出》

"碧澄澄的银蟾上梧桐"中的"碧澄澄"单用时做定语。
充当状语：

　　例12【川拨棹】［生］村深处，麦翻秋槐荐暑。葵榴向日<u>红</u>舒，绿荷小平波涨绿。盻湖山如画图。《金印记·琴剑西游》

"葵榴向日红舒"中的"红"单用时做状语。
充当补语：

　　例13【前腔】［大净］朝朝夜夜醉红妆，睡起瞳瞳日上窗。桂花开得香，菊花开得<u>黄</u>，可惜金樽少个人儿赏。《金印记·琴剑西游》

"菊花开得黄"中的"黄"单用时做补语。
语料中语义颜色词单用时充当句法成分的使用情况如表1-10所示。

表1-10　　明代戏剧唱词语义颜色词单用时的句法成分及使用情况

句法成分	主语	谓语	宾语	定语	状语	补语	小计
使用频数（次）	313	230	340	12	60	24	979
百分比	31.97%	23.49%	34.73%	1.23%	6.13%	2.45%	100%

　　可以看出，语义颜色词单用时充当主语、谓语、宾语的能力相当，充当状语的能力稍弱，补语又次之，定语最弱。

语义颜色词构成含彩词语后，典型句法成分是定语，在一定条件下也可充当中心语和宾语。

例14【挂真儿】［旦］<u>黄</u>土伤心，<u>丹</u>枫染泪。《琵琶记·感格坟成》

"黄""丹"在含彩词语"黄土""丹枫"中做定语。

例15【前腔】［旦］回首姑苏，欢娱未终，树梢留得残<u>红</u>。国恩虽报尚飘蓬，犹恐相逢是梦中。《浣纱记·治定》

"红"在含彩词语"残红"中做中心语。

例16【满宫花后】［浣］红罗先绣踏<u>青</u>鞋，花信须催及早。《紫钗记·插钗新赏》

"青"在含彩词语"踏青"中做宾语。

语料的含彩词语中语义颜色词充当句法成分的使用情况如表1-11所示。

表1-11　明代戏剧唱词含彩词语中语义颜色词的句法成分及使用情况

句法成分	定语	中心语	宾语	小计
使用频数（次）	4309	233	12	4554
百分比	94.62%	5.12%	0.26%	100%

从含彩词语中语义颜色词的句法分布情况来看，最典型的句法成分为定语，定语用例占到含彩词语的94.62%，中心语用例占到含彩词语的5.12%，宾语用例占到0.26%。语料中动宾式构词的含彩词语，如踏青、啼红、题红、落红、凝碧、浮白等，颜色词在其中一般充当宾语。

第二节　颜色范畴分析

本节将分范畴依次分析"白"范畴、"黑"范畴、"红"范畴、"绿"

范畴、"黄"范畴、"青"范畴、泛颜色范畴的原型颜色词与各个颜色范畴的命名理据,同时对非原型颜色词进行简要分析。非原型颜色词包括非原型语义颜色词和语用颜色词两类,本节只对非原型语义颜色词做义项分析。各范畴的原型颜色词将在第二、第三章做系统的语义分析。

一 "白"范畴颜色词

(一)"白"范畴原型颜色词的判定

明代戏剧唱词语料中"白"范畴的颜色词共有 22 个,其中语义颜色词 7 个:白、素、皑(皚)、皓、颢、皎(皦)、皤;语用颜色词 15 个:冰、雪、冰雪、秋、霜$_1$、秋霜、粉$_1$、缟、鹤$_1$、花(华)、潘、星、银、玉、梨花。

"白"范畴颜色词的使用总频数及其在三大搭配域的分配情况如表1-12 所示。

表1-12   "白"范畴颜色词使用频数及其在三大搭配域的分配情况

	使用总频数	自然物域	非自然物域	人体域
白	469	208	110	151
素	67	11	22	34
皑(皚)	1	1	0	0
皓	17	11	0	6
颢	1	1	0	0
皎(皦)	8	8	0	0
皤	10	0	0	10
冰	16	10	2	4
雪	32	7	8	17
冰雪	2	0	0	2
秋	1	0	0	1
霜$_1$	42	9	8	25
秋霜	4	0	1	3
粉$_1$	43	3	17	23
缟	4	1	3	0
鹤$_1$	3	0	0	3
花(华)	10	0	0	10

续表

	使用总频数	自然物域	非自然物域	人体域
潘	3	0	0	3
星	11	0	0	11
银	104	66	36	2
玉	42	3	11	28
梨花	1	0	0	1

根据以上数据，"白"范畴的语义颜色词使用频数排序如下：

白>素>皓>皤>皎（皦）>皑（皚）/颢，频数最高的是"白"（469次）。

"白"范畴的语用颜色词使用频数排序如下：

银>粉$_1$>霜$_1$/玉>雪>冰>花（华）/星>缟/秋霜>鹤$_1$/潘>冰雪>秋/梨花，频数最高的是银（104次）。

由于"白"是"白"范畴中使用频数最高、搭配能力最强的颜色词，所以本书将"白"确定为"白"范畴的原型颜色词并用于定义该范畴。

原型颜色词"白"将在第二章进行详细研究，下面简要说明"白"范畴其他非原型颜色词的具体情况。

(二)"白"范畴非原型颜色词简析

非原型颜色词包括非原型语义颜色词和语用颜色词两类。本书对语义颜色词分义项进行说明，对语用颜色词只说明其在哪种情形中表颜色义。

1. 非原型语义颜色词

"白"范畴的非原型语义颜色词有6个：素、皑（皚）、皓、颢、皎（皦）、皤。

(1)"素"共有67例，3个义项。

❶形 白色，尤其指月色之白，未经染色丝织物之白，女子肌肤之白：

例17【羽调排歌】[小净] 闲雅新妆，轻盈素葩，尊前冷澹堪夸。《西楼记·倦游》

例18【节节高】[旦] 松阴坐，展素罗，藤床卧。《玉簪记·谭经》

例19【二郎神换头】[生] 花笺钟王妙楷，晶晶可羡。羡杀你素

指轻盈能写怨。记西楼按板，至今余韵潺湲。怎奈关山忆梦远，想花容依稀对面。《西楼记·错梦》

"素葩"隐喻皎洁的月亮，"素罗"指白色纱罗，"素指"指女子洁白的手指。

❷ 动 变成白色：

　　例20【浆水令】［合］心未惬，鬓先素，慢寻河影断长安路。樽俎内，樽俎内，风云才聚。旗门外，旗门外，河汉星疏。《紫钗记·吹台避暑》

"鬓先素"指鬓发先变白了，"素"在此处用为动词。

❸ 名 白色：

　　例21【锦衣香】［合］莫被青云误也，须回顾。高堂日短，鬓丝垂素。《明珠记·获荫》

"鬓丝垂素"中的"素"是名词用法，在句中充当宾语，表示鬓丝已经有了白色。

（2）"皚"是"皑"的繁体字，"霜雪白貌"义。"皑（皚）"共有1例，1个义项。

形 白色，主要形容霜雪：

　　例22【前腔】［旦］我皚如山雪深，皎如云月亮，可奈你山云竟渺茫，空孤雪月难亲傍，又似斗酒城中相逢欢赏。《琴心记·吟寄白头》

（3）"皓"共有17例，1个义项。

形 白色，主要形容月色、牙齿、人体四肢等。

　　例23【千秋岁】［小净］斗妖娆，皓月荧荧照，不禁地眉语目

笑。《西楼记·乘鸾》

例 24【前腔】［旦］修眉远山绿，粉汗流香浸眉曲。自持觞劝酒，皓腕露玉。愿白头长享天年。结彩线不须人续。《明珠记·酬节》

例 25【骂玉郎】［生］心上人儿掌上金，翻做波间月，海底针。红颜皓齿暗消沉，没回音，怨悠悠血染罗襟。怕香骨怎禁，怕香骨怎禁，怎禁雨打霜侵？《明珠记·授计》

"皓月"指明月，"皓腕"多指女子洁白的手腕，"皓齿"指洁白而有光泽的牙齿。

（4）"颢"共有 1 例，1 个义项。

形 白色：

例 26【金蕉叶】［昆仑］乘颢气。《昆仑奴》

"颢气"指清新、洁白、盛大之气。

（5）"皦"古同"皎"，本书记为"皎（皦）"，共有 8 例，1 个义项。

形 洁白：

例 27【前腔】［生］高洁！婉若游龙，皦如初日，那更羞花闭月。《高唐梦》

例 28【前腔】［净］沧海互盈，皎月初生，指真空是极乐境。《宝剑记·第五十一出》

"皦如初日"指如早晨初升太阳那样洁白，"皎月"指洁白的月亮。

（6）"皤"共有 10 例，3 个义项。

❶ 形 白色，主要形容老人鬓发：

例 29【前腔】［贴］觑爹爹衰颜皤鬓，思量起教人泪零。《琵琶记·散发归林》

"皤鬓"指老人白色的鬓发。

❷ 形 （鬓发）变成白色：

例30 【南石榴花】［小旦］海滨天际，风露锁烟萝。销泪点，积心窝。空抛富贵鬓将<u>皤</u>。守凄凉，一对英娥。离惊自纷难定妥，挽君裙将行无那。《齐东绝倒·第二出》

"空抛富贵鬓将皤"中的"鬓将皤"指鬓发将要变白。

❸指白色鬓发：

例31 【前腔】［老旦］闷似海天来愁大。谁似我被嫦娥笑杀双<u>皤</u>。《义侠记·孝贞》

"谁似我被嫦娥笑杀双皤"中"双皤"转喻老人额头两侧白色的鬓发。

"白"范畴这6个非原型语义颜色词虽然不如原型颜色词搭配范围全面，但是都有各自主要的搭配领域，如"皑（皚）、皓、颢、皎（皦）"主要搭配气象类词，"皤"主要搭配发肤类词，"素"的搭配领域比较广。

2. 语用颜色词

"白"范畴的语用颜色词有15个：冰、雪、冰雪、秋、霜₁、秋霜、粉₁、缟、鹤₁、花（华）、潘、星、银、玉、梨花。本书将其分为五组。

第一组：冰、雪、冰雪

（1）"冰"本指水在摄氏零度以下凝结成的白色晶体，主要用来形容月亮的白和人体肌肤的白。"冰"除了表示"白色"义以外，还在心理上给人以"寒冷"的感觉。"冰"表"白色"义共有16例。

例32 【古轮台】［贴］天如镜，一洗琉璃光万顷。银河耿耿，清赛<u>冰</u>轮。广寒宫里，人物寂静，就中惟有鹊飞擎。《金印记·仲子赏月》

例33 【七弟兄】［外］捻指间<u>冰</u>肌销化难留恋，粉香残灭了旧花钿，灰烬中那得芙蓉面。《香囊怨·第三出》

"冰轮"隐喻洁白的明月,"冰肌"形容女子洁白的肌肤。

(2)"雪"本指天空中的水分在摄氏零度以下凝结而成并从空中降落的白色晶体,表"白色"义共有 32 例,用来形容人体须发的次数最多。

> 例 34【前腔】[外] 时光短,<u>雪</u>髯催,守清贫不图甚的。《琵琶记·蔡公逼试》
>
> 例 35【破阵子】[老旦] 两鬓萧萧似<u>雪</u>,一身憔瘦如柴。《双忠记·魂归》

"雪髯催"中"雪髯"指"白色的胡须","雪"做定语直接修饰"髯";"两鬓萧萧似雪"中"雪"的"白色"义向前指向作为主语的"两鬓"。

(3)"冰雪"是语用颜色词"冰"和"雪"的组合,"冰雪"表"白色"共有 2 例,第一例的"冰雪"形容女子肌肤的晶莹洁白,第二例的"冰雪"从"洁白"义进一步隐喻为女子品行的纯洁。

> 例 36【前腔】[小生] 姑射,山色葱茏,神人绰约,云是肌肤<u>冰雪</u>。绝代无双,不数庄生陈说。《高唐梦》
>
> 例 37【太平令】[冲末] 俏佳人神如<u>冰雪</u>,俊才子笔走龙蛇。菱花前双眉巧设,松枝下同心永结。非耶是耶!云耶雨耶!女娲皇补就相思天缺。《花舫缘·第四出》

"云是肌肤冰雪"句是楚王形容巫山神女晶莹洁白的肌肤,"俏佳人神如冰雪"是文徵明在形容一位女子美好纯洁的样貌与品行。

"冰"和"雪"作为自然界的气候现象,同时也是人们熟知的名物,在特定情形下可用作颜色词。

第二组:秋、霜$_1$、秋霜

(1)"秋"本指一年中的秋季,表"白色"义共有 1 例。

> 例 38【前腔】[贴] 年将迈,鬓已<u>秋</u>,下阶出迎礼不周。呀,相公请了。里巷隘梁辅,丰神耀琼玖。《绣襦记·述叶良俦》

"鬓已秋"指鬓发已经变白，形容年老。

（2）"霜₁"① 本指靠近地面空气中的水分在摄氏零度以下凝结成的白色冰晶，表"白色"义共有 42 例，主要用于形容人体的鬓发。

例 39【出队子】［外］银须霜鬓，世上白头能几人？五福之内寿为尊，寿极年高是宿世因，况我今生略无妄心。《杀狗记·安童将命》

例 40【榴花泣】［外］十年青鬓忧国尽成霜。惭鸠拙坫鸠行，尊鲈飞梦到江乡。镜湖投老未许遂归航。《燕子笺·授画》

例 41【前腔】［旦］路傍喧讲，道当初坠钗情况，自把前程扬。为谁行，断簪残髻，留伴镜中霜?《紫钗记·怨撒金钱》

"银须霜鬓"中的"霜鬓"指像霜一样白的鬓，"霜"作为定语直接修饰"鬓"；"十年青鬓忧国尽成霜"中"霜"的"白色"义向前指向主语"青鬓"；"留伴镜中霜"中的"霜"隐喻指"白发"。

（3）"秋霜"本指秋天的霜，表"白色"义共有 4 例，其中 3 例修饰人的鬓发，1 例修饰兵器。

例 42【一剪梅】［贴］年少烟花作女娘，罗绮飘香，粉黛生香。于今两鬓点秋霜，色里红妆，镜里清光。《绣襦记·厌习风尘》

例 43【恋芳春】［生］剑闪秋霜，砚飞寒雨。《西楼记·觅缘》

"于今两鬓点秋霜"中"秋霜"形容女子鬓发如秋日的霜那般洁白；"剑闪秋霜"指宝剑所折射出的寒光如同秋日的霜那样洁白。

可见，"秋""霜₁"和"秋霜"都可以用来形容鬓发的白色。

第三组：粉₁、缟、梨花

（1）"粉₁"② 表"白色"义共有 43 例，因为古时女子用于敷脸的粉

---

① 本书将语用颜色词"霜"归入两个颜色范畴："霜₁"属于"白"范畴，为常见用法；"霜₂"属于"红"范畴，为特殊用法。

② 本书将语用颜色词"粉"归入两个范畴："粉₁"归入"白"范畴，为常见用法；"粉₂"归入"红"范畴，为特殊用法。

是白色的，所以"粉面""粉容""粉腮""粉须""粉颈"等词中的"粉"均为"白色"义，而随着"粉₁"搭配人体域词语用法的固定化和常规化，"粉₁"表"白色"义的用法也逐渐扩展到自然物域和非自然物域。

例44【逍遥乐】［旦］黛眉粉面，翠馆青楼，绿水红桥。《绣襦记·试马调琴》

例45【锦衣香】［合］怕无情风雨褪红妆，低垂粉颈，倾国倾城貌一朝摧丧，廊空响履，马嵬途葬。《绣襦记·厌习风尘》

例46【前腔】［旦］粉墙花影自重重，帘卷残荷水殿风，抱琴弹向月明中，香袅金猊动，人在蓬莱第几宫。《玉簪记·寄弄》

"粉面"指白皙的面容，"粉颈"指女子洁白细腻的颈项，"粉墙"指涂刷成白色的墙。

虽然语料中"粉₁"的大部分用法是直接修饰名物，但是也出现了少量双音颜色词"粉红"修饰名物的用法，如"粉红莲"和"粉红帘"。

（2）"缟"本指细白的生绢，表"白色"义共有4例，其中3例修饰衣物，1例修饰植物。

例47【前腔】［末］乾坤似他衣衰素，故添个缟带飞舞。《琵琶记·风木余恨》

例48【前腔】［小生］换了素缟，正好混入法堂。特将缟素更红紫。《西楼记·捐姬》

例49【惜奴娇】［旦］缟素花王，逞清真国色。《三元记·赏花》

"故添个缟带飞舞"中的"缟带"指白色的衣带；"特将缟素更红紫"中的"缟素"借指白色丧服；"缟素花王"中的"缟素"指白色，用来形容白色的花。

（3）"梨花"本指梨树上开的纯白色的花儿，表"白色"义共有1例，用来形容女子白皙的容颜。

例 50【南吕过曲·红衲袄】［小生］只指望上秦楼吹凤箫，却缘何抱琵琶弹别调。香褪了含宿雨梨花貌，带宽了舞东风杨柳腰。不能够画春山眉黛巧，羞见你转秋波颜色娇。《连环记·掷戟》

"香褪了含宿雨梨花貌"中"含宿雨梨花貌"是吕布形容貂蝉的容貌如同被夜雨荡涤和滋润过的梨花的样子，洁白而娇嫩，"梨花"主要用来形容貂蝉容貌的白皙。

第四组：花（华）、鹤₁、潘

（1）"华"古同"花"，本书记为花（华），表"白色"义共有 10 例，均修饰人体鬓发。"头发"本应为黑色，老年人的"头发"黑白相间，颜色不纯。

例 51【满庭芳】［外］华发不堪回首。《还魂记·训女》
例 52【北刮地风】［生］讨不的怒发冲冠两鬓花。《邯郸记·死窜》

"华发不堪回首"中的"华发"指斑白的头发；"怒发冲冠两鬓花"中的"花"语义指向"两鬓"，意指两侧鬓发的斑白。

（2）"鹤₁"本指一种长着白色羽毛的鸟类，表"白色"① 义共有 3 例，均为修饰人体鬓发的。

例 53【前腔】［旦］却将堆鸦髻，舞鸾鬟，与乌鸟报答鹤发亲。《琵琶记·祝发买葬》

"与乌鸟报答鹤发亲"中的"鹤发"指白色的头发。由于在中华文化中"仙鹤"是长寿的象征，用"鹤发"来指称老人白发起到了表达礼貌尊重和美好祝愿的语用效果。

（3）"潘"表"白色"义是"白"范畴语用颜色词中比较特殊的情

---

① 本书将语用颜色词"鹤"归入两个范畴："鹤₁"属于"白"范畴，为常见用法；"鹤₂"属于"红"范畴，为特殊用法。

况，语料中共出现 3 例，均修饰人体的鬓发，固定搭配的词语是"潘鬓"。①

例 54【恋芳春】［生］博览诗书，精闲戎马，芳名播满乾坤。指日丹书铁券，拟下枫宸。况复襟怀洒乐，怕容易霜凋潘鬓。闲评品，自歌断韩娥，阿谁重奏阳春？《广陵月》

"怕容易霜凋潘鬓"中的"潘鬓"指中年人斑白的鬓发。

花（华）、鹤₁和潘这三个语用颜色词均主要用于形容人体的鬓发。

第五组：星、玉、银

（1）"星"本指夜空中发出白色光亮的天体，表"白色"义共有 11 例，主要用于形容人体鬓发，在句法上可以充当谓语。

例 55【捣练子】［末］年已暮，鬓将星，膝前一女正娉婷，甚日红鸾双照影。《娇红记·婚拒》

例 56【亭前柳】［净］老儿垂鬓已星星，弱体战兢兢。况兼寒凛凛，那更冷清清？此行怎去登山岭？《邯郸记·死窜》

例 57【似娘儿】［老旦］望牵郎河漠，乌飞凉夜，鬓染秋星。《紫钗记·巧夕惊秋》

"年已暮，鬓将星"指老年人鬓发变白，"老儿垂鬓已星星"指老人的双鬓已经变白，"鬓染秋星"用秋夜星辰的白色光亮来形容老人的白发。

（2）"玉"本指温润而有光泽的美石，表"白色"义共有 42 例。"玉"作为一种矿石，其典型色泽为白色，在一定情况下可用作颜色词，如"玉虹"表示白虹。在国人观念中"玉"的地位高贵，把"玉"加在名词前，可用作该名词所指事物的美称，如"玉烛"是蜡烛的美称。本书对语用颜色词"玉"的定义较为宽泛，包含了"玉"的美称用法。

---

① 《汉语大词典》"潘鬓"词条引晋潘岳《秋兴赋》序："余春秋三十有二，始见二毛。"后以"潘鬓"指中年鬓发初白。

例 58【永团圆】［众］显文明，开盛治，说孝男，并义女，<u>玉</u>烛调和归圣主。《琵琶记·一门旌奖》

例 59【前腔】［合］君心别，妾命浮，<u>玉</u>颜漂泊几时休？花宫闭，椒寝幽，琵琶弹怨向边州。《明珠记·巡陵》

例 60【二犯傍妆台】［旦］粉褪<u>玉</u>肌香，无边春事挂垂杨。恨落红销砌稳，听杜宇唤愁忙。平芜尽处春山小，花压阑干春昼长。《红拂记·华夷一统》

"玉烛"形容白色的蜡烛，"玉颜"形容白皙的容貌，"玉肌"形容白润的肌肤。

（3）"银"本指一种白色的贵金属，表"白色"义共有 104 例，是所有"白"范畴语用颜色词中使用频数最高的。比如"银须"指银白色的胡须，"银烛"指银白色的蜡烛，"银河""银汉"隐喻晴天夜晚天空所呈现的银白色光带，"银蟾"指银白色蟾蜍（转喻月亮）。"银"是"白"范畴中搭配能力很强的语用颜色词。

例 61【前腔】［净、副净］西园又晚，<u>银</u>月忽笼烟。绛烛光生碧树间，花梢珠斗又斓煸。《琴心记·文君新寡》

例 62【尾声】［生］游春不尽春游兴，行过风亭共水亭，还再则与你走向<u>银</u>塘双照影。《娇红记·红构》

例 63【七兄弟】［外］脸销着<u>银</u>靥，腰解着玉环，不画了旧眉弯。只见罗裙不系当时茜，袭亭亭不着藕花衫。《红莲债·第四出》

"银月"指银白色的月亮，"银塘"指清澈明净洁白的池塘，"银靥"指银白色的脸颊。

二　"黑"范畴颜色词

（一）"黑"范畴原型颜色词的判定

明代戏剧唱词语料中"黑"范畴颜色词共有 16 个，其中语义颜色词 12 个：黑、乌、玄、皂（皁）、黛、黯、墨、黔、黢、黝、缁、褐；语用颜色词 4 个：晦、暗、鲍、煤。

"黑"范畴颜色词的使用总频数及其在三大搭配域的分配情况如表 1-

13 所示。

表 1-13 "黑"范畴颜色词使用频数及其在三大搭配域的分配情况

	使用总频数	自然物域	非自然物域	人体域
黑	88	58	16	14
乌	174	106	64	4
玄	23	13	8	2
皂（皁）	16	5	10	1
黛	61	4	18	39
黯	19	12	2	5
墨	2	1	1	0
黔	1	0	0	1
黗	2	0	0	2
黝	1	0	0	1
缁	12	1	10	1
褐	7	2	4	1
晦	1	1	0	0
暗	2	2	0	0
黤	1	0	0	1
煤	1	0	1	0

根据以上数据，"黑"范畴的语义颜色词使用频数排序如下：

乌>黑>黛>玄>黯>皂（皁）>缁>褐>墨/黗>黔/黝，频数最高的是"乌"（174 次）。

"黑"范畴的语用颜色词使用频数排序如下：

暗>晦/黤/煤，频数最高的是"暗"（2 次）。

虽然"乌"的出现频数最高，但从语料的实际情况看，主要是因为明代戏剧唱词中用"乌"转喻乌鸦这种用法高达 40.8%，如"乌鹊""慈乌""金乌""孝乌"等，搭配形式单一，且"乌"在语料中也未发现有生动表现形式。"黑"使用频数低于"乌"，但"黑"在三大搭配领域的分布较为均衡，生动表现形式大量存在，如黑黑、黑碌碌、黑钻钻、黑沉沉、黑漫漫、黑朦胧等。因此，本书将"黑"确定为"黑"范畴的原型颜色词并用于定义该范畴。

原型颜色词"黑"将在第二章进行详细研究，下面简要说明"黑"范畴其他非原型颜色词的具体情况。

（二）"黑"范畴非原型颜色词简析

1. 非原型语义颜色词

"黑"范畴的非原型语义颜色词有 11 个：乌、玄、皂（皁）、黛、黯、墨、黔、黰、黝、缁、褐。

（1）"乌"共有 174 例，3 个义项。

❶|形| 黑色：

> 例 64 【沉醉东风】［生］晨夕里念劬劳，晨夕里念劬劳，私情乌乌，因此上敢违慈教?《香囊记·启程》
>
> 例 65 【古轮台】［贴］脱花冠，把乌纱小帽罩云鬟。《琴心记·文君新寡》
>
> 例 66 【杜韦娘】［旦］玉容态娇艳，眉黛淡扫春山远。凤髻绾乌云，霞衬脸，更袅娜纤腰娇软。《杀狗记·妻妾共议》

"私情乌乌"中的"乌乌"指乌鸦，是一种黑色的鸟，古人认为乌鸟反哺，可以隐喻为孝顺的人；"把乌纱小帽罩云鬟"中的"乌纱"指古代官员所戴的一种黑色纱帽，也可转喻官职；"凤髻绾乌云"中的"乌云"隐喻女子乌黑的头发。

❷ 指黑色的乌鸦，如"乌鹊""乌鸢""慈乌""孝乌""饥乌""啼乌""野乌""夜乌"中的"乌"均转喻乌鸦：

> 例 67 【前腔】［生］孤影，南枝乍冷，见乌鹊缥缈，惊飞栖止不定。万点苍山何处是，修竹吾庐三径。《琵琶记·中秋望月》
>
> 例 68 【前腔】［旦］儿迤念父母，及早归乡土，念慈乌亦能返哺。莫学我的儿夫，把亲耽误。《琵琶记·寺中遗像》
>
> 例 69 【前腔】［生］池边宿乌，悠悠直梦晓光来，月落乌啼慢慢捱。《琴心记·跳动琴心》

"见乌鹊缥缈"中的"乌鹊"指乌鸦和喜鹊，"看慈乌亦能返哺"中的"慈乌"指乌鸦，"月落乌啼慢慢捱"中的"乌"也指乌鸦。

❸指太阳，传说太阳中有三足乌，月亮中有玉兔，所以"乌"可以转喻太阳，"兔"可以转喻月亮。"乌""兔"连用转喻日月：

　　例70【尾声】［合］盘桓且尽今宵兴，兔走乌飞不暂停，莫待华发萧萧两鬓生。《三元记·祝寿》
　　例71【渔家傲】［末］乌兔天边才打照，仙翁海上驴儿叫。《邯郸记·标引》
　　例72【十二时】［合］流离彼此如迷瘴，谁料阳乌仍昶。《双珠记·月下相逢》

"兔走乌飞"指日月运行，光阴流逝；"乌兔天边才打照"中的"乌兔"转喻太阳和月亮；"谁料阳乌仍昶"中的"阳乌"指太阳中的三足乌，"乌"转喻太阳。

据统计，174例"乌"的语料中，转喻用法就有71例，约占到"乌"全部语料的40.8%，说明"乌"作为语义颜色词的地位还很不稳定。

（2）"玄"共有22例，1个义项。

形 黑色：

　　例73【古轮台】［众］双飞彩燕，对舞玄鹤，幸喜共离患难。《宝剑记·第五十二出》
　　例74【点绛唇】［净］紫塞青烟，玄菟白草。《红梨记·胡扰》
　　例75【南侥侥令】［丑］玄珠思佩赠，绿绮欲联飞。《团花凤·第二出》

"双飞彩燕，对舞玄鹤"中"彩燕""玄鹤"对举，这两者都是吉祥的鸟类，"玄鹤"即"黑鹤"；"紫塞青烟，玄菟白草"中"紫塞""玄菟"对举，这两者此处均指边塞要地，"菟"本为草名，"玄菟"字面意思可解释为黑色的草；"玄珠思佩赠，绿绮欲联飞"中"玄珠""绿绮"对举，二者都是精美物品，"玄珠"指黑色明珠。

（3）"皂（皁）"本指可染黑色的柞实，表"黑色"义共有16例，1个义项。

形 黑色：

例 76【前腔】［生］我穿的是紫罗桐，倒拘得我不自在，我穿的是皂朝靴，怎敢胡去踹？《琵琶记·晌询衷情》

例 77【风检才】［净］皂罗袍着来又破，乌纱帽带来偏大，说起接官心也苦，镇日间受饥饿。《琴心记·设馆都亭》

例 78【北清江引】［钟］猛虎啖群羊，皂雕欺雀燕。《燕子笺·守溃》

"皂朝靴"指黑色高帮白色厚底的鞋子，旧时官绅所穿；"皂罗袍"指一种黑色长衣；"皂雕欺雀燕"中的"皂雕"指一种黑色大型猛禽。

（4）"黛"本指一种青黑色颜料，表"黑色"义共有 61 例，3 个义项。

❶ 形 青黑色：

例 79【前腔】［生］有个人儿在天一涯，只落得脸销红眉锁黛。《琵琶记·晌询衷情》

例 80【念奴娇】［旦］眉愁黛锁，有恨向谁评论。《玉簪记·遇难》

"只落得脸销红眉锁黛"中的"脸"和"眉"分别对应"红"和"黛"，"黛"指眉毛的青黑色；"眉愁黛锁"将"眉黛"拆开分别与"愁"和"锁"组合，"黛"也指眉毛的青黑色。又如：

例 81【前腔】［旦］钗符凤口衔，钏臂鲛丝绾。怜黛眉一色，绿遍庭萱。惜花慵捲金铃索，待燕长钩绣户帘。《燕子笺·扈奔》

例 82【前腔】［旦］香车翠幌飘，望三峰玉女，黛色岩峣。《燕子笺·迁官》

"怜黛眉一色"中的"黛眉"指女子黑色的眉毛，"黛色岩峣"中的"黛色"形容前文"三峰玉女"青黑色的山林景致。

❷ 指青黑色眉毛：

例 83【二犯江儿水】［旦］亭亭住彩云，双黛愁颦，两眼波横。

《浣纱记·演舞》

　　例84【破阵子】［旦］翠<u>黛</u>深笼宝镜，蛾眉懒画春山。丝萝虽喜依乔木，椿树还怜老岁寒，偷将珠泪弹。《荆钗记·辞灵》

　　"双<u>黛</u>愁颦"中的"双黛"转喻女子的双眉，"翠黛深笼宝镜"中的"翠黛"转喻女子的青黑色眉毛。

❸指女子：

　　例85【望江南】［卢］倚天家甲第拟云台，有女如花新粉<u>黛</u>。向朝班玉笋选多才，红叶上秋阶。《紫钗记·缓婚收翠》

　　例86【前腔】［小净］三千<u>黛</u>粉。六官颜色谁堪逊。《红梨记·豪宴》

　　"粉<u>黛</u>"本义指化妆所用敷面的白粉和画眉的黛墨，"有女如花新粉黛"中的"粉黛"整体转喻女子，"黛""粉"也可单独转喻女子；"三千黛粉"中的"黛"也转喻女子。

　　（5）"黯"共有19例，1个义项。

形　黑色：

　　例87【金珑璁】［小生］长空云<u>黯</u>黯，那堪狂雪交加，飞柳絮，舞梨花。《杀狗记·窑中受困》

　　例88【月下笛】［末］但<u>黯</u>然春去，落红成阵，暮云凝碧。《琴心记·家门始终》

　　例89【六么令】［老旦］天<u>黯</u>淡，日微茫。《双珠记·姑妇相逢》

　　"长空云<u>黯</u>黯"中的"黯黯"指下雪前云的深黑色；"但黯然春去"中的"黯然"指暮春时分自然景象的衰败昏暗；"天黯淡"中的"黯淡"指天色的昏暗。

　　（6）"墨"共有2例，1个义项。

形　黑色：

例90【西江月】［小生］十载青灯碌碌，三年**墨**绶偬偬。《逍遥游》

例91【二犯傍妆台】［旦］眼前**墨墨**无分晓，惨绝昏黄不系舟。《相思谱》

"三年墨绶偬偬"中的"墨绶"指黑色绶带；"眼前墨墨无分晓"中"墨"的叠音形式"墨墨"，指情绪波动过大而导致的暂时性失明。

（7）"黔"共有1例，1个义项。

形 黑色：

例92【前腔】［外］悲哭**黔**黎，病劳无控诉，死为邻与鬼相属。《双忠记·超攉》

"黔黎"是"黔首黎民"的省称，指百姓，"黔"为黑色。

（8）"黭"共有2例，1个义项。

形 青黑色：

例93【二郎神】［旦］合梦初惊，镇无言兀自把晓妆愁**黭**。《红梅记·折梅》

例94【前腔】［生］闪金屏半面红妆**黭**。爱芳卿。相逢邂逅。一见已留情。《红梅记·折梅》

"镇无言兀自把晓妆愁黭"与"闪金屏半面红妆黭"中的"黭"均指青黑色。这两例都出自《红梅记》。

（9）"黝"共有1例，1个义项。

形 微青黑色：

例95【南鲍老催】［净］觑他贼眼恼，恶肚肠，凶模样，真个是褐夫万乘都不让，北宫**黝**胆气须想像。《脱囊颖》

"黝胆气"形容毛遂莽撞却又非凡的勇气，此时是楚王在怒斥毛遂莽撞的举动，"黝"指微青黑色。

（10）"缁"共有 12 例，1 个义项。

形 黑色：

例 96【猫儿坠】［旦］从今孽债染缁衣。《玉簪记·词媾》

例 97【西地锦】［外］风色凋残绿鬓，丝鞭翻惹缁尘。汾阳桥畔朝烟冷，谁当圯下期人?《红拂记·期访真人》

例 98【东瓯令】［净、小生］难道你磨而不磷，涅而不缁。《绣襦记·闻信增悲》

"缁衣"指黑色衣服；"缁尘"指黑色灰尘；"涅而不缁"这句话意指即便身处黑泥中也不会被染黑，常用于形容高尚的品格。

（11）"褐"共有 7 例，2 个义项。

❶ 形 黄黑色：

例 99【前腔】［崔］珍重，驼褐霏烟，鹅黄漾日，都不似翠苞凝凤。暮雨朝云，红香醉来几瓮。《玉簪记·词媾》

"驼褐霏烟"中的"驼褐"指骆驼的黄黑色，与后文"鹅黄"对举使用，两者均为动物的颜色。

❷ 指黄黑色粗布衣服：

例 100【前腔】［二生］宫花两鬓簪，释褐身衣锦。说甚么文章字字，价值千金。想昔年落魄，今朝恁，不是文章不似今。此皆是叨亲荫，文场共临。《娇红记·喜贺》

"释褐身衣锦"中的"褐"指中举前穿的黄黑色粗布衣服，"锦"指中举后穿的精致华美服饰。

"黑"范畴各个非原型语义颜色词都有其特殊的优势搭配域："乌"主要搭配动物中的鸟类；"黛"主要搭配人体的眉毛；"晦"主要搭配气象类词语；"皂""缁""褐"主要搭配衣物；"玄"的搭配域有一定的文

化独特性和复杂性；"墨""晦""黔""黬""黝"的用例较少，搭配情况也比较简单。

2. 语用颜色词

"黑"范畴的语用颜色词有 4 个：晦、暗、黬、煤。本书将其分为两组。

第一组：晦、暗

（1）"晦"本指黑夜或晚上，表"黑色"义共有 1 例。

　　例 101【前腔】[旦] 你看月儿黑黑的星儿<u>晦</u>，萤火青青似鬼火吹。《还魂记·遇母》

"你看月儿黑黑的星儿晦"中的"晦"指星星不明亮。

（2）"暗"本指光线不足或不明亮，与"明"相对，表"黑色"义共有 2 例，均表示月光的昏暗。

　　例 102【余文】[小生] 停杯处想恁狂，思暂借邯郸半晌。却不道月<u>暗</u>秋江人断肠！《双莺记》

"却不道月暗秋江人断肠"中的"暗"形容月光的昏黑。

"晦"和"暗"主要表现为一种低亮度的光亮，亮度低则视物不明，看上去接近黑，因此可以用来表示黑色。

第二组：黬、煤

（1）"黬"本指人脸上黑色斑点①，表"黑色"义共有 1 例。

　　例 103【一枝花】[净] 骨碌碌南人笑，则个鼻凹儿蹸，脸皮<u>黬</u>，毛梢儿魆。《还魂记·虏谍》

"脸皮黬"中的"黬"在此用来指脸皮上的黑色。

（2）"煤"本指烟熏所积的黑灰，表"黑色"义共有 1 例。

---

① 《六十种曲评注》：黬，面上的斑点。（徐朔方、杨笑梅校注）

例 104【川拨棹】［旦］情何限，为弱柳，抬青眼。怕只怕笺煤字殷，怕只怕笺煤字殷，道得个海枯石烂。《紫钗记·花院盟香》

此时的场景是李君虞进京赶考，霍小玉害怕他变心，因此李君虞写下盟书，表达了不离不弃的誓言。这段【川拨棹】唱出了霍小玉的忧思，"怕只怕笺煤字殷"中的"笺煤字殷"指有黑墨线格子的笺纸与深红色的字，"煤"指笺纸上线条的黑色。

语料中"黑"范畴语用颜色词的数量和用例都不算多，"暗""晦"从亮度的角度来表现黑色，"黝""煤"从实物的典型色泽来表现黑色，都起到了很好的语用效应。

三　"红"范畴颜色词

(一) "红"范畴原型颜色词的判定

明代戏剧唱词语料中"红"范畴颜色词共有 28 个，其中语义颜色词 16 个：红、赤、朱、绛、丹、绯、彤、赭、殷、赫、赪、赧、酡、渥、茜、紫；语用颜色词 12 个：粉$_2$、鹤$_2$、霜$_2$、霞、血、榴、梅、樱、檀、猩、胭脂、桃花。

"红"范畴颜色词的使用总频数及其在三大搭配域的分配情况如表 1-14 所示。

表 1-14　"红"范畴颜色词使用频数及其在三大搭配域的分配情况

	使用总频数	自然物域	非自然物域	人体域
红	969	424	368	177
赤	109	19	30	60
朱	191	6	148	37
绛	64	14	47	3
丹	204	76	93	35
绯	13	1	12	0
彤	33	14	19	0
赭	4	0	4	0
殷	4	1	2	1
赫	4	2	2	0
赪	1	0	0	1

续表

	使用总频数	自然物域	非自然物域	人体域
赧	10	0	0	10
酡	5	0	0	5
渥	1	0	1	0
茜	4	1	3	0
紫	278	120	157	1
粉₂	1	0	1	0
鹤₂	1	1	0	0
霜₂	1	1	0	0
霞	5	0	0	5
血	5	0	3	2
榴	1	0	1	0
梅	1	0	1	0
樱	1	0	0	1
檀	3	1	0	2
猩	3	0	2	1
胭脂	2	2	0	0
桃花	3	0	0	3

根据以上数据，"红"范畴的语义颜色词使用频数排序如下：

红>紫>丹>朱>赤>绛>彤>绯>赧>酡>赭/殷/赫/茜>赪/渥，频数最高的是红（969次），其次是紫（278次）。

"红"范畴的语用颜色词使用频数排序如下：

霞/血>猩/桃花/檀>胭脂>榴/梅/樱/粉₂/鹤₂/霜₂，频数最高的是霞/血（5次）。

由于"红"是"红"范畴中使用频数最高、搭配能力最强的颜色词，所以本书将"红"确定为"红"范畴的原型颜色词并用于定义该范畴。

原型颜色词"红"和次常用颜色词"紫"将在第二章进行详细研究，下面简要说明"红"范畴其他非原型颜色词的具体情况。

（二）"红"范畴非原型颜色词简析

1. 非原型语义颜色词

"红"范畴除"紫"以外的语义颜色词有14个：丹、朱、赤、绛、彤、绯、赧、酡、赭、殷、赫、茜、赪、渥。

（1）"丹"共有204例，1个义项。

形 红色：

例105【北点绛唇】［外］玉露沾衣，九重金殿珠帘起。伫立丹墀，上下传恩旨。《三元记·及第》

例106【黄钟引子·西地锦】［老旦］妇随夫唱意绸缪，丹凤彩鸾佳偶。《连环记·赐环》

例107【驻云飞】［生］我有济世经邦，一点丹心托上苍。《精忠记·说偈》

"伫立丹墀"中的"丹墀"指宫殿的赤色台阶，常转喻朝廷或帝王；"丹凤彩鸾佳偶"中的"丹凤"指一种有红色羽毛的凤鸟，是吉祥喜庆的象征；"一点丹心托上苍"中的"丹心"指人的赤诚火热之心。

（2）"朱"共有191例，3个义项。

❶形 略深的红色，该义项有177例：

例108【前腔】［生］也曾造高门把朱户敲，也曾问娇娥音信杳。《红梅记·寻遇》

"也曾造高门把朱户敲"中的"朱户"指朱红色大门，"朱"指朱红色。

❷指红色的胭脂，该义项有10例：

例109【园林好】［旦］几曾去调朱傅铅？几曾爱鸾钗凤钿？对镜羞惭娇面，今日里别仙班，今日里谪尘凡！《玉簪记·重效》

"几曾去调朱傅铅"中的"朱"指胭脂，"铅"指铅粉，此二者均为女子的化妆品。

❸指红色的官服，该义项有4例：

例 110【中衮第四】［生］臣享厚禄，挂朱紫，出入承明地。惟念二亲寒无衣，饥无食，丧沟渠。《琵琶记·丹墀陈情》

"挂朱紫"中的"朱""紫"分别转喻红色官服和紫色绶带。"朱""紫"是古代高级官员的服色，二者连用在特定语境中甚至可转喻指高级官员。

（3）"赤"共有 109 例，3 个义项。

❶形红色，该义项有 99 例：

例 111【斗黑麻】［外］自古姻缘，事非偶然，五百年来，赤绳系牵。儿今去，听教言。《荆钗记·辞灵》

"赤绳系牵"中的"赤绳"指月下老人用以牵系婚姻的红绳。
❷指空着，该义项有 9 例：

例 112【前腔】［旦］挺一身竖立纲常，赤两手扶持伦纪。人皆有死，人皆有死，切莫逡巡畏惧，要舍生取义。《双忠记·报信》

"赤两手"指"展现出双手原有的赤色"，从而使"赤"引申出"空着"义。
❸指血液，该义项有 1 例：

例 113【北商调集贤宾】［正末］自寻真一入桃源水，伤往事可重追。试论他任刑名渭川流赤，穷土木阿殿飞翠。《武陵春》

"流赤"指流血，此处"赤"转喻指血液。
值得注意的是，语料中"赤+叠音后缀"的 ABB 结构很多，如赤剥剥、赤律律、赤碌碌、赤斑斑、赤泼泼、赤刺刺，等等。

例 114【前腔】［旦］赤斑斑肢体俱棰损。《双珠记·狱中冤恨》

"赤斑斑"形容犯人被狱吏严刑拷打后身上血迹斑斑。

（4）"绛"共有64例，1个义项。

形 深红色：

例115【尾声】［贴］怎辜负的这一弄明窗新绛纱。《还魂记·闺塾》

例116【一剪梅】［外、净］绿杨枝上啼春鸟，绛桃花底蜂飞。《三元记·饯行》

例117【北醉扶归】［占］獭髓添微绛，梅瓣贴宫妆。《玉玦记·入院》

"绛纱"指深红色的纱，"绛桃花"指深红色的桃花，"微绛"指淡红色。

语料中"绛"和衣物类词语搭配共有28例，约占其总用例的44%，所以"衣物类"是"绛"的优势搭配域。"绛河"（指银河）和"绛霄"（指天空极高处）中的"绛"均是借南方之色，古代天文学家以北极为观测基准，银河和天空极高处均在北极之南。

（5）"彤"共有33例，1个义项：

形 红色：

例118【前腔】［净］万里彤云布，似落花。《玉簪记·合庆》

例119【玩仙灯】［小外］迢递下彤墀，为文星远来招取。《琴心记·杨关送别》

例120【殿前欢】［旦］这姻缘，谩将彤管记红笺。是史书中突出个新密变，待到千年，剪银灯做笑话传。《男王后》

"彤云"指红云，"彤墀"即宫廷内的丹墀，"彤管"指杆身涂成红色的毛笔。

语料中"彤+建筑类"出现15例，"彤云"出现13例，这两者约占其总用例的85%，所以"建筑类"和"气象类"是"彤"的优势搭配域。

（6）"绯"共有13例，2个义项。

❶ 形 红色：

例 121【前腔】［旦、贴］绯袍象简，紫诰辉连凤帔花冠。皇恩飞，男和女列清班。《香囊记·褒封》

"绯袍象简"中的"绯袍"指红色官服。

❷ 指红色的官服：

例 122【连珠令】［净］身作藩臣衣紫绯，貔貅百万久征西。多因腹内无忠胆，故使身肥国不肥。《琴心记·奸臣误国》

例 123【雁儿落】［正末］只得演朝仪在傀儡场，假金绯胡乱遮穷相。《真傀儡》

"身作藩臣衣紫绯"中的"绯"转喻指红色官服；"假金绯胡乱遮穷相"中的"金绯"指高官所拥有的金章和绯衣，此时正末的官职是宋朝平章政事，"绯"转喻指红色官服。

语料中"绯"和衣物类词语搭配的用例有 12 例，约占其总用例的 92%，所以衣物类是"绯"的优势搭配域。

（7）"赧"共有 10 例，1 个义项。

形 红色，专指人因羞愧而脸上呈现出的颜色：

例 124【琥珀坠】［贴］看他严声厉色，言出鬼神愁，正气漫漫冲斗牛，敦我赧颜厚颊自含羞，休休，辜负御沟红叶空流。《香囊记·褒封》

例 125【红衲袄】［末］这般富贵呵！受君禄，心怎安。负君恩，知愧赧。须信是为臣难更难。《香囊记·潜回》

"赧颜"与"愧赧"均指因羞惭而脸上泛出红色。

（8）"酡"共有 5 例，1 个义项。

形 红色，专指饮酒后脸上呈现出的颜色：

例 126【孝白歌】[众] 征徭薄, 米谷多, 官民易亲风景和。老的醉颜酡, 后生们鼓腹歌, 你道俺捧灵香, 因什么？《南柯记·风谣》

例 127【前腔】[合] 颜酡春晕显, 花月好难眠, 无奈斗转。银虬催漏悄, 翠凤袅鬟偏。《紫钗记·花朝合卺》

"老的醉颜酡" 中的 "酡" 指老人醉酒后脸上泛出的红色；"颜酡春晕显" 中的 "酡" 指少女饮酒后脸色的红润。

(9) "赭" 共有 4 例, 1 个义项。

形 暗红色:

例 128【神仗儿】[生] 遥瞻天表, 见龙鳞日耀, 咫尺重瞳高照。遥拜着赭黄袍, 遥拜着赭黄袍。《琵琶记·丹陛陈情》

例 129【前腔】[净] 那戴的是紫金冠更有貂蝉耀, 穿的是赭红袍坐的是五山轿。《琴心记·金闺荣返》

"赭黄袍" 指天子所穿的赭黄色衣袍, 此处转喻指天子, "赭" 是暗红色；"赭红袍" 指高官 (此处指已经官拜中郎将的司马相如) 的赭红色衣袍, "赭" 也是暗红色。

(10) "殷" 共有 4 例, 1 个义项。

形 深红色:

例 130【金珑璁】[生] 风吹绽蒲桃褐, 雨淋殷杏子罗。今日晴和, 晒衾单几自有残云涡。《还魂记·拾画》

例 131【海棠春】[病旦] 病魂灵飞去多回次, 博不得一声疼惜, 泪点血成殷。哭向空房死。《娇红记·芳陨》

"雨淋殷杏子罗" 中的 "殷" 指红罗着水后显现出的深红色；"泪点血成殷" 中的 "殷" 的语义既指向 "血" (红血) 又指向 "泪" (红泪), 表达了此时遭遇身体和感情双重痛楚的女主角强烈的伤心情绪。

(11) "赫" 共有 4 例, 1 个义项。

形 鲜红色：

例 132【前腔】[生] 我寒儒显<u>赫</u>门楣，太岳翁传扬名誉。《荆钗记·迎请》

例 133【大环着】[合] 此生何幸，否复屯亨，玉玦欢重会。丹书再锡，封街湛露皆沾霈，<u>赫</u>耀已无比。《玉玦记·团圆》

"显赫门楣"指把家中门框上方的横木涂成鲜红色，这是富贵的象征；"赫耀已无比"中的"赫耀"指鲜红色的明亮耀眼。"赫耀"和"显赫"主要指社会声望。

（12）"茜"共有 4 例，1 个义项。

形 绛红色：

例 134【醉扶归】[旦] 你道翠生生出落的裙衫儿<u>茜</u>，艳晶晶花簪八宝填，可知我常一生儿爱好是天然。《荆钗记·迎请》

例 135【落梅花】[末] 空对着花枝<u>茜</u>，只少那人面红，痴呆呆三人传送。霞筋倩谁红袖捧，做新诗没人歌诵。《玉玦记·团圆》

"裙衫儿茜"中的"茜"语义指向"裙衫儿"，指裙子的绛红色；"空对着花枝茜"中的"茜"与"只少那人面红"中的"红"对举使用，"茜"指花枝的绛红色。

（13）"赪"共有 1 例，1 个义项。

形 浅红色：

例 136【前腔】[生] 看他玉容半<u>赪</u>芙蓉貌，越恁多波俏。谢伊家担饶了这一遭，我可感刻在心苗。《娇红记·分烬》

"玉容半赪芙蓉貌"中的"赪"形容女子生气后略微泛红的面容。

（14）"渥"共有 1 例，1 个义项。

形 朱红色：

　　例 137【五煞】［末］一个呵秾桃样，一个呵艳李般。两边各逞风流脸。红的呵，怎比得梅花点额欺铅粉，白的呵，怎比得獭髓留痕似渥丹。真堪厌！公子呵，您自去张红按板，樊素司弦。《花舫缘》

　　"渥丹"指女子化妆所用朱砂，"渥"指朱红色。
　　"红"范畴非原型语义颜色词比较多，"丹""朱""赤"语义搭配范围较广，"绛""绯""赭""茜"的优势搭配域是衣物类词语，"赧""酡""赪"的优势搭配域是人体面部类词语，"彤"的优势搭配域是建筑类和气象类词语，"渥"的优势搭配域是妆饰物类词语，而"殷""赩"的搭配情况具有一定复杂性。
　　2. 语用颜色词
　　"红"范畴的语用颜色词有 12 个：霞、血、猩、桃花、檀、胭脂、榴、梅、樱、粉$_2$、鹤$_2$和霜$_2$。本书将其分为四组。
　　第一组：霞、血、猩
　　(1) "霞"本指日出日落时天空中红色的云，表"红色"义共有 5 例，均修饰人体的脸。

　　例 138【梅花酒】［酸］休想似宰相人家，画阁窗纱，绣袄宫花。过手汤茶，消闷琵琶。雾鬓堆鸦，晕脸生霞。《鞭歌妓》
　　例 139【前腔】［净］堪叹，雪染云鬟，霞绡杏脸，朱颜去不回还。椿老萱衰，只恐雨憾风偃。《玉玦记·团圆》

　　"晕脸生霞"中的"霞"的语义指向"脸"，由"霞"烘托出"红色"，指脸色变红；"霞绡杏脸"中的"绡"通动词"消"，与上句"雪染云鬟"中的"染"在词性上对应，"霞"和"雪"则是一红一白，在颜色对比中渲染出岁月在容颜上留下的痕迹。
　　(2) "血"本指红色的血液，表"红色"义共有 5 例，主要修饰眼泪和胭脂。

　　例 140【金珑璁】［旦］嗟薄命，叹空房，孤身成肮脏。时有血泪沾裳，劳织红罢梳妆。《香囊记·说亲》
　　例 141【滚绣球】［净］葡萄酒醉胭脂血，貂帽花添锦绣妆。这

气概非常。《娇红记·番衅》

"血泪"指女子因伤心悲痛所流之"红泪",古典诗词曲赋中常用"红泪"代指美人泪,这里用"血"代替"红",更能表现出悲痛的情绪;"葡萄酒醉胭脂血"中的"血"的语义指向胭脂,用来形容胭脂的血红色。

(3)"猩"本指猩猩这种动物,由于猩猩血是鲜红色的,所以"猩"可表"红色"义,共有3例。

例142【啭林莺】[旦]花枝摘来红袖擎,擎奇得两袖<u>猩猩</u>。人面花枝相照映,照的来各各娉婷。《红梅记·折梅》

例143【幺】[生]瘦凌波款款下阶墀,斜鲜<u>猩</u>裙步又迟。红生半脸,蹙损双眉。送郎不远,还则两心疑。《桃花人面》

"擎奇得两袖猩猩"指梅花使两边衣袖也呈现出鲜红色,叠音词"猩猩"在此处表"红色"义;"斜鲜猩裙步又迟"中的"猩裙"指猩红色的裙子。

第二组:檀、桃花、胭脂

(1)"檀"本指一种木质浅红的树木,表"浅红色"① 义共有3例。

例144【前腔】[鲍]鸾惊凤骇,误春纤掴着<u>檀</u>腮。护丁香怕拆新蓓蕾,道得个豆蔻含胎。《紫钗记·妆台巧絮》

例145【前腔】[生]谁种?鹤顶移鞋,<u>檀</u>心倒晕,旋瓣重飘争耸。渲紫生绯,袍带寿安围拥。《紫钗记·花前遇侠》

"檀腮"指女子浅红色的腮颊,"檀心"指牡丹花浅红色的花蕊。

(2)"桃花"本指桃树上开的花儿,表"红色"义共有3例,主要形容脸色的红润。

---

① 黄竹三、冯俊杰(2001)所编《六十种曲评注》第八卷第192页引明陈继儒《枕谭·檀晕》:"按,画家七十二色有檀色,浅赭所合,妇女晕眉色似之。人皆不知檀晕之义何也。"可知"檀"应为一种浅红色,常用于形容女子的面容。

例 146【麻婆子】［丑］闻知姑娘嫁穷胎，好酒吃大碗，好肉吃大块。吃得<u>桃花</u>上脸来。《白兔记·成婚》

例 147【么】［旦］离家来没一箭远，听黄河流水溅。马头低遥指落芦花雁，铁衣单忽点上霜花片，别情浓就瘦损<u>桃花</u>面。《雌木兰》

"吃得桃花上脸来"中的"桃花"指人酒足饭饱后脸上的红润色泽；"别情浓就瘦损桃花面"中的"桃花"指少女脸上的红润色泽。

（3）"胭脂"本指用于化妆的颜料，表"红色"义共有 2 例。

例 148【琥珀猫儿坠】［旦］残红零落，苔径点<u>胭脂</u>。流水飘香不待时，多情空咏断肠诗。《红拂记·拜月同祈》

例 149【商调过曲·二郎神】［小旦］朝雨后，看海棠似<u>胭脂</u>湿透，笑眷恋花心蝴蝶瘦。《连环记·赐环》

"苔径点胭脂"指残败的花瓣散落满地，苍苔小径就好像被点染了胭脂的红色一样；"看海棠似胭脂湿透"中用"胭脂"来形容雨后海棠花娇艳的颜色。

第三组：榴、梅、樱

（1）"榴"本指一种名叫石榴的果木，常开红色花，表"红色"义共有 1 例。

例 150【么】［小生］则见你罗衫香靽袖轻盈，血色<u>榴</u>裙映。朱唇半点妒猩猩，窄地增娇俊。《红莲债》

"榴裙"指红如榴花的裙子，"榴"的红色义源于榴花。

（2）"梅"本指一种冬天开花的树木，梅花常为红色，表"红色"义共有 1 例。

例 151【尾声】［小生］满床娇不下得<u>梅</u>红帐，看姊妹花开向月光。《南柯记·生恋》

"梅红"是"语用颜色词+语义颜色词"的形式，"梅"是表"红色"义的语用颜色词。

（3）"樱"本指一种名叫樱桃的果木，果实多为红色，表"红色"义共有1例。

例152【前腔】［净］樱唇吐出新声，爱温香软玉，体态轻盈。谩嫣然一笑，果然是倾国倾城。《连环记·大宴》

此处是董卓在宴席上赞美貂蝉的美，"樱唇"指如樱桃果实那般娇小而红润的嘴唇，"樱"既形容嘴唇的娇小形状，又形容嘴唇的鲜红色泽。

第四组：粉$_2$、鹤$_2$、霜$_2$

（1）"粉$_2$"表"红色"义共有1例。

例153【皂罗袍】［旦］淋漓！字儿有几？呀！血又来了。早流出心上万种相思。粉笺谩写断肠诗淋漓。《相思谱》

"粉笺"指粉红色的笺纸，"粉"此处临时表"红色"义。

（2）"鹤$_2$"表"红色"义共有1例。

例154【前腔】［生］谁种？鹤顶移鞓，檀心倒晕，旋辨重飘争耸。《紫钗记·花前遇侠》

"鹤顶"原指鹤的红色头顶，这里隐喻红色的花冠，"鹤"此处临时表"红色"义。

（3）"霜$_2$"表"红色"义共有1例。

例155【香柳娘】［小生］望阳台路赊，望阳台路赊，鸟道度云车，猿声下霜叶。《紫钗记·花前遇侠》

"霜叶"指经霜变红的叶子，"霜"此处临时表"红色"义。

应该说，"粉$_1$、鹤$_1$、霜$_1$"表"白色"义是比较常见的用法，而"粉$_2$、鹤$_2$、霜$_2$"表"红色"义是比较特殊的用法，主要是观察角度的不同。

四　"绿"范畴颜色词

（一）"绿"范畴原型颜色词的判定

明代戏剧唱词语料中"绿"范畴颜色词共有 5 个，其中语义颜色词 4 个：绿、碧、翠、蓝；语用颜色词 1 个：荷。

"绿"范畴颜色词的使用总频数及其在三大搭配域的分配情况如表 1- 15 所示。

表 1-15　　"绿"范畴颜色词使用频数及其在三大搭配域的分配情况

	使用总频数	自然物域	非自然物域	人体域
绿	259	142	88	29
碧	198	139	56	3
翠	460	123	234	103
蓝	72	22	48	2
荷	3	0	3	0

根据以上数据，"绿"范畴语义颜色词使用频数排序如下：

翠>绿>碧>蓝，使用频数最高是翠（460 次），其次是绿（259 次）。

"绿"范畴的语用颜色词只有一个荷（3 次），因此不做排序。

由于"翠"是"绿"范畴使用频数最高、搭配能力最强的颜色词，所以本书将"翠"确定为"绿"范畴的原型颜色词。但是"翠"本义指长着青绿色羽毛的鸟，在语料中仍能发现不少"翠"表示翠鸟羽毛的用例（约 4%），为了保证用于命名范畴的词表颜色的纯粹性，所以仍选用本义即表颜色的"绿"命名该颜色范畴。

原型颜色词"翠"和次常用颜色词"绿"将在第二章进行详细研究，下面简要说明该范畴其他非原型颜色词的具体情况。

（二）"绿"范畴非原型颜色词简析

1. 非原型语义颜色词

除"绿"以外，明代戏剧唱词"绿"范畴非原型语义颜色词还有两个：碧、蓝。

（1）"碧"共有 198 例，1 个义项。

形 深绿色：

例 156 【北折桂令】［外］我想起那李公子呵，所事撑达，与他争甚么凤食鸾晒，我自向<u>碧梧</u>中别寻支节。《红拂记·髯客海归》

例 157 【前腔】［小旦］枝柯<u>碧翠</u>多潇洒，清高不染尘埃，散天香薰透骨骸，龙涎奚足称哉。《绣襦记·闻信增悲》

例 158 【双调新水令】［末］看半林黄叶暮云低，<u>碧澄澄</u>小桥流水，柴门无犬吠，古树有乌啼，茅舍疏篱。《中山狼》

"碧梧"指深绿色的梧桐树；"碧翠"分别指深绿色、亮绿色这两种颜色；"碧澄澄小桥流水"中的"碧澄澄"形容流水的碧绿和澄澈。

（2）"蓝"作为颜色词在明代戏剧唱词中使用频数极为有限，在 72 例出现"蓝"的语料中有 54 例与"蓝田""蓝桥"这样的地名有关。如果我们不计算地名中的"蓝"，那么"蓝"纯粹表颜色义共有 18 例，1 个义项。

形 蓝绿色：

例 159 【不是路】［丑］有京报，令郎连中三元。<u>蓝袍</u>脱却换宫袍。《三元记·荣封》

例 160 【玉抱肚】［外］破<u>蓝衫</u>麻线重缝，旧头巾生漆重黏。《红梅记·怨聚》

"蓝袍"指古代读书人未入仕时穿的蓝绿色衣袍；"蓝衫"也指旧时读书人所穿的蓝绿色衣衫。

虽然明代戏剧唱词中"绿"未能取代"翠"，成为"绿"范畴的原型颜色词，但"绿"的颜色词用法已经得到了极大的发展。"蓝"作为颜色词的使用则比较受限制。

2. 语用颜色词

明代戏剧唱词"绿"范畴的语用颜色词只有"荷"。

"荷"表"绿色"义共有 3 例，集中体现在"荷衣"上。

例 161 【菊花新】［生］十年身到凤凰池，一举成名天下知。脱白挂<u>荷衣</u>，功名遂少年豪气。《荆钗记·参相》

例 162 【三学士】［合］骤金鞭及早把<u>荷衣</u>挂，望归来锦上花。

《还魂记·谒遇》

"脱白挂荷衣"指脱去平民的白衣，穿上进士的绿袍，"荷衣"指绿袍；"骤金鞭及早把荷衣挂"指早日高中进士，穿上绿袍。

五　"黄"范畴颜色词

（一）"黄"范畴原型颜色词的判定

明代戏剧唱词语料中"黄"范畴颜色词共有4个，其中语义颜色词2个：黄、缃；语用颜色词2个：金、曛。

"黄"范畴颜色词的使用总频数及其在三大搭配域的分配情况如表1-16所示。

表 1-16　　　"黄"范畴颜色词使用频数及其在三大搭配域的分配情况

	使用总频数	自然物域	非自然物域	人体域
黄	604	381	205	17
缃	1	0	1	0
金	69	13	56	0
曛	1	1	0	0

根据以上数据，"黄"范畴两个语义颜色词使用频数排序如下：

黄>缃，频数最高的颜色词是"黄"（604次）。

"黄"范畴两个语用颜色词使用频数排序如下：

金>曛，频数最高的颜色词是"金"（69次）。

由于"黄"是"黄"范畴中使用频数最高、搭配能力最强的颜色词，所以本书将"黄"确定为"黄"范畴的原型颜色词并用于定义该范畴。

原型颜色词"黄"将在第二章进行详细研究，下面简要说明"黄"范畴其他非原型颜色词的具体情况。

（二）"黄"范畴非原型颜色词简析

1. 非原型语义颜色词

明代戏剧唱词语料中"黄"范畴的非原型语义颜色词只有1个：缃。

"缃"共有1例，1个义项。

形 浅黄色：

例 163【江儿水】［合］库有青緗，何不潜心参讲?《西楼记·检课》

古代常用青色和青黄色的布帛作书衣、封套，"库有青緗"中的"青緗"可以转喻书籍、画卷等。"緗"的字面意义仍是"浅黄色"。

2. 语用颜色词

明代戏剧唱词语料中"黄"范畴的语用颜色词有 2 个：金、曛。

（1）"金"本指一种黄色的贵金属，表"黄色"义共有 69 例，其中"金榜"出现 30 次，约占到其总用例的 43.4%。"泥金"或"金泥"出现 18 例，约占其总用例的 26%。

例 164【前腔】［净、丑］这姻缘不俗。金榜题名，洞房花烛。《琵琶记·强就鸾凤》

例 165【不是路】［贴］莲步轻移。幸喜季子今日做了丞相，一纸泥金报喜归。《金印记·叔婆传书》

"金榜"指科举时代揭晓殿试结果的黄榜，"泥金"指用以封印的用金箔、胶水制成的黄色颜料。"金"作为语用颜色词，虽然也存在质地、光泽、美称等其他特征，但表颜色仍是其主要特征。

（2）"曛"本指日落时赤黄色的余光，表"黄色"义在语料中出现 1 例。

例 166【接云鹤】［生］寻花到此转艰辛，过了瓜村又日曛。《相思谱》

"日曛"指日色昏黄，暗示天色已晚，此处"曛"表"赤黄色"义。

虽然"黄"范畴语用颜色词比较少，但"金"的用例在明代戏剧唱词所有语用颜色词中仅次于"银"，是一个常用的语用颜色词。

六　"青"范畴颜色词

（一）"青"范畴原型颜色词的判定

明代戏剧唱词语料中"青"范畴颜色词共有 6 个，其中语义颜色词 3

个：青、绀、苍；语用颜色词 3 个：葱、莓、鸦。

"青"范畴颜色词的使用总频数及其在三大搭配域的分配情况如表 1-17 所示。

表 1-17 "青"范畴颜色词使用频数及其在三大搭配域的分配情况

	使用总频数	自然物域	非自然物域	人体域
青	734	460	234	40
绀	1	0	1	0
苍	184	149	5	30
葱	2	2	0	0
莓	1	1	0	0
鸦	2	0	0	2

根据以上数据，"青"范畴的三个语义颜色词使用频数排序如下：

青>苍>绀，频数最高的是"青"（734 次）。

"青"范畴的三个语用颜色词使用频数排序如下：

葱/鸦>曛，频数最高的是葱/鸦（2 次）。

由于"青"是"青"范畴中使用频数最高、搭配能力最强的颜色词，所以本书将"青"确定为"青"范畴的原型颜色词并用于定义该范畴。"青"有多个表颜色义项，如蓝色、绿色、黑色等。赵晓驰指出，"在整个上古时期，汉语其实并不区分蓝色和绿色"，"而是把蓝色和绿色作为一个整体进行范畴化和词汇化的，即是将其作为一个义项进行称名"，"'青'类词的黑色义是词义引申的结果"，"'青'还可表紫蓝色"。① 总之，似乎到目前为止，谁也无法说清"青"到底指什么颜色，"青"的复杂性引起了学者的极大关注。

原型颜色词"青"将在第二章进行详细研究，下面简要说明"青"范畴其他非原型颜色词的具体情况。

（二）"青"范畴非原型颜色词简析

1. 非原型语义颜色词

明代戏剧唱词语料中"青"范畴非原型语义颜色词有 2 个：苍、绀。

（1）"苍"可以表示不止一种颜色，"苍"在与不同搭配域的事物组

---

① 赵晓驰：《跨语言视角下的汉语"青"类词》，《古汉语研究》2012 年第 3 期。

合时表现出不同的颜色。"苍"共有 184 例，2 个义项。

❶ 形 蓝绿色：

例 167【十二时】[小生] 冤恨当诉天，奈极目苍天还远。《浣纱记·养马》

例 168【不是路】[净] 真愁闷，苍苔不见弓鞋印，有谁相问？《浣纱记·效颦》

例 169【六么令】[旦] 山隐隐，树苍苍，京都杳杳如天上。《双珠记·姑妇相逢》

"苍天"同"青天"，指深蓝色的天；"苍苔"指深绿色的苔藓；叠音词"苍苍"指森林中树木的浓绿色。

❷ 形 灰白色：

例 170【贺圣朝】[外] 乌台日冷清霜，凤池风袅奇香。拾遗补过尽劬勤，鬓发渐成苍。《西楼记·检课》

例 171【混江龙】[吕] 数你听，有一个汉钟离，双丫髻苍颜道扮。一个曹国舅，八采曲眉象简朝绅。《邯郸记·合仙》

"鬓发渐成苍"中的"苍"指老人鬓发的灰白色；"苍颜道扮"中的"苍"指八仙之一汉钟离苍老的容颜。

（2）"绀"共有 1 例，1 个义项。

形 深青透红：

例 172【前腔】[生] 琼楼绀宇，称春风笑语欢呼。金塘秋水映红蕖。迷下蔡，竟何如？《玉玦记·访友》

"绀宇"与"绀园"同义，是佛寺道观的别称。因为这些宗教场所的建筑物颜色常为深青透红之色，所以用"绀"来形容。

2. 语用颜色词

明代戏剧唱词语料中"青"范畴语用颜色词有 3 个：鸦、葱、莓。

（1）"鸦"本指一种羽毛灰黑的鸟类，表"灰黑色"义共有 2 例，均形容鬓发。

例 173【后庭花】［旦］看胭脂马晃脸霞，珊瑚鞭袅鬓鸦。拂翠袖捎旗画，掠红绡飐剑花。《男王后》

例 174【越调斗鹌鹑】［小旦］你看他媚靥裁花，娇眸剪水，鬓拂双鸦，唇含半蕊，别样风流，撩人旖旎。《男王后》

"珊瑚鞭袅鬓鸦"中的"鸦"相当于"青鬓"的"青"，描绘头发的乌黑亮丽；"鬓拂双鸦"中的"鸦"也是"灰黑色"义。

（2）"葱"本指一种鲜绿色的蔬菜或调味品，表"鲜绿色"义共有 2 例，均修饰气象类词。

例 175【前腔】［生］遥遥十里前，见葱葱佳气，非雾非烟。雉飞鸾舞，台观叠来苍远。《南柯记·之郡》

例 176【前腔】［生］那龟山呵，拭泪捶胸，怎似蟠山气郁葱？《南柯记·还朝》

"见葱葱佳气"中的"葱葱"指祥瑞佳气的鲜绿色泽，"蟠山气郁葱"中的"郁葱"指蟠山中茂盛草木的鲜绿色泽。

（3）"莓"本指一种绿色的蔷薇科植物，表"暗绿色"义共有 1 例。

例 177【双蝴蝶】［众］便风雨莓苔的气不消，一字字雁行排天际遥。《邯郸记·勒功》

"莓苔"指暗绿色的苔藓，"莓"指暗绿色。
"青"范畴语用颜色词均可与"青"组合，如鸦青、青葱、青莓。

七　泛颜色范畴颜色词

明代戏剧唱词语料中泛颜色范畴颜色词共有 3 个，其中语义颜色词 1 个：彩（綵、采）；语用颜色词 2 个：锦、斑。
泛颜色范畴颜色词的使用总频数及其在三大搭配域的分配情况如

表 1-18 所示。

表 1-18　　泛颜色范畴颜色词使用频数及其在三大搭配域的分配情况

	使用总频数	自然物域	非自然物域	人体域
彩（綵、采）	166	95	70	1
锦	333	41	283	9
斑	12	2	5	5

根据以上数据，泛颜色范畴的语义颜色词只有一个"彩"（166 次），指各种色彩汇合。

泛颜色范畴的两个语用颜色词使用频数排序是：锦>斑，频数最高的是"锦"（333 次）。

由于泛颜色范畴颜色词数量较少，语义也比较简单，只在本节做简单介绍。

（1）"彩（綵、采）"共有 166 例，1 个义项。

形 泛指各种颜色：

例 178【太平令】［贴］岭路江乡，一片彩云扶月上。羽衣青鸟闲来往。《还魂记·魂游》

例 179【前腔】［旦］会见离鸾全破镜，彩凤双飞昼锦荣。《香囊记·问卜》

例 180【念奴娇】［众］绛彩娇春，铅华炫昼，占断鸳鸯浦。《浣纱记·采莲》

"彩云"中的"彩"指云朵的绚丽多彩；"彩凤"中的"彩"指凤凰羽毛的绚丽多彩；"绛彩娇春"中的"绛彩"指春天的绚丽多彩，尤其显眼的是绛红色。

（2）"锦"表泛颜色义共有 333 例。

例 181【尾声】［合］看壮士还家尽锦衣。《浣纱记·送伐》

例 182【高阳台】［净］穷海提兵，沿江牧马，英声天下无敌。锦帐开营，弓刀雾拥云集。《浣纱记·允降》

"锦衣"指精美华丽的衣服，"锦"指衣服的多彩颜色；"锦帐"指华美多彩的帷帐，"锦"指帷帐的多彩颜色。

值得一提的是，当"锦"和"绣"组合成"锦绣"后，语料中有许多"锦绣+名词"的形式，如"锦绣肠""锦绣胸""锦绣筵""锦绣丛""锦绣褥""锦绣乡""锦绣鸳帏""锦绣胸怀""锦绣乾坤""锦绣华堂""锦绣江山""锦绣相如赋"等。

（3）"斑"表泛颜色义共有 12 例。

例 183【柳叶儿】［末］他做了湘妃竹都斑了。《霸亭秋》

例 184【锦堂月】［旦］华发斑斑，韶光荏苒，双亲幸喜平安。《荆钗记·庆诞》

例 185【玉交枝】［生］音尘迢递，飘泊孤身淹外夷。为功名未遂男儿志，北堂久冷斑衣。《香囊记·相会》

"湘妃竹都斑了"中的"斑"做谓语，这句话指湘妃竹的色彩都变得斑驳了；"华发斑斑"中的"斑斑"指双亲头发的斑白；"斑衣"中的"斑"指衣服的斑斓色彩。

泛颜色范畴颜色词非常宽泛地定义了各种色彩的集合，该颜色范畴的存在是为了满足人们表达复合颜色的需要。

第三节 值得讨论的现象

一 关于颜色词的范畴归入

本书将明代戏剧唱词中的颜色词分为七个范畴："白"范畴、"黑"范畴、"红"范畴、"绿"范畴、"黄"范畴、"青"范畴、泛颜色范畴。其实，各颜色范畴中除原型颜色词最为典型外，有些词也比较典型，如"白"范畴的"素"，"黑"范畴的"乌"、"红"范畴的"紫、丹、朱、赤"。这里值得讨论的现象是，有些不太典型的颜色词，既可以归入 A 范畴，又可归入 B 范畴，甚至是 C 范畴，如"翠""碧""苍"既可归入"绿"范畴，又可归入"青"范畴。

我们主张将"碧""翠"归入"绿"范畴，将"苍"纳入"青"范畴。这样划分出于以下考虑：

（1）"绿"作为颜色词在明代戏剧唱词中已经大量出现了，虽然"青"出现频数（734 次）是"绿"（259 次）的近三倍，但"绿"的语义系统在很大程度上有别于"青"（关于这一点，第二章会有详细论述），有必要单独设立"绿"范畴。

（2）"翠""碧"主要表"绿色"义，这从"翠绿""碧绿"这种习惯性组合中可以看出，因此将"翠""碧"归入"绿"范畴较为合适。

（3）"苍"可以表示蓝绿色、灰白色或其他混合色，这与"青"的语义特点类似，将其归入"青"范畴也较为合适。

我们主张将"蓝"归入"绿"范畴。因为赵晓驰在汉语"青"类词研究中指出上古汉语其实不区分蓝色和绿色，而是将其作为一个义项进行范畴化和词汇化①，又因为"蓝"单纯表示颜色义在明代戏剧唱词中的用例很少，所以"蓝"还不足以单独构成一个颜色范畴，最好的办法就是将"蓝"归入"绿"范畴。

我们主张将"粉、霜、鹤"这三个语用颜色词定义为"粉$_1$、霜$_1$、鹤$_1$"和"粉$_2$、霜$_2$、鹤$_2$"，下标为 1 的归入"白"范畴，下标为 2 的归入"红"范畴。从语料的实际情况来看，表"白色"义是"粉、霜、鹤"作为语用颜色词的常见用法，表"红色"义则是特殊用法，有必要把它们区分开来。

二　关于颜色词的类型归入

语义颜色词和语用颜色词的界定及区分标准已经在绪论的术语界定中做了详细阐释，以下颜色词在类型归入上仍然值得继续讨论。

关于"白"范畴中的"素"。支持"素"作为语义颜色词的证据除了"素+名词"的用法之外，更强有力的证据是在语料中发现了"淡素"这种程度副词修饰"素"的用法。

例 186 【前腔】［生］那边厢，淡<u>素</u>铺平敞，堆积的凄寒状。敢是下雪也？《紫钗记·边愁写意》

---

① 赵晓驰：《跨语言视角下的汉语"青"类词》，《古汉语研究》2012 年第 3 期。

"淡素铺平敞"中用"淡素"来形容色彩感单一的边塞风光,"程度副词+素"这种形式证明"素"应该是一个语义颜色词。

关于"白"范畴中的"潘"。"潘鬓"表"白色鬓发"义的用法来源于古代美男子潘岳中年白发的历史典故。因为"潘"是姓氏,而非名物,本书将"潘"归入语用颜色词依据的是文化标准,不同于一般语用颜色词的名物标准。

关于"绿"范畴中的"碧""翠"。我们认为"碧""翠"在产生之初是作为语用颜色词使用的,但在明代戏剧唱词中从它们直接修饰名词的大量用例以及丰富的 ABB 词形来看,"碧""翠"已经转变为语义颜色词。

本章小结

本章主要描写了明代戏剧唱词中颜色词的总体概况,划分了七个颜色范畴,判定了七个范畴的原型颜色词,简要分析了各范畴的非原型颜色词,最后讨论了范畴归入和类型归入的一些问题。

在数量概况中,我们把 45 个单音节语义颜色词和 39 个语用颜色词按照色彩属性归入"白、黑、红、绿、黄、青、泛颜色"七个范畴,确定了七个范畴的原型颜色词和本书要重点研究的常用颜色词。在明代戏剧唱词语料中,尚未发现"灰"作为颜色词使用的用例。

在词形概况中,我们从语音形式和语素的组合方式这两个方面对颜色词词形进行了归纳总结。从语音形式看,有单音节、双音节、三音节的颜色词。从语素的组合方式看,除了单纯颜色词外,出现了大量合成颜色词。合成颜色词有复合式、重叠式、附加式三种形式,复合式颜色词最为丰富。复合式颜色词主要有联合型、偏正型和补充型三种,ABB 颜色词是复合式颜色词中比较特殊的一类型式(补充型)。

在搭配概况中,我们先将颜色词的语义搭配分为自然物域、非自然物域、人体域三大域,然后再归纳和命名自然物域的 9 小类,非自然物域的 14 小类和人体域的 10 小类。这些分类有比较强的概括力,涵盖了语料中所有颜色词的搭配情况,这在第三章常用颜色词语义的广义度部分将得到广泛应用。

在句法概况中,我们论证语义颜色词单用时可以充当主、谓、宾、定、状、补等各种句法角色，构成含彩词语后可以充当定语、中心语、宾语的角色。

通过频数统计和人工干预，我们确定了除泛颜色范畴以外其他六个范畴的原型颜色词"白、黑、红、翠、黄、青"，明确了下一步需要重点研究"白、黑、红、紫、绿、翠、黄、青"这八个常用颜色词。本章还对各范畴中非原型颜色词（包括非原型语义颜色词和语用颜色词）的意义和搭配做了简明扼要的分析。

最后，我们还对颜色词的范畴归入、类型归入的一些问题做了进一步阐述。

第二章

明代戏剧唱词常用颜色词
语义系统分析

本章将重点描写明代戏剧唱词中"白、黑、红、紫、绿、翠、黄、青"这八个常用颜色词的语义系统并探讨语义系统中非原型语义的产生机制。对颜色词的语义系统进行描写时，我们将区分原型语义与非原型语义。在颜色词的语义系统中，当某一义项占到该词51%以上用例时，该义项可以被认定为原型语义。

第一节　常用颜色词语义系统

一　"白"的语义系统

"白"共有469例，11个义项。我们在归纳颜色词的义项时区分词性和用法，当词性、用法不同时则单列义项。

（一）"白"的原型语义

❶形 白色，常做定语。例如：

例1【凤凰阁】［生］寻鸿觅雁，寄个音书无便。谩劳回首望家山，和那白云不见。《琵琶记·拐儿绐误》

例2【五更转】［旦］公公，你图他折桂看花早，不想自把一身，送在白杨衰草。《琵琶记·感格坟成》

"白云"指洁白的云朵，"白"指云朵的白色；"白杨"指树皮泛白的杨树，"白"指杨树皮的白色。该"白色"义项占"白"用例的89.77%，为原型语义。

（二）"白"的非原型语义

❷ 动 变白，常做谓语。例如：

例3【醉太平】［外］婆娑头颅尽白，谁知陷在地网天罗。《浣纱记·谏夫》

例4【滚绣球】［女］桃能红，李能白，花开有意妆娇面；燕儿忙，莺儿懒，春老无心唱好歌。此恨如何！《桃花人面》

"头颅尽白"指头颅上的鬓发都变白了，形容伍子胥年迈憔悴，"白"指变白；"李能白"与"桃能红"对举使用，分别指李花能变白，桃花能变红。

❸ 使……变白，使动用法。例如：

例5【西江月】［末］秋月春花似水流，等闲白了少年头。玉津金谷无陈迹，汉寝唐陵失故丘。《琵琶记·拐儿绐误》

例6【商调集贤宾】［末］动不动忽地春来忽地秋，是不是白了人头。折倒的冯唐容易老，宋玉许多愁。《不伏老》

"等闲白了少年头"与"是不是白了人头"中的"白"均为使动用法，指"使……变白"。

❹ 指白发。例如：

例7【夜行船】［生］一幅鸾笺飞报喜，垂白母料已知之。《荆钗记·见母》

例8【前腔】［生］臣子职，当勉力。奈驱驰王事归未得，肠断高人人垂白。《香囊记·分歧》

"垂白母料已知之"中的"垂白母"指垂着白发的母亲，"肠断高人人垂白"中的"垂白"也指白发下垂，这两处的"白"都转喻指白发。

❺ 指带有白色的相关事物。

（1）指白银。例如：

例9【前腔】［旦］有家兄打圆就方，非奴家数白论黄。《邯郸记·赠试》

"数白论黄"指计较金钱，"白"转喻指白银，"黄"转喻指黄金。
（2）指白色棋子。例如：

例10【高阳台】［小生］黑白分行，纵横异道，须教四裔围合。先着谁知？个中另有神诀。《红拂记·棋决雌雄》

"黑白分行"中的"黑白"分别转喻指围棋中的黑子和白子。
（3）指白色的酒。例如：

例11【羽调排歌】［二净］才罢樗蒲，浮白兴高，筹筹满座纷交。猜拳杀将逞雄豪，对饮齐干不暂饶。《双莺记》

"浮白兴高"中的"白"转喻指白色的酒。
（4）指白桃花。例如：

例12【青歌儿】［正末］看今岁洞里桃花胜旧时。红得来光辉，白得来希奇，好一似越王宫里醉西施，无半点胭脂气。《武陵春》

"红来得光辉"与"白来得希奇"对举使用，根据语境此处"红"和"白"分别转喻指红桃花和白桃花。
（5）指其他带有白色的事物。例如：

例13【莺啼序】［合］雪晴时，梅稍上淡月，三白总相宜。《白兔记·报社》

【莺啼序】句指雪止天晴的时候，远远望去，在长着白色梅花的树梢上升起一轮淡淡的明月，此时白色的雪、白色的梅花和白色的月亮这"三白"所组成的整个画面融洽相宜。明代戏剧唱词常用"数字+白"来转喻指白色的事物，如"三白""五白"等。

❻ 形 未染色、无添加。例如：

例 14【破齐阵】［生］极目云霄有路，惊心岁月无涯。白屋三间，红尘一榻，放顿愁肠不下。《邯郸记·行田》

"白屋"的"白"指未染色、无添加，显现出木材原有的颜色。"白屋"指古代平民居住的房屋，因为古代房屋会根据居住者的不同社会等级涂上不同颜色，而平民的房屋不被允许涂任何颜色，所以称显现出木材原有颜色的屋子为"白屋"。

❼ 指未染色、无添加的衣服。例如：

例 15【菊花新】［生］十年身到凤凰池，一举成名天下知。脱白挂荷衣，功名遂少年豪气。《荆钗记·参相》

"脱白挂荷衣"指脱下代表平民身份的未经染色衣服，穿上中进士后的绿色衣服。"白"是"白衣"的省略，转喻指未经染色的衣服。

❽ 指（人）未取得功名或缺乏知识的状态。例如：

例 16【菊花新】［小旦］不识是何缘，平白地把白丁高选！《燕子笺·辨奸》

"白丁"指平民或缺乏知识的人，常带有贬义，此处具体指不学无术的人。

❾ 指（人的品行）没有污点。例如：

例 17【花心动】［贴］清白家声，嗣箕裘奕世尚遗勋荫。《香囊记·逼试》

"清白家声"中的"清白"指品行纯洁，没有沾染任何污点，用颜色域的"白"隐喻指品行域的"没有污点"。

❿ 指空白。例如：

例18【鲍老催】[生] 漫挥兔毫，明珠万颗错乱摇，黄河泻流三峡漂。龙虬走，刀剑鸣，烟云绕。阮生据案成书稿，袁宏倚马不立草。免曳<u>白</u>，贻人笑。《西楼记·泣试》

"曳白"指"卷纸空白，只字未写"，"白"是"空白"。

❶指秋天，古代五色的"白"对应四季的"秋"，这是社会文化赋予的意义。例如：

例19【前腔】[旦] 思前事，惮远投，回头拭泪下龙楼。苍山秀，<u>白</u>露收，萧条风物满秦州。《明珠记·巡陵》

"白露"指秋天的露水，这是中国传统历法文化赋予"白"以"秋天"义。

以上11个义项共同构成了明代戏剧唱词中"白"的语义系统，如图2-1所示。

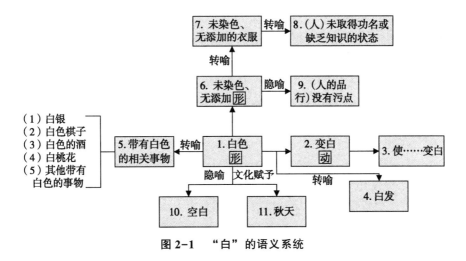

图2-1 "白"的语义系统

明代戏剧唱词语料中"白"的语义系统主要是以原型语义"白色"为中心，通过转喻、隐喻认知机制和社会文化赋予机制产生另外10个义项。

从原型语义学角度，我们把"白"的语义系统分为原型语义和非原型语义两大类，"白"的义项❶为原型语义，其他义项则为非原型语义。

然而纯粹从语义来看，其实可以把"白"的语义系统分成四小类：（1）义项❶❷❸都表"白色"义，只是词性和用法有所不同；（2）义项❻❼❽❾❿都指事物原始的、未附加任何外物的状态；（3）义项❹❺都指带有白色属性的事物；（4）义项⓫比较特殊，是中国传统历法文化赋予"白"的意义。

二 "黑"的语义系统

"黑"范畴的原型颜色词"黑"共有 88 例，7 个义项。

（一）"黑"的原型语义

❶ 形 黑色，常做定语。例如：

> 例 20【前腔】［末］这是中毒的正见：几块酥黑骨。《义侠记·悼亡》
>
> 例 21【踏莎行】［旦］诸品花王，根同黑壤，侬家一种非凡相。空团低坠碧栏前，月魂长绕瑶台上。《三元记·赏花》

"黑骨"中的"黑"指人中毒后骨头的黑色；"黑壤"中的"黑"指肥沃的土壤所呈现出的黑色。该"黑色"义项占"黑"用例的 86.36%，为原型语义。

（二）"黑"的非原型语义

❷ 动 变黑，常做谓语。例如：

> 例 22【混江龙】［净］啸一声支兀另汉钟馗其冠不正，舞一回疏喇沙斗河魁近墨者黑。《还魂记·冥判》

"近墨者黑"中的"黑"做谓语，指变黑。

❸ 使……变黑，使动用法。例如：

> 例 23【摊破地锦花】［旦］大冤亲，把锦片似前程刊。一谜谜尘，白日里黑了天门。待学苏妻，织锦回文。《邯郸记·织恨》

"黑了天门"指使天门变黑，为使动用法，"黑"指"使……变黑"。

❹指黑色棋子。例如：

例 24【高阳台】［小生］黑白分行，纵横异道，须教四裔围合，先着谁知？《红拂记·棋决雌雄》

"黑白分行"中的"黑"转喻指黑色棋子。

❺ 形 狂暴，常用来形容风。例如：

例 25【二煞】［小生］胜鸾胶，续的魂，似犀灵，辟的殃。黑风涛把南车傍。《错转轮》

"黑风"指地狱中狂暴的风，"黑"指狂暴。

❻指（人）不怀好意、狠毒。例如：

例 26【恁麻郎】［净］这见识心黑又意黑。《荆钗记·抢亲》

"心黑又意黑"指某种想法不怀好意，此处两个"黑"都有"不怀好意"之义。

❼指阴历下半月，这是社会文化赋予的意义。例如：

例 27【夜行船引】［生］紫塞长驱飞虎豹，拥貔貅万里咆哮。黑月阴山，黄云白草，是万里封侯故道。《邯郸记·勒功》

"黑月阴山"中的"黑月"指阴历下半月的月亮。"黑月"的"黑"与"黑分"有密切关联，宋代洪迈说："月盈至满，谓之白分；月亏至晦，谓之黑分。白前黑后，合为一月。"① 根据日常经验，可知白分时月

---

① 《汉语大词典》"黑分"词条：印度历法称太阴历的下半月。唐玄奘《大唐西域记·印度总述》："月盈至满谓之白分，月亏至晦谓之黑分，黑分或十四日、十五日，月有小大故也。"宋洪迈《容斋四笔·白分黑分》："月盈至满，谓之白分；月亏至晦，谓之黑分。白前黑后，合为一月。"

亮只在上半夜出现，黑分时月亮只在下半夜出现。假设古人夜晚入睡早，由于在阴历下半月的上半夜他们看不到月亮，因而把这个时段的月亮命名为"黑月"。"黑"表示"阴历下半月"的义项就是社会文化（历法）所赋予的。

以上 7 个义项共同构成了明代戏剧唱词中"黑"的语义系统，如图 2-2 所示。

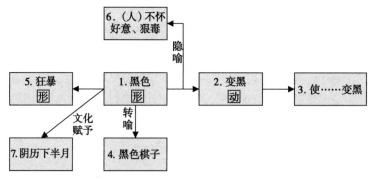

图 2-2　"黑"的语义系统

明代戏剧唱词语料中"黑"的语义系统主要是以原型语义"黑色"为中心，通过转喻、隐喻认知机制和社会文化赋予机制产生另外 6 个义项。

从原型语义学角度，我们把"黑"的语义系统分为原型语义和非原型语义两大类，"黑"的义项❶为原型语义，其他义项则为非原型语义。然而纯粹从语义来看，也可以把"黑"的语义系统分成四小类：（1）义项❶❷❸都表"黑色"义，只是词性和用法有所不同；（2）义项❺❻都指一种消极状态，反映了事物的阴暗面；（3）义项❹指带有黑色属性的事物；（4）义项❼比较特殊，是中国传统历法文化赋予"黑"的意义。

三　"红"的语义系统

"红"范畴的原型颜色词"红"共有 969 例，10 个义项。

（一）"红"的原型语义

❶形红色，常做定语。例如：

例 28【前腔】［外］人世姻缘天所授，惟媒妁得预其谋。麻瓢兀

自浮仙涧，红叶犹能上溯流。《荆钗记·启媒》

例29【前腔】［贴］红颜自古多辛苦，似杨花乍依芳树，又飘南浦。《明珠记·获荫》

"红叶"中的"红"指叶子的红色；"红颜"中的"红"指女子美丽容颜焕发出的红润色泽。该"红色"义项占"红"用例的75.95%，为原型语义。

（二）"红"的非原型语义

❷动变红，常做谓语。例如：

例30【尾声】［旦］怎能勾月落重生灯再红?《还魂记·闹殇》

例31【收江南】［末］若不是今生应结并头丛，为甚么隔窗情意不胜浓？正放着娇娇滴滴两青瞳。却又早脸红，拼做个情痴阮籍逐香踪。《花舫缘》

"灯再红"指油灯再次燃起，灯芯变红并发出红色的光亮，"红"指变红；"却又早脸红"中的"脸红"指脸色由于羞涩而变得红润，"红"也指变红。

❸指花儿，尤其是红色的花。例如：

例32【天下乐】［旦］一片花飞故苑空，随风漂泊到帘栊。玉人怪问惊春梦，只怕东风羞落红。阶下落红三四点，错教人恨五更风。《琵琶记·孝妇题真》

例33【北混江龙】［老旦］入的园来，好花卉也！你看那洛阳丰韵，三春红紫斗精神。白的白碧桃初绽，红的红仙杏芳芬。《红梨记·再错》

"落红"指落花，"红"转喻指花儿；"红紫"分别转喻指红花和紫花。

❹指带有红色的相关事物。

（1）指由于长期堆放而腐烂发红的谷类。例如：

例 34【前腔】［旦］实不相瞒，明日公婆该奴供膳。甘旨事难供，奴将金钗一股，典些贯杇与陈红。《金印记·金钗典卖》

"陈红"指陈腐发红的谷类，"红"凸显了那些腐坏谷类的颜色。

（2）指红绸。例如：

例 35【前腔】［旦］想凄凉怎生？想凄凉怎生？绮罗春静，枕花红泣鸳鸯并。《玉玦记·送行》

"花红"指簪在帽上的金花和披在身上的红绸，旧时都是喜庆之物，"红"指"红绸"。

（3）指红色尘土。例如：

例 36【前腔换头】［老旦］你是贾董，策献天人，榜开龙虎，曲江春宴马蹄红。《西楼记·言祖》

"曲江春宴马蹄红"中的"红"指车马经过而荡涤起来的红色尘土。

（4）指红色的光。例如：

例 37【传言玉女】［外］烛影摇红，帘幕瑞烟浮动，画堂中珠围翠拥。《琵琶记·强就鸾凤》

"烛影摇红"中的"红"指蜡烛所发出红色的光。

（5）指红色衣服。例如：

例 38【滚绣球】［末］因此懒把红紫当年作嫁衣，一个个是蝤首蛾眉。《簪花髻》

"红紫"分别转喻指红色和紫色的衣服。

（6）指用红布包裹的礼物。例如：

例 39【前腔】［生］伤春中酒，轻寒自觉。人儿共枕，春宵暖

和。算花星捱的孤鸾过。三日后，五更过，十红拖地送媒婆。《紫钗记·得鲍成言》

"十红"指送给媒婆的十种礼物，都是用红布包裹，"红"凸显出礼物外包装的颜色。

（7）指赏钱。例如：

例40【入赚】［校］明朝金阙，讨你幅撞门红去了也。《还魂记·闻喜》

"撞门红"指求见入门时给守门者的赏钱（红包），"红"指赏钱。

（8）指其他带有红色的事物。例如：

例41【前腔】［生］冰箸，甘垂承掌露，寒溅泣盘珠。沁肌肤，迸玉绽红，跳显出个人风度。《紫钗记·吹台避暑》

"迸玉绽红"中的"红"转喻指小河西国镇心瓜内的红瓤。

❺形指精美。例如：

例42【哭岐婆】［净］长安御道，东风芳草，游人闹吵，桃花争笑。红楼帘卷美人娇，多情却被无情恼。《香囊记·琼林》

"红楼"泛指精美的楼房，"红"隐喻指精美。

❻指红润的容颜，常形容女子。例如：

例43【前腔】［生］这话儿好教我参不透，只指望楚雨巫云，怎翻做绿惨红愁？《玉簪记·姑阻》

"绿惨红愁"指女子的种种愁恨，"绿"指女子浓密乌黑的头发（绿鬓），"红"指女子红润美丽的容颜（红颜）。

❼指女子。例如：

例44【锁窗郎】［净］吾家富比陶朱，独没个翠倚红偎。想香温玉软，凤枕鸳帏，谩流涎百种风流滋味。《焚香记·设谋》

"翠倚红偎"指亲狎女色，"翠""红"经历了两次转喻才产生"女子"这个义项：第一步，"翠""红"先分别转喻指"翠袖、翠眉"和"红袖、红颜"。第二步，再以"翠袖、翠眉"和"红袖、红颜"为基础进一步转喻指"女子"。这种现象通常出现在"偎红倚翠、倚翠偎红、翠遮红掩、翠拥红遮、红围翠匝、红喧翠嚷、蹂红践翠、翠红乡、翠红堆、绿拥红遮、绿窗红怨、碎绿摧红、绿愁红怅、少红一捻"等表达男女情爱意味的语言结构中。

❽指女子化妆所用的胭脂。例如：

例45【雁儿落】［豪］咱呵甚意儿把良马思君子，将红粉赠男儿家赀？《紫钗记·花前遇侠》

"红粉"指女子化妆所用的胭脂和铅粉，"红"为胭脂。

❾指人体血液。例如：

例46【前腔】［净］纷纷犬戎，落落氏羌种，空有聚蚁屯蜂。看前徒倒戈自攻。喋血漂杵流红。《香囊记·受诏》

"流红"指流血，"红"指人体的血液。

❿社会文化赋予的相关义项。

（1）指红线。例如：

例47【摧拍】［生］幸好淡月梅花，拾取钗钿，将去纳采牵红，成就良缘。《紫钗记·节镇宣恩》

"牵红"源自古代牵红线选婿或择妻的典故，"红"指红线。

（2）指红叶。例如：

例48【前腔】［旦］是天公不费买花钱，则咱人心上有题红怨。

《还魂记·寻梦》

"题红"源自古代红叶题诗传情的故事，"红"指红叶。

（3）指红泪，常指女子伤心悲痛所流的眼泪。例如：

例49【铧锹儿】［合］穷不赡，病怎兼？提起卖钗情事泪痕淹，想的他啼<u>红</u>万点。《紫钗记·玉工伤悲》

"啼红万点"中的"红"是"红泪"的省略，"红泪"即美人泪。

（4）指皇帝朱笔所写红色的字。例如：

例50【一封书】［老］亲看御笔题<u>红</u>在，待蟒宫袍赐绿来。《邯郸记·夺元》

"御笔题红"指皇帝用朱笔所写红色的字，"红"指红字。

以上10个义项共同构成了明代戏剧唱词中"红"的语义系统，如图2-3所示。

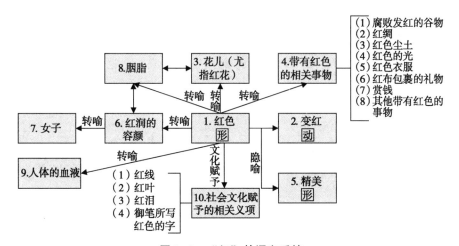

图2-3　"红"的语义系统

明代戏剧唱词语料中"红"的语义系统主要以原型语义"红色"为中心，通过转喻、隐喻认知机制和社会文化赋予机制产生另外9个义项。

从原型语义学角度，我们把"红"的语义系统分为原型语义和非原型语义两大类，"红"的义项❶为原型语义，其他义项则为非原型语义。然而纯粹从语义来看，也可以把"红"的语义系统分成五小类：（1）义项❶❷都表"红色"义，只是词性有所不同；（2）义项❸❹❻❽❾都指带有红色属性的事物；（3）义项❿比较特殊，这是神话传说、民俗习惯、典章制度等社会文化赋予给"红"的意义；（4）义项❼指出了对红色服饰偏爱的一类人；（5）义项❺表现了人们从对红色的喜爱到对红色事物品质的信赖。

四　"紫"的语义系统

"红"范畴的次常用颜色词"紫"共有278例，4个义项。

（一）"紫"的原型语义

❶ 形 紫色，常做定语。例如：

　　例51【懒画眉】［生］则为紫鸾烟驾不同朝，便有万片宫花总寂寥。《南柯记·生恣》

　　例52【红衲袄】［末］穿的是绣云裘，戴着铁豸冠，手捧着紫泥书，执着白象简。《南柯记·生恣》

"紫鸾"中的"紫"指神鸟羽毛的紫色；"紫泥书"专指皇帝诏书，古人用泥来封印书信，皇帝诏书专用紫色泥。该"紫色"义项占"紫"用例的88.13%，为原型语义。

（二）"紫"的非原型语义

❷指紫色的花。例如：

　　例53【前腔】［生］李兄好花，试看今日黄和紫，不数当年魏与姚。《焚香记·赴试》

　　例54【普天乐】［旦贴］锦帆开，牙樯动，百花洲，清波涌，兰舟渡，兰舟渡，万紫千红，闹花枝浪蝶狂蜂。《浣纱记·打围》

"黄和紫"中的"黄""紫"分别转喻指"黄色牡丹"和"紫色牡丹"；"万紫千红"形容百花齐放，色彩绚丽，"紫"转喻指紫色的花。

❸指紫色绶带，这是一个社会文化（服饰制度）赋予的义项。例如：

例 55【前腔】［旦］休恁的苦推辞，休恁的苦推辞，步云程，取青<u>紫</u>，早把亲显耀。《香囊记·启程》

"青紫"指古代官员的青色绶带和紫色绶带，"紫"指紫色绶带。

❹指紫色官服，这也是一个社会文化（服饰制度）赋予的义项。例如：

例 56【前腔】［旦］指望他耀祖荣亲，改换门户。悬悬望他，望他腰金衣<u>紫</u>。《琵琶记·寺中遗像》

"腰金衣紫"指腰佩金银鱼袋，身穿紫袍，此为古代高官装束。"紫"指紫色官服，这是古代服饰文化赋予"紫"的意义。

以上 4 个义项共同构成了明代戏剧唱词中"紫"的语义系统，如图 2-4 所示。

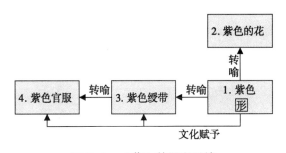

图 2-4　"紫"的语义系统

明代戏剧唱词语料中"紫"的语义系统主要以原型语义"紫色"为中心，通过转喻机制和社会文化赋予机制产生另外 3 个义项。

从原型语义学角度，我们把"紫"的语义系统分为原型语义和非原型语义两大类，"紫"的义项❶为原型语义，其他义项则为非原型语义。然而纯粹从语义来看，也可以把"紫"的语义系统分成三小类：（1）义项❶表"紫色"义；（2）义项❷表带有紫色属性的事物；（3）义项❸❹是古代服饰文化赋予"紫"的意义。

五　"绿"的语义系统

"绿"是"绿"范畴的次常用颜色词，也是用于命名范畴的颜色词。

"绿"共有259例，6个义项。

（一）"绿"的原型语义

❶ 形 绿色，常做定语。例如：

例57【金井水红花】［旦］绿水全开镜，清溪独浣纱。波冷溅芹芽，湿裙钗，娇羞谁讶？《浣纱记·游春》

例58【侥侥令】［小生］金卮倾绿醑，玉屑满庭除。共江梅照映衰颜好，烂醉倒，花前归去徐。《明珠记·雪庆》

"绿水"中的"绿"指小溪流水呈现出的绿色；"绿醑"中的"绿"指某种美酒佳酿的绿色。该"绿色"义项占"绿"用例的82.24%，为原型语义。

（二）"绿"的非原型语义

❷ 使……变绿，使动用法。例如：

例59【四朝元】［旦］自骊驹唱断，自骊驹唱断，空忆草碧河梁，柳绿长亭。《荆钗记·闺念》

例60【醉太平】［鲍］闲眺。绿杨风老雉媒娇，古道猎痕青烧。一般儿草绿裙腰，花红锈口，残春怎好。《紫钗记·醉侠闲评》

"柳绿长亭"指绿意盎然的柳树使长亭呈现出绿的色彩，它与"草碧河梁"（指繁茂生长的绿草使河梁呈现出绿的色彩）对举使用，"长亭""河梁"为古人送别之处；"草绿裙腰"中的"裙腰"隐喻指狭长的小路，整句话意指茂盛的野草让那条狭长的小路呈现出绿的色彩。这两处"绿"都是使动用法。

❸ 指绿色的自然物。

（1）指绿叶。例如：

例61【秃厮儿】［旦］我娘呵，潜地把聘财收，敫桂英休想将明珠暗投。富家郎，富家郎，枉下了攀花手。俺这里，俺这里，海棠枝绿消红皱。请垂钓的哥哥别处下了钩，休恋这一搭儿野水滩头。《焚香记·构祸》

"海棠枝绿消红皱"指海棠枝上的绿叶和红花都枯萎凋谢了，暗指旦角敫桂英对母亲介绍相亲的男子毫无兴趣。此处"绿"指绿叶。

（2）指绿草。例如：

例62【啭林莺】［旦］恨西风，一霎无端碎绿摧红。《还魂记·闹殇》

"一霎无端碎绿摧红"指西风过后，霎那间绿草干枯、红花凋谢，万物失去了生命力。此处"绿"指绿草。

（3）指绿枝。例如：

例63【倾杯序换头】［旦］真个，剪湘云半幅罗，道家样新妆里。待头顶星冠，手擎萼绿，脚踏芙蕖，御风停脱，咽甜津消欲火。伴飞琼清课，随双成打伙。睡云窝，绝胜他，广寒宫里一嫦娥。《红梅记·该妆》

"手擎萼绿"① 指手里拿着一枝含苞的绿枝，如同观音手持插有绿色柳条的净瓶那样。此处"绿"转喻指绿枝。

（4）指绿水。例如：

例64【月儿高】［旦］嫌单爱偶，选的腰肢瘦。离愁动头，正是愁时候。首夏如秋，这冷落谁生受？君知否？池塘绿皱，双鸳镇并头。《紫钗记·女侠轻财》

"池塘绿皱"指池塘碧绿的水面被风吹起了波浪，水面波光粼粼如同人的皱纹一样，"绿"此处指绿水。

（5）指其他带有绿色的事物。例如：

例65【尾声】［生］则怕少不得绿暗红稀出凤城。朱衣头踏引春

---

① 周朝俊：《红梅记》，王星琦评注，上海古籍出版社1985年出版。注释150：手擎萼绿，似指手执一枝含苞的绿枝，如观音手持净瓶，中插一绿色柳条那样。

聪，归到蓬壶昼锦浓。《紫钗记·荣归燕喜》

"绿暗红稀"形容暮春时节绿荫幽暗、红花凋谢的景象，"绿"此处指绿荫。

❹ 形 亮黑色，常用来形容年轻人的鬓发。例如：

例 66【谒金门】［旦］春梦断，临镜绿云缭乱。闻道才郎游上苑，又添离别叹。《琵琶记·南浦嘱别》

例 67【意难忘】［贴］绿鬓仙郎，懒拈花弄柳。劝酒持觞，眉攒知有恨，何事苦相防？《琵琶记·瞷询衷情》

"绿云"隐喻指年轻女子乌黑浓密的鬓发，"绿"指亮黑色；"绿鬓仙郎"中的"绿鬓"指年轻男子乌黑而有光泽的头发，"绿"也指亮黑色。

❺指（女子）乌黑亮丽的鬓发。例如：

例 68【前腔】［生］这话儿好教我参不透，只指望楚雨巫云，怎翻做绿惨红愁？《玉簪记·姑阻》

例 69【前腔】［丑］道消长空叹嗟，画堂中且安享骄奢。看纷纷绿拥红遮，绮罗香散沉麝。《荆钗记·续姻》

"绿惨红愁"指女子的各种忧愁，"绿"转喻指女子乌黑亮丽的鬓发（绿鬓），"红"转喻指女子红润美好的容颜（红颜）；"看纷纷绿拥红遮"中的"绿"也转喻指女子的乌黑鬓发（绿鬓）。

❻指古代进士所穿的绿袍，这是社会文化（科举制度）赋予的意义。例如：

例 70【画眉序】［生］攀桂步蟾宫，岂料丝萝在乔木，喜书中，今朝有女如玉，堪观处丝幕牵红，恰正是荷衣穿绿。《琵琶记·强就鸾凤》

例 71【一封书】［生］男百拜拜覆，母亲尊前妻父母。离膝下到都，一举成名身挂绿，蒙除授饶州佥判府，待家眷临京往任所。《荆钗记·传鱼》

"荷衣"指中进士后所穿的绿袍，"荷衣穿绿"中的"绿"语义指向

"荷衣",与"丝幕牵红"中的"红"("红"语义指向代表姻缘的红线)对举,分别代表功名和姻缘两大喜事;"一举成名身挂绿"指由于科举考试的成功,男主角考中进士并穿上了代表进士身份的绿袍,"绿"此处指绿袍。

以上6个义项共同构成了明代戏剧唱词中"绿"的语义系统,如图2-5所示。

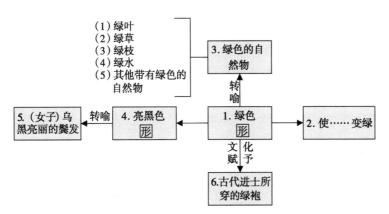

图2-5 "绿"的语义系统

明代戏剧唱词语料中"绿"的语义系统主要以原型语义"绿色"为中心,通过转喻机制和社会文化赋予机制产生另外5个义项。

从原型语义学角度,我们把"绿"的语义系统分为原型语义和非原型语义两大类,"绿"的义项❶为原型语义,其他义项则为非原型语义。然而纯粹从语义来看,也可以把"绿"的语义系统分成四小类:(1)义项❶❷都表"绿色"义,只是在用法上有所区别;(2)义项❹表"亮黑色"义;(3)义项❸❺都指带有绿色或亮黑色属性的事物;(5)义项❻是古代服饰文化赋予"绿"的意义。

六 "翠"的语义系统

"绿"范畴的原型颜色词"翠"共有460例,11个义项。

(一)"翠"的原型语义

❶形绿中泛蓝①,即像翠鸟羽毛那样的颜色,常做定语。例如:

---

① 本书也将"绿中泛蓝"这种颜色称为"蓝绿色"。以此类推,也可将"黑中泛绿"称为"绿黑色","绿中泛白"称为"白绿色","蓝中泛紫"称为"紫蓝色",等等。

例 72【前腔】［合］泪淋淋血儿，都洒向九嶷山翠竹枝。虚飘飘灵儿，早飞傍望夫山贞女祠。《娇红记·芳陨》

例 73【前腔】［浣］小姐呵，无人处和你拾翠闲行。你淡翠眉峰镇自描。《紫钗记·插钗新赏》

"翠竹"中的"翠"指竹皮绿中泛蓝的颜色；"淡翠眉峰"中的"翠"指女子用青黛淡描眉毛后呈现出绿中泛蓝的颜色。

又如：

例 74【豹子令】［外］壮志忘身平贼虏，平贼虏。义旗西指定山河，定山河。扫尽妖氛清国步，翠华不日返神都。《明珠记·返旆》

例 75【前腔】［旦］芳心冰洁，翠钿尘锁。怪胭脂把人耽误。蜂喧蝶嚷，春愁不上眉窝。《玉簪记·谭经》

例 76【前腔】［生］想她是年少娇娘，蓦然间翠靥红生两颊旁。怕道不关情，怎便把春情飏？猛教我神飞醉乡，猛教我魂飞翠乡。《娇红记·会娇》

"翠华"指天子仪仗中用翠羽装饰的旗帜或车盖，可以转喻指御车或帝王，"翠"指翠羽绿中泛蓝的颜色；"翠钿"指用翠玉制成的首饰，"翠"指翠玉绿中泛蓝的颜色；"翠靥"指女子有着绿色妆饰物的面颊，"翠"此处指"花子"（一种古代妇女贴或画在脸上的妆饰）绿中泛蓝的颜色。该"绿中泛蓝"义项占"翠"用例的 75.43%，为原型语义。

（二）"翠"的非原型语义

❷名翠鸟，这是"翠"的本义。例如：

例 77【仙吕赏花时】［旦］孔翠雌雄认未真，虚度韶华十六春。都一样翠蛾攒，只争个鞋弓三寸，哪里肯妩媚让红裙？《男王后》

"孔翠"指孔雀和翠鸟，"翠"此处指"翠鸟"。

❸指翠鸟的羽毛。例如：

例 78【绵搭絮】［贴］时怜花貌，孤枕度良宵。晓起寻欢，女伴

潜踪转寂寥。忆花朝拾翠相邀，何事恋着年少，一旦轻抛？想是难禁春心，不耐冰弦月下挑。《红拂记·乐昌怀伴》

　　例79【香柳娘】[旦] 看钗头玉燕，看钗头玉燕，嘴翅儿活在，衔珠点翠堪人爱。《紫钗记·冻卖珠钗》

　　"拾翠"指拾取翠鸟羽毛，"翠"此处指翠鸟羽毛；"点翠"指将翠鸟羽毛贴在首饰（此处具体指霍小玉的紫玉钗）上。清代王端履指出："今世妇人喜以翠羽涂于金银首饰上，谓之点翠。"①古人极爱翠鸟羽毛，女人将它作为首饰，宫廷仪仗也用它装饰车、马、旗帜等。南朝梁元帝指出："翠所以可爱者，为有羽也；而人杀之，何也？为毛也。"②翠羽作为妆饰物受追捧的历史由来已久。
　　❹指翠色颜料。例如：

　　例80【前腔】[贴] 分明甚，安黄点翠般般称，那里有没稿的庞儿信笔成？《燕子笺·骇像》

　　"安黄点翠般般称"中的"点翠"与例79"衔珠点翠堪人爱"中的"点翠"不同，前者指在画作中点染翠色颜料，后者是在首饰上贴翠鸟羽毛。
　　❺|形|鲜明、色彩鲜艳。例如：

　　例81【破齐阵引】[旦] 翠减祥鸾罗幌，香销宝鸭金炉。楚馆云闲，秦楼月冷，动是离人愁思。《琵琶记·临妆感叹》
　　例82【懒画眉】[贴] 刚转过翠生生绣软梅罗帐。这正是娇怯怯云雨巫山窈窕娘。《娇红记·会娇》

　　"翠减祥鸾罗幌"中的"翠"表"鲜明"义；"翠生生"指"绣软梅罗帐"鲜艳的色彩。"翠"表"鲜明"义是比较特殊的古语用法。

―――――――――

　　① 详见《汉语大词典》"点翠"词条第 2 个义项：首饰类贴以翡翠羽者。清王端履《重论文斋笔录》卷十一："今世妇人喜以翠羽涂于金银首饰上，谓之点翠。"
　　② 详见《汉语大词典》"翠"词条第 1 个义项。

❻ 形 指精美，常形容炊具和楼房。例如：

例 83【前腔】［丑］恩深九重，丝络八珍送，无非翠釜驼峰。《琵琶记·杏园春宴》

例 84【猫儿坠桐花】［生、旦］拥炉相对，诉尽两心愁。一个懒整新妆上翠楼，一个青衫湿尽楚江头；一个门掩梨花倦对酒，一个寒添锦袖慵挑绣。《娇红记·拥炉》

"翠釜"指精美的炊具，"翠楼"指精美的楼房，这两例中"翠"表"精美"义。值得一提的是，"翠楼"与"红楼"虽然都可以指精美的楼房，但有一定区别：（1）"红楼"一般指富家女子所住的楼房，而"翠楼"一般指普通女子所住的楼房；（2）翠楼可意指地位低下的风尘女子住所，"翠楼""翠馆""青楼"常指妓院，而"红楼"没有这种用法。

❼ 指翠玉和用翠玉制成的华美妆饰物。例如：

例 85【金蕉叶】［小旦］他不是红鸳锦鸡。怎消得满身金翠？果若他移根接蒂，怎不做出些藏头露尾？《男王后》

例 86【前腔】［旦］解尽了钗梳首饰，卖尽了金钗珠翠，教奴困苦无依倚。只恨娘生我命似纸，只怨着我穷酸夫婿。《金印记·周氏投河》

"金翠"指黄金和翠玉制成的妆饰物，"翠"此处指翠玉制成的饰物；"金钗珠翠"均为女子妆饰物，"翠"此处指翠玉。因此"金翠""珠翠"中"翠"指玉和用翠玉制成的华美妆饰物。

❽ 指绿色的草木。例如：

例 87【络丝娘】［正末］恰行过御宿川，红围翠拥。早来到紫阁峰，天开地拱。《曲江春》

"红围翠拥"形容大自然的美丽风景，"翠"此处指绿色的草木。

❾ 形 亮黑色，常用于形容女子的鬓发。例如：

例 88【前腔】［旦］翠云撩，一半尘埋了，膏沐香犹绕。敛修蛾不倩郎描，不贴花钿小，不将脂粉调。《红拂记·同调相怜》

例 89【前腔】［贴］春衫袖，血泪斑，风沙满面卷翠鬟。《浣纱记·越叹》

"翠云撩"中的"翠云"指女子乌黑浓密的头发（该用法与"绿云"相同），"翠"指亮黑色；《汉语大词典》指出"翠鬟"是一种"妇女环形的发式"①，但该释义没有体现出"翠"表"亮黑色"的意义，正确的解释应该是"妇女亮黑色浓密头发所盘成的环形发髻"。

❿指女子的眉毛或衣袖。例如：

例 90【前腔】［旦］止不过红围拥，翠阵遮，偏这瘦梅梢把咱相拦拽。《紫钗记·堕钗灯影》

例 91【前腔】［生］不语花含悴，长颦翠怯舒。你春纤乱点檀霞注，明眸谩蹙回波顾，长裙皱拂行云步。《紫钗记·折柳阳关》

"止不过红围拥，翠阵遮"意指元宵节赏花的女子众多，"红"指女子红润美好的容颜（红颜），"翠"指女子绿中泛蓝的衣袖（翠袖）；"长颦翠怯舒"意指离别的伤心情绪使人长时间皱着眉头，"翠"指女子的黑中泛绿的眉毛（翠眉）。这两个例子说明："翠"有的义项可以从与相关名词（如眉、袖）的高频搭配中转喻而来。②

⓫指女子。例如：

例 92【红林檎近】［末］佳客难重遇，胜游不再逢。夜月映台馆，春风扣帘栊。何暇谈名说利，漫自倚翠偎红。《浣纱记·家门》

例 93【传言玉女】［外］烛影摇红，帘幕瑞烟浮动，画堂中珠围翠拥。妆台对月，下鸾鹤神仙仪从。《琵琶记·强就鸾凤》

---

① 《汉语大词典》"翠鬟"词条第 1 个义项：妇女环形的发式。明梁辰鱼《浣纱记·越叹》："春衫袖，血泪斑，风沙满面卷翠鬟。"

② 明代戏剧唱词语料中，"翠"与"眉"搭配次数为 34 次，"翠"与"袖"搭配次数为 28 次。

"倚翠偎红"指亲近女色,"翠""红"均经过双重转喻表示女子①;"珠围翠拥"指喜庆场合在场女子众多,"珠"和"翠"先分别转喻"珍珠"和"翠玉"这些雍容华贵的女性妆饰物,然后以第一次转喻的意义为基础再次转喻就能得出"女子"的意义。我们发现在明代戏剧唱词中"珠翠"连用时"翠"常指"翠玉","珠翠"分开(如"珠围翠拥""珠歌翠舞""珠围翠绕")时"翠"常指"女人"。

以上 11 个义项共同构成了明代戏剧唱词中"翠"的语义系统,如图 2-6 所示。

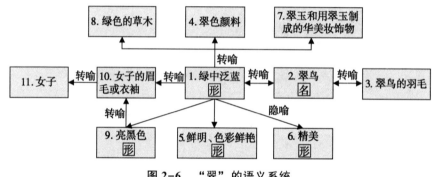

图 2-6 "翠"的语义系统

明代戏剧唱词中"翠"的语义系统主要以原型语义"绿中泛蓝"为中心,通过转喻、隐喻认知机制和社会文化赋予机制产生另外 10 个义项。

从原型语义学角度,我们把"翠"的语义系统分为原型语义和非原型语义两大类,"翠"的义项❶为原型语义,其他义项则为非原型语义。然而纯粹从语义来看,也可以把"翠"的语义系统分成六小类:(1)义项❶表"蓝绿色"义;(2)义项❷❸❹❼❽都指带有"蓝绿色"属性的事物;(3)义项❺表"鲜明"义是古语的用法;(4)义项❾表"亮黑色"义;(5)❿⓫反映了女性对"蓝绿色"的偏爱;(6)义项❻表现了人们从对"蓝绿色"饰物(翠鸟羽毛)颜色的喜爱到对"蓝绿色"事物品质的信赖。

在"翠"的语义系统中不难看出,各个义项之间的相互联系有任意

① 前面在对"翠倚红偎"的分析中已经谈过该问题,即"翠""红"先分别转喻指"翠袖或翠眉"和"红袖或红颜",再以"翠袖或翠眉"和"红袖或红颜"为基础进一步转喻为"女子",这种现象通常出现在"偎红倚翠、倚翠偎红、翠拥红遮"等固定结构中。

性、理据性和发展性。"翠"本指一种羽毛绿中泛蓝的鸟，选择这种鸟来表示颜色具有任意性。恰巧古人热衷于把翠鸟羽毛用在各种女性妆饰物、日常用具甚至帝王的仪仗中，久而久之这种翠鸟羽毛的颜色变得深入人心，人们开始把"翠"作为一种颜色来看待，将草木、玉石、颜料之色都认作是和翠鸟羽毛一样的颜色，这就是可以用"翠"修饰这些蓝绿色事物的理据。当"翠"的搭配域扩大到自然物域以外的非自然物域和人体域时，它就完成了从语用颜色词到语义颜色词的转变。"翠"发展出颜色义后，其语义系统还在继续发展。人们从翠鸟羽毛的光泽联想出"鲜明、色彩鲜艳"义。又由于翠羽经常用于装扮女子的眉毛和衣袖，"翠"也可以转喻指"女子的眉毛或衣袖"，并可以进一步转喻指"女子"。

七　"黄"的语义系统

"黄"范畴的原型颜色词"黄"共有 603 例，6 个义项。

（一）"黄"的原型语义

❶ 形 黄色，这也是"黄"① 的本义，常做定语。例如：

　　例 94【胜如花】［外］清秋路，黄叶飞，为甚登山涉水？《浣纱记·寄子》

　　例 95【前腔】［外］养子教读书，指望他身荣贵。黄榜招贤，谁不去求科试？《琵琶记·蔡母嗟儿》

"黄叶"中的"黄"指秋天树叶的枯黄色；"黄榜"中的"黄"指皇帝公告所用纸张的颜色。该"黄色"义项占"黄"用例的 97.35%，为原型语义。

（二）"黄"的非原型语义

❷ 动 变黄，常做谓语。例如：

　　例 96【天下乐】［净、旦］满目西风木叶黄，秋来杀气遍林塘。《浣纱记·行成》

---

① 《说文解字》：黄，地之色也。

例97【倘秀才】［昆仑］三五良宵月半<u>黄</u>，渡汉填乌鹊，登台引凤凰。《昆仑奴》

"满目西风木叶黄"指在西风作用下树上叶子都变黄了，此处"黄"指"变黄"；"三五良宵月半黄"指元宵节的夜晚有一半的月色已经变黄了，此处"黄"也指"变黄"。

❸指黄金。例如：

例98【前腔】［旦］有家兄打圆就方，非奴家数白论<u>黄</u>。《邯郸记·赠试》

"数白论黄"中的"黄"指黄金，"白"指白银。

❹指黄色的花。例如：

例99【前腔】［生］李兄好花，试看今日<u>黄</u>和紫，不数当年魏与姚。《焚香记·赴试》

"试看今日黄和紫"中的"黄"指黄色的牡丹花。

❺ 形 好色，常形容男人。例如：

例100【得胜令】［旦］不合得在青楼干这桩，免不得堆红粉将人葬。我记得那一年掇赚了<u>黄</u>和尚，我自来只折断了这桥梁。敢有个小秃子钻入裤裆，纸牌上双人帐。《翠乡梦》

"黄和尚"指好色的和尚，此处"黄"指好色。

❻社会文化赋予的相关义项。

（1）指金饰、金印或金鱼袋。例如：

例101【前腔】［生、外］奉慈亲强学扇枕温衾，儿心只恐，春秋高甚。那恋着腰<u>黄</u>衣锦。《香囊记·逼试》

"腰黄衣锦"中的"腰黄"与"腰金"同义，"黄"指金饰、金印或金鱼袋。古时的朝廷官员按照不同品级会在腰带上镶嵌不同的金饰。

（2）指古时妇女面饰中的黄色物质。例如：

例102【前腔】［旦］梳妆卤莽，避人时少贴花<u>黄</u>。度垂杨怕有莺猜，掩芳林不容花放。《明珠记·珠圆》

"花黄"指古时妇女的面饰，此处"黄"指面饰中的黄色物质。

（3）指黄纸。例如：

例103【出队子】［末］名传中外，遣使焚<u>黄</u>特地来。九重诏下众台，小圣亲赍不敢开。望阙瞻天，宣读跪拜。《双忠记·旌忠》

例104【殿前欢】［正末］我想也波想，我便有硬手儿敢批<u>黄</u>，则这生面儿也难投状。《真傀儡》

"遣使焚黄特地来"指皇帝特地派遣使者来焚烧黄纸以褒奖忠义之士，"焚黄"指焚烧黄纸，此处"黄"指黄纸；【殿前欢】唱词中的正末祁国公杜衍为北宋宰相，旧时称宰相和宰相办公的地方为"黄阁"，"批黄"应指宰相在黄纸上批文，此处"黄"也指黄纸。

以上6个义项共同构成了明代戏剧唱词中"黄"的语义系统，如图2-7所示。

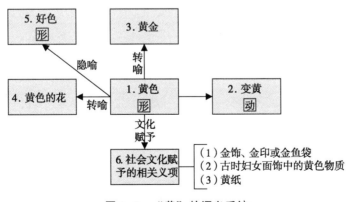

图2-7　"黄"的语义系统

明代戏剧唱词中"黄"的语义系统主要以原型语义"黄色"为中心，通过转喻、隐喻认知机制和社会文化赋予机制产生另外5个义项。

从原型语义学角度，本书把"黄"的语义系统分为原型语义和非原型语义两大类，"黄"的义项❶为原型语义，其他义项则为非原型语义。然而纯粹从语义来看，也可以把"黄"的语义系统分成四小类：（1）义项❶❷都表"黄色"义，只是在词性上有所不同；（2）义项❸❹都指带有黄色属性的事物；（3）义项❻是服饰制度、风俗习惯等社会文化赋予"黄"的意义；（4）义项❺语义产生的原因尚不清楚。

八　"青"的语义系统

"青"范畴的原型颜色词"青"共有 734 例，11 个义项。

（一）"青"的原型语义

❶ 形 绿中泛蓝，常做定语。例如：

例 105【满庭芳】［丑］登途望，这青衿仗剑。端的是同袍。列位老兄，敢是上京科举的么？《焚香记·登程》

例 106【剔银灯】［丑］一个是风魔俊儒，一个是怀春倩女，蓦见他香鬟并偎在花前语，出落得双眉偷聚。他两个做夫妻，倒好是一对儿。踌躇，看青鸾并舞，畅好是春风画图。《娇红记·密约》

例 107【喜迁莺】［生］终朝思想，但恨在眉头，人在心上。凤侣添愁，鱼书绝寄，空劳两处相望。青镜瘦颜羞照，宝瑟清音绝响。归梦杳，绕屏山烟树，那是家乡？《琵琶记·官邸忧思》

例 108【前腔】［旦］念青楼寄身，念青楼寄身，柳娇桃嫩，生憎罗绮烟花阵。怪双蛾屡颦，怪双蛾屡颦，处处落花痕，年年送春恨。《红梨记·豪燕》

"青衿"指绿中泛蓝的交领长衫，古代书生的常服有"青衿"和"蓝衫"，此处"青衿"转喻指书生；"青鸾"指一种周身颜色绿中泛蓝的神鸟；"青镜"指用青铜铸成绿中泛蓝的镜子；"青楼"指用蓝绿色漆涂饰的楼房。

"青"取之于"蓝"，后出现的颜色词"绿"继承了"青"的主要意义。又由于上古汉语是把蓝色和绿色作为一个整体进行范畴化和词汇化，因此本书将"青"定义为"绿中泛蓝（蓝绿色）"应该是可行的。该"绿中泛蓝"义项占"青"用例的 51.5%，为原型语义。在本书中，我们认为"青"和"翠"在原型语义上是一致的。

（二）"青"的非原型语义

❷动 变绿，常做谓语。例如：

例 109【忆多娇】[外旦、贴] 草又青，花又明，一度一年好处生，老眼看花空涕零。转过前亭，转过前亭，早见风吹落英。《娇红记·红构》

例 110【五供养】[旦] 败垣废井，几度春光，宿草新青，已无羹饭主，谁与扫清明？《樱桃园》

"草又青"指草的颜色又变绿了；"宿草新青"中"青"的语义向前指向"草"，指春天来了，隔年的草又开始变绿了。

❸形 鲜绿色，主要修饰植物类词。例如：

例 111【菊花新】[右相] 玉阶秋影曙光迟，露冷青槐荫御扉。低首整朝衣，咽不断铜龙漏水。《南柯记·象谴》

例 112【急板令】[合] 权消受破壁青苔，残叶户小茅斋。《琴心记·相偕抵舍》

"青槐"指鲜绿色的槐树，"青苔"指鲜绿色的苔藓。

❹形 湛蓝色，主要修饰气象类词。例如：

例 113【前腔】[外] 任娇娥进觞，任娇娥进觞，天香飘漾，桂枝疑在青云上。《红拂记·越府宵游》

例 114【香柳娘】[外] 向明月举觞，向明月举觞，璇台虚敞，青天碧海开秋爽。《红拂记·越府宵游》

"青云"指湛蓝色的云朵，"青天"指湛蓝色的天空。

❺形 亮黑色，主要修饰人体面部类和发肤类词。例如：

例 115【玉胞肚】[旦] 姐姐，感谢你看承数年，我想指引入观

那时，这恩深结草难酬。况今朝弃撇尊颜，相看<u>青</u>眼泪空悬，要见多应是梦间。《玉簪记·重效》

例 116 【混江龙】［生］一壁厢轻调金粉，一壁厢细和烟煤，点点的露滴蔷薇匀玉脸，淡淡的云横杨柳画<u>青</u>眉。鬓边翡翠，鸦影双飞，钗头玳瑁，燕尾双栖。《红莲债》

例 117 【前腔】［净］欢庆，金屋娉婷，红颜嫚笑。芳妍可妒双成。<u>青</u>鬓流年，花满玉台明镜。舞霓裳时度云和，歌宝扇重寻月影。《玉玦记·祝寿》

"青眼"指亮黑色的眼珠，常指对人的重视和喜爱；"青眉"指用青黛画成的亮黑色眉毛；"青鬓"指乌黑亮丽的鬓发。

❻ 形 绿中泛白。例如：

例 118 【字字锦】［老旦］<u>青</u>霜入鬓鲜，落日流光短。离情解误人，惹下西风怨。恨当年，为着两字功名，闪得我儿愁母怨。天天，山遥水远。《玉簪记·占儿》

例 119 【甘州歌】［合］词锋利，学海深，<u>青</u>霜紫电不沾尘。昌期近，喜气腾，春风头角羡峥嵘。《双珠记·举途乡谊》

"青霜入鬓鲜"指头上已经长出了白头发，就像染上了白色的霜，"青鬓"也可称"绿鬓"，此处"青霜"隐喻指斑白的头发，"青"中含有白色；"青霜紫电"中的"青霜"是一款宝剑的名称，由于其泛着绿白色的剑光而得名。

❼ 形 蓝中泛紫。例如：

例 120 【前腔】［小外］金堤绕碧苔，玉树纷<u>青</u>霭，十里锦风来。隐隐穿仙界。《琴心记·持节锦行》

"青霭"与"碧苔"对举使用，"青霭"指蓝中泛紫的云气，"青"指蓝中泛紫。

❽ 指靛青，一种从蓝草中提炼的染料。例如：

例 121【前腔】［丑］何必问前程？几年枉却春风坐，谁信蓝中可出<u>青</u>？《双珠记·师徒传习》

"谁信蓝中可出青"中的"青"指从蓝草中提炼出来，但比蓝草颜色更深的染料，即靛青。

❾指带有蓝绿色的相关事物。

（1）指绿色的草木。例如：

例 122【荷叶鱼儿】［外］春雨新收，喜见山明水秀，万花深处有鸣鸠，软红泥踏<u>青</u>时候。《荆钗记·启媒》

例 123【前腔】［旦］看长条攀折他人，想韩郎空赋<u>青青</u>。《玉玦记·访姨》

"软红泥踏青时候"中的"踏青"指清明节前后郊野游玩的习俗，此时万物复苏，草木泛绿，此处"青"指绿色的草；"想韩郎空赋青青"中的叠音词语"青青"指杨柳，古人惜别时多折杨柳相赠，此处"青"指绿色的柳条。

（2）指绿色竹皮、竹简。例如：

例 124【永团圆】［众］这隆恩美誉，从教何所愧，万古<u>青</u>编记。如今便去，相随到帝畿，拜谢皇恩了。《琵琶记·一门旌奖》

例 125【醉翁子】［旦］论讨，看古往今来，耿耿名从<u>青</u>史标。《香囊记·庆寿》

例 126【划锹儿】［净］春红自破桃花面，杀<u>青</u>谁纪柏舟篇，蛾眉逐征战，空悲少年。《玉玦记·截发》

"青编"即"青丝简编"，用青丝联缀成的竹简书，我们把此处"青"理解为青色竹简；"青史"指史书，此处"青"也指青色竹简；"杀青"是古代制作竹简的一道工序，意指刮去竹子的青色表皮，此处"青"指青色竹皮。

（3）指青眼。例如：

例 127【斗黑麻】［外］你与我传言拜覆，拜覆三员外夫妇。我女深感周全，甚蒙青顾。《绣襦记·剔目劝学》

例 128【六么令】［旦］中心咽哽，感谢君家，途路垂青，霎时分手泪珠倾。《广陵月》

"青顾"意指"看重、欣赏"，我们认为"青顾"中的"青"指青眼，因为"青眼"也有"喜爱、器重"义，所以用"青"转喻指"青眼"是有理据的；"途路垂青"中的"垂青"表示重视或见爱，此处"青"也转喻指"青眼"。

（4）指其他带有蓝绿色的事物。例如：

例 129【前腔】［刘］清虚，冰井沉余，等半轮青破，一襟凉贮。镇紫瓢浮动，素津流注。《紫钗记·吹台避暑》

"等半轮青破"指将小河西国镇心瓜切成两半，此处"青"转喻指蓝绿色的西瓜皮。

❿指年轻，一般体现在"青春""青年""青岁"等表时光的词语中。例如：

例 130【前腔】［生］妻室青春，那更亲鬓垂雪。《琵琶记·官媒议婚》

例 131【前腔】［小生］青年英俊。都要披洒胸襟。《双珠记·举途乡谊》

"妻室青春"指年轻的妻子，"青年才俊"指年轻的才子。我们认为"青春""青年"中的"青"都隐喻指年轻、富有生命力之义，这一方面是因为"青"代表着万物生长的颜色，另一方面也因为五色中的"青"对应四季中的"春"，春天也是万物生长的季节。

⓫社会文化赋予的相关义项。

（1）指绿色绶带、绿色官服。例如：

例 132【前腔】［生］俺呵，身游艺，心计高，试青紫当年如拾

毛。《邯郸记·入梦》

例 133【前腔】［旦］你襦衣才换<u>青</u>，快着归鞭，早办回程。《琵琶记·南浦嘱别》

"试青紫当年如拾毛"指轻易考取功名，此处"青紫"分别指绿色绶带和紫色绶带，古代高级官员才有资格拥有这两种颜色的绶带；"你襦衣才换青^①"中"青"指"绿色官服"，古代进士及第便可换上绿袍。

（2）指东方，该义项体现了阴阳五行思想。例如：

例 134【川拨棹】［旦］佳期正展，为甚的颦轻笑浅？教<u>青</u>帝长如愿。镇无言，一春心事，轻可的付啼鹃。《紫钗记·花院盟香》

例 135【前腔】［旦］领标兵任兼山寨左，好把英风播。似<u>青</u>龙初降神，百类皆摧挫。新出匣太阿光似火。《义侠记·振旅》

例 136【南不是路】［旦］暴秦欺，正当骑虎雌雄势，全赖君家一解围。须投袂，<u>青</u>宫引领瞻车骑。再休迟滞！再休迟滞！《易水寒》

"青帝"指我国古代神话中位于东方的司春之神，我们把"青帝"中的"青"定义为东方，"青皇"和"青帝"是同义词；"青龙"^②指东方之神，此处"青"指东方；"青宫"本指位于东方的太子宫，此处具体指战国时的燕太子丹，"青宫"中的"青"也指东方。

（3）指美丽（的女神或少女）。例如：

例 137【双调新水令】［正旦］正庭院落梧时候，金商初应节，<u>青</u>女竞宵游。《红线女》

例 138【上小楼犯】［净］尽今日跨了<u>青</u>骢，游了<u>青</u>山，扶了<u>青</u>娥。《红梅记·鳖见》

---

① 《六十种曲评注》卷1第79页注释16：襦衣才换青——脱却短衣，换上青袍，意谓及第为官。……青袍皆指官服。又，古时进士新及第，需"换衣"，以故衣予人。见《事文类聚》。故"换青"和"释褐"义同。按："襦"字别本多做"儒"字，是。今存其旧。

② 《六十种曲评注》卷21第220页注释20：青龙——东方宿命。古行军以画青龙的旗帜示东方之色。

"青女"指美丽的女神，主司霜雪；"扶了青娥"中的"青娥"指美丽的少女，这段唱词描写了奸臣贾似道穷奢极欲的生活。人们把对女神的喜爱转移到"青"上，赋予了"青"在修饰女性时的"美丽"义。

（4）指与卜筮有关的色彩。例如：

例 139【一封书】［净］吾术艺颇精，论吉凶多显应。休咎荣枯皆分定，看取<u>青</u>囊几卷经。《香囊记·问卜》

"青囊"指容纳卜筮工具的口袋，此处"青"指与卜筮有关的色彩。

以上 11 个义项共同构成了明代戏剧唱词中"青"的语义系统，如图 2-8 所示。

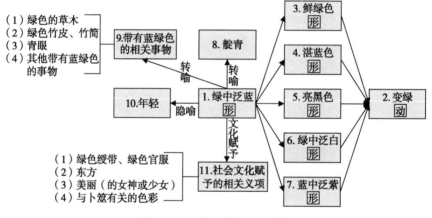

图 2-8 "青"的语义系统

明代戏剧唱词中"青"的语义系统主要以原型语义"绿中泛蓝"为中心，通过转喻、隐喻认知机制和社会文化赋予机制产生另外 10 个义项。

从原型语义学角度，我们把"青"的语义系统分为原型语义和非原型语义两大类，"青"的义项❶为原型语义，其他义项则为非原型语义。然而纯粹从语义来看，也可以把"青"的语义系统分成四小类：（1）义项❶❷❸❹❺❻❼都表广义上的"蓝绿色"义，只是在词性上有所不同，义项之间颜色义的细微差异主要因为搭配对象的不同；（2）义项❽❾都指带有"蓝绿色"属性的事物；（3）义项⓫是服饰制度、五行观念、审美取向、卜筮习俗等社会文化赋予"青"的意义；（4）义项⓰反映了"青"是自然界万物初生之色的观念，可以表现为"年轻"义。

第二节　非原型语义产生机制

通过对明代戏剧唱词八个常用颜色词语义系统的分析，可以知道：常用颜色词的原型语义都是其指称颜色的意义，具有一定的稳定性，以原型语义为中心通过转喻、隐喻、社会文化赋予机制可以产生非原型语义。

一　转喻机制

转喻指以一物指涉另一相关之物。转喻具有提示功能（referential function），颜色词可以通过某事物最典型的颜色（即原型语义）来转喻该事物本身。经由颜色词转喻得到的意义是一种非原型语义。

"白"：

> 例 140【前腔】［寅］三白应岁事占祥，六出喜天公施巧。《香囊记·赏雪》

"三白"指三次下雪，"白"转喻指白色的雪花。

"黑"：

> 例 141【高阳台】［小生］黑白分行，纵横异道。《红拂记·棋决雌雄》

"黑白分行"中的"黑"转喻指黑色棋子，"白"转喻指白色棋子。

"红"：

> 例 142【薄幸】［贴］淑气驱寒，东风扇暖。看小庭芳草，落红零乱，也知春与镜中颜换《香囊记·忆子》

"落红"转喻指残落的花儿。此处"红"可以转喻指花儿，是因为花的典型颜色为红色。

"紫"：

例 143【醉仙子】［末］闲纵，听林外莺声调弄。看公道世间惟有春风。望中，那枯杏衰桃，一夜吹开<u>紫</u>与<u>红</u>。《金印记·花前饮宴》

"紫与红"分别转喻指紫花与红花，这两种颜色经常一起连用，指称各种颜色的花儿，如万紫千红。

"绿"：

例 144【集贤宾】［生］你看<u>红</u>新<u>绿</u>嫩，可惜老娇香腻粉，蜂衔蝶阵，闹嚷嚷也都只为着伤春。《玉簪记·幽情》

"红新绿嫩"中的"红""绿"分别转喻指新长出的花儿和嫩绿的草（或枝芽）。

"翠"：

例 145【不是路】［旦］莲步轻跷，<u>翠</u>插乌纱双步摇。《南柯记·生恣》

"翠插乌纱"指把翠鸟羽毛插在乌纱帽上，此处"翠"转喻指翠鸟羽毛。

"黄"：

例 146【前腔】［旦］有家兄打圆就方，非奴家数<u>白</u>论<u>黄</u>。《邯郸记·赠试》

"数白论黄"指计较金钱，此处"白"转喻指白银，"黄"转喻指黄金。

"青"：

例 147【荷叶鱼儿】［外］春雨新收，喜见山明水秀，万花深处有鸣鸠，软红泥踏<u>青</u>时候。《荆钗记·启媒》

"踏青"中的"青"转喻指绿色的草木。

以上八个常用颜色词都可从原型语义通过转喻得到非原型语义。只要某事物的典型颜色为社会大众所认可，那么该典型颜色便可以转喻该事物。颜色词转喻的理据性强，用例也比较多。

二　隐喻机制

隐喻指借助一个经验域的事物去理解另一个经验域的事物。隐喻之主要功能在于理解和联想，颜色词可以通过表颜色的原型语义隐喻品行、操守、性状等抽象意义。经由颜色词隐喻得到的意义是一种非原型语义。

"白"：

> 例148【前腔】［老旦］孩儿从任在边方，历冰霜。愿他无灾无障，一心清白事君王。《双忠记·夜祷》

"一心清白事君王"中的"白"隐喻指品行纯洁，没有污点。

"黑"：

> 例149【恁麻郎】［净］这见识心黑又意黑。《荆钗记·抢亲》

"这见识心黑又意黑"指不怀好意，此处两个"黑"都表"不怀好意、狠毒"义。

"红"：

> 例150【玉芙蓉】［贴］春风舞鹧鸪，夜月歌鹦鹉。捧霞觞愿期万年欢聚。筵开紫殿千秋树，寿进红楼百子图。《浣纱记·谋吴》

"红楼"指红色的楼，又泛指精美的楼房，此处"红"隐喻指"精美、好看"。

"翠"：

> 例151【天下乐】［小旦］绿窗惊梦巫山杳，翠阁凝眸汉水遥。《双莺记》

"翠阁"指女子所住的精美阁楼，此处"翠"隐喻指"精美、华美"。
"黄"：

例 152【得胜令】［旦］我记得那一年掇赚了<u>黄</u>和尚，我自来只折断了这桥梁。《翠乡梦》

"黄和尚"指好色的和尚，此处"黄"隐喻指好色。

颜色词隐喻的理据性比较弱，用例也比较少。因为颜色词的非自足性，它必须依附在其他事物上才能表现出意义，事物的典型颜色可以"提示"人们注意到带有该颜色的事物，这就是颜色词转喻的理据，这在明代戏剧唱词中可以找到大量的例证。颜色词隐喻则要求通过具体的颜色义去理解抽象的其他义，因为在明代戏剧唱词中人们很少赋予颜色词以抽象意义，所以颜色词隐喻的用例很少。

三　社会文化赋予

明代社会通行的价值观念、审美情趣、典章制度、风俗民情等社会文化可以赋予颜色词以意义。这种社会文化意义也是一种非原型语义。
"白"：

例 153【前腔】［旦］思前事，惮远投，回头拭泪下龙楼。苍山秀，<u>白</u>露收，萧条风物满秦州。《明珠记·巡陵》

"白露"指秋天的露水，此处"白"指"秋天"，因为根据阴阳五行思想，五色中的"白"对应四季中的"秋"。
"黑"：

例 154【夜行船引】［生］紫塞长驱飞虎豹，拥貔貅万里咆哮。<u>黑</u>月阴山，黄云白草，是万里封侯故道。《邯郸记·勒功》

"黑月"指阴历下半月的月亮，此处"黑"指"阴历下半月"，因为阴历下半月的月亮在上半夜是看不到的，所以才有可能用"黑"来修饰。
"红"：

例 155【侥侥令】［净］则他是御笔亲标第一<u>红</u>，柳梦梅为栋梁。《还魂记·硬拷》

"御笔亲标第一红"指皇帝用朱笔钦点的第一名状元，此处"红"指皇帝用朱笔书写的红字，依照古代典章制度朱笔批文叫作"批红"。

"紫"：

例 156【十二时】［外］山岳名高，门墙春早，此日纷纷，朱<u>紫</u>盈朝。惟有翰林清要。《樱桃园》

"朱紫盈朝"中的"朱紫"指古代高级官员的朱色和紫色朝服，因为依据古代官服制度，朱、紫为高官服色，高官上朝时须着正式官服。

"绿"：

例 157【一封书】［外］孩儿已挂<u>绿</u>，金判饶州为郡牧。《荆钗记·获报》

"挂绿"指穿上了绿色的衣服，此处"绿"指绿色进士服，因为依照古代科举制度，新科进士穿绿袍。

"黄"：

例 158【大环清】［众］感朝廷恩觊、恩觊，遣使焚<u>黄</u>。为我当初，协守睢阳，被兵围军士绝粮，妾与家僮烹饷。望贺兰救兵不到，致令得一旦身亡。《双忠记·旌忠》

"焚黄"指焚烧黄纸，此处"黄"指写有祭告祝文的黄纸，因为旧时祭告家庙祖墓的告文用黄纸书写，祭毕即焚。

"青"：

例 159【桂枝香】［正旦］榴园初放，荷池新涨。荧光逐罗扇徘徊，蟾影向纱窗磨荡。幸<u>青</u>皇肯怜！《写风情》

"青皇"即"青帝",指位于东方的司春之神,此处"青"指东方,因为根据阴阳五行思想,五色中的"青"对应五方中的"东"。

社会文化赋予机制是基于语义民族性的表现,当颜色词的非原型义产生理据不能用转喻、隐喻等人类共享的认知机制解释时,就应该从中华民族、中华文化的角度来考虑了。

本章小结

本章从语义角度归纳出明代戏剧唱词中"白、黑、红、紫、绿、翠、黄、青"八个常用颜色词的语义系统,提炼出它们的原型语义,解释了它们非原型语义的产生机制。

第一,不仅仅"黑"范畴颜色词可以表"黑色"义,"绿、翠、青"与特定事物搭配时也可表"黑色"义。例如"绿""翠"与年轻人的鬓发搭配时常表"黑色","青"与人体面部、发肤类词语搭配时也常表"黑色"。根据胡朴安(1941)的研究,"黑"的命名理据是"火化时代炊爨时火上熏之灰炱色",上古五色最后产生的"青"的命名理据是"草木枝叶之色",古人的颜色审美观念从"青"开始。现代汉语中用"黑"形容人体头发、眉毛、眼睛,但古人却喜欢用"青"。假设古人认为"青"是生命生长之色,"黑"是生命消亡之色,那么形容年轻人(尤其年轻少女)的头发、眉毛、眼睛,就应该用有生命活力的"青",而不是灰烬过后的"黑"。如果上述假设成立的话,"青"表"黑色"义就是古人颜色审美的一种态度。"绿""翠""青"同属汉语"青"类词,"绿""翠"继承了"青"象征生命力的用法,它们都可表"黑色"义就不难理解了。

第二,颜色词"青"语义系统很复杂。"青"表形容词性质的颜色义共有6个义项:"绿中泛蓝、鲜绿色、湛蓝色、亮黑色、绿中泛白、蓝中泛紫",意义的差别主要由于"青"的搭配对象不同。

第三,"白、黑、红、紫、绿、翠、黄、青"这八个常用颜色词可以通过转喻、隐喻、社会文化赋予机制产生非原型语义,其中转喻运用得最为频繁,有较强的理据性。

第四,本章在归纳八个常用颜色词义项时区分了词性和用法,其实上"白"的义项❶❷❸都表"白色"义,"黑"的义项❶❷❸都表"黑色"义,"红"的义项❶❷都表"红色"义,"绿"的义项❶❷都表"绿色"

义，"黄"的义项❶❷都表"黄色"义，"青"的义项❶❷❸❹❺❻❼都表广义上的"蓝绿色"义，在语义上可作进一步合并。本章对常用颜色词语义系统的义项归纳主要基于明代戏剧唱词语料的实际情况，不可避免地存在着一定程度的主观性。

第三章

常用颜色词语义显著度与广义度

在第二章语义系统的描写分析基础上，本章将进一步研究明代戏剧唱词中白、黑、红、紫、绿、翠、黄、青这八个常用颜色词的语义显著度与广义度，最后分析"颜色词+颜色词"组合的语义整合情况。

第一节　常用颜色词语义显著度

语义显著度指被编入人体心理词典中的语义所享有的认知优先程度。Giora（2002）指出语义认知优先程度有四个指标："常规性（Conventionality）、频繁性（Frequency）、熟悉性（Familiarity）和典型性（Prototypicality）"①。本书把颜色词的语义显著度定义为在具体颜色词的语义系统中各义项被优先处理的程度。我们认为使用频率是衡量具体颜色词各义项显著度高低的重要量化指标。具体操作方法如下：

（1）计算出具体常用颜色词的语义系统中各义项在语料中的使用频数；

（2）用各义项的使用频数计算出其占总使用频数的百分比；

（3）按百分比取值的高低，排列出语义系统中各义项显著度的高低。

一　"白"的语义显著度

明代戏剧唱词语料中"白"的语义系统由 11 个义项组成，通过对 469 条"白"语料中这 11 个义项用例的统计，结果如表 3-1 所示。

---

① Giora, R.（2002）. Literal vs. figurative language：Different or equal? *Journal of Pragmatics*, 34（4），487-506.

表 3-1 　　　　　 "白"语义系统各个义项的用例及占比统计

义项	用例	占"白"语料的百分比①	义项的具体描述
义项❶	421 例	89.77%	形 白色
义项❷	20 例	4.26%	动 变白
义项❸	2 例	0.43%	使……变白
义项❹	2 例	0.43%	白发
义项❺	8 例	1.71%	带有白色的相关事物
义项❻	1 例	0.21%	形 未染色、无添加
义项❼	2 例	0.43%	未染色、无添加的衣服
义项❽	1 例	0.21%	（人）未取得功名或缺乏知识的状态
义项❾	8 例	1.71%	（人的品行）没有污点
义项❿	2 例	0.43%	空白
义项⓫	2 例	0.43%	社会文化赋予的义项，指秋天

可以看出，义项❶占到"白"语义系统 89.77%，义项❷只占到 4.26%，其余 9 个义项共同占剩余约 6%。可以认定，义项❶是"白"显著度最高的义项。但如果把表"白色"义的义项❶❷❸一起计算，那么这三个义项将占到"白"语义系统的 94.46%，语义显著度更高。

二 "黑"的语义显著度

明代戏剧唱词语料中"黑"的语义系统由 7 个义项组成，通过对 88 条"黑"语料中这 7 个义项的用例进行统计，结果如表 3-2 所示。

表 3-2 　　　　　 "黑"语义系统各个义项的用例及占比统计

义项	用例	占"黑"语料的百分比	义项的具体描述
义项❶	76 例	86.36%	形 黑色
义项❷	1 例	1.14%	动 变黑

---

① 本书的百分比统计只保留两位小数，请读者留意。

续表

义项	用例	占"黑"语料的百分比	义项的具体描述
义项❸	1 例	1.14%	使……变黑
义项❹	1 例	1.14%	黑色棋子
义项❺	2 例	2.27%	形 狂暴，常用来形容风
义项❻	5 例	5.68%	形 （人）不怀好意，狠毒
义项❼	2 例	2.27%	社会文化赋予的义项，指阴历下半月

可以看出，义项❶占到"黑"语义系统的 86.36%，义项❻只占到 5.68%，另外还有 5 个义项共同占了剩余不到 8%。可以认定，义项❶是"黑"显著度最高的义项。但如果把表"黑色"义的义项❶❷❸一起计算，那么这三个义项将占到"黑"语义系统的 88.64%，语义显著度更高。

三　"红"的语义显著度

明代戏剧唱词语料中"红"的语义系统由 10 个义项组成，通过对 969 条"红"语料中这 10 个义项的用例进行统计，结果如表 3-3 所示。

表 3-3　　　　　"红"语义系统各个义项的用例及占比统计

义项	用例	占"红"语料的百分比	义项的具体描述
义项❶	736 例	75.95%	形 红色
义项❷	7 例	0.72%	动 变红
义项❸	88 例	9.08%	花儿，尤指红花
义项❹	10 例	1.03%	带有红色的相关事物
义项❺	31 例	3.20%	形 精美
义项❻	4 例	0.41%	红润的容颜，常用于女子
义项❼	27 例	2.97%	女子
义项❽	34 例	3.51%	胭脂
义项❾	4 例	0.41%	人体的血液

续表

义项	用例	占"红"语料的百分比	义项的具体描述
义项❿	28 例	2.89%	社会文化赋予的义项：（1）红线，4例；（2）红叶，11 例；（3）红泪，11 例；（4）皇帝御笔所写红色的字，2 例

可以看出，义项❶占到"红"语义系统的 75.95%，义项❸占到 9.08%，义项❽占到 3.51%，义项❺占到 3.20%，另外还有 6 个义项共同占了剩余不到 9%。可以认定，义项❶是"红"显著度最高的义项。但如果把表"红色"义的义项❶❷一起计算，那么这两个义项将占到"红"语义系统的 76.67%，语义显著度更高。

四　"紫"的语义显著度

明代戏剧唱词语料中"紫"的语义系统由 4 个义项组成，通过对 278 条"紫"语料中这 4 个义项的用例进行统计，结果如表 3-4 所示。

表 3-4　　　　　"紫"语义系统各个义项的用例及占比统计

义项	用例	占"紫"语料的百分比	义项的具体描述
义项❶	245 例	88.13%	形 紫色
义项❷	14 例	5.04%	紫色的花
义项❸	7 例	2.52%	社会文化赋予的义项：紫色绶带
义项❹	12 例	4.32%	社会文化赋予的义项：紫色官服

可以看出，"紫"的语义系统比较简单，义项❶占到"紫"语义系统的 88.13%，义项❷占到 5.04%，义项❹占到 4.32%，义项❸占到 2.52%。可以认定，义项❶是"紫"显著度最高的义项。

五　"绿"的语义显著度

明代戏剧唱词语料中"绿"的语义系统共由 6 个义项组成，通过对 259 条"绿"语料中这 6 个义项的用例进行统计，其结果如表 3-5 所示。

表 3-5   "绿"语义系统各个义项的用例及占比统计

义项	用例	占"绿"语料的百分比	义项的具体描述
义项❶	213 例	82.24%	形 绿色
义项❷	2 例	0.77%	使……变绿
义项❸	16 例	6.18%	绿色的自然物
义项❹	9 例	3.47%	形 亮黑色，常用来形容年轻人的鬓发
义项❺	6 例	2.32%	（女子）乌黑亮丽的鬓发
义项❻	13 例	5.02%	社会文化赋予的义项：古代进士所穿的绿袍

可以看出，义项❶占到"绿"语义系统的 82.24%，义项❸占到 6.18%，义项❻占到了 5.02%，另外还有 3 个义项共同占了剩余不到 7%。可以认定，义项❶是"绿"显著度最高的义项。但如果把表"绿色"义的义项❶❷一起计算，那么这两个义项将占到"绿"语义系统的 83.01%，语义显著度更高。

六 "翠"的语义显著度

明代戏剧唱词语料中"翠"的语义系统共由 11 个义项组成，通过对 460 条"翠"语料中这 11 个义项的用例进行统计，其结果如表 3-6 所示。

表 3-6   "翠"语义系统各个义项的用例及占比统计

义项	用例	占"翠"语料的百分比	义项的具体描述
义项❶	347 例	75.43%	形 绿中泛蓝
义项❷	11 例	2.39%	名 翠鸟
义项❸	17 例	3.70%	翠鸟的羽毛
义项❹	1 例	0.22%	翠色颜料
义项❺	4 例	0.87%	形 鲜明、色彩鲜艳
义项❻	18 例	3.91%	形 精美
义项❼	9 例	1.96%	翠玉和用翠玉制成的华美妆饰物
义项❽	2 例	0.43%	绿色的草木
义项❾	12 例	2.61%	形 亮黑色，常用于形容鬓发

续表

义项	用例	占"翠"语料的百分比	义项的具体描述
义项❿	3 例	0.65%	女子的眉毛或衣袖
义项⓫	36 例	7.83%	女子

可以看出，义项❶占到"翠"语义系统的 75.43%，义项⓫占到 7.83%，义项❻占了 3.91%，义项❸占到 3.70%，另外还有 7 个义项共同占了剩余不到 10%。可以认定，义项❶是"翠"显著度最高的义项。

七 "黄"的语义显著度

明代戏剧唱词语料中"黄"的语义系统共由 6 个义项组成，通过对 603 条"黄"语料中这 6 个义项的用例进行统计，其结果如表 3-7 所示。

表 3-7   "黄"语义系统各个义项的用例及占比统计

义项	用例	占"黄"语料的百分比	义项的具体描述
义项❶	587 例	97.35%	形 黄色
义项❷	6 例	1%	动 变黄
义项❸	2 例	0.33%	黄金
义项❹	1 例	0.17%	黄色的花
义项❺	1 例	0.17%	形 好色
义项❻	6 例	1%	社会文化赋予的义项：（1）金饰、金印或金鱼袋，1 例；（2）古时妇女面饰中的黄色物质，2 例；（3）黄纸，3 例

可以看出，义项❶占到"黄"语义系统的 97.35%，另外还有 5 个义项只共同占到了剩余不到 3%。可以认定，义项❶是"黄"显著度最高的义项。但如果把表"黄色"义的义项❶❷一起计算，那么这两个义项将占到"黄"语义系统的 98.35%，语义显著度更高。

八 "青"的语义显著度

明代戏剧唱词语料中"青"的语义系统共由 11 个义项组成，通过对

734 条"青"语料中这 11 个义项的用例进行统计，其结果如表 3-8 所示。

表 3-8　　　　　　"青"语义系统各个义项的用例及占比统计

义项	用例	占"青"语料的百分比	义项的具体描述
义项❶	378 例	51.5%	形 绿中泛蓝
义项❷	7 例	0.95%	动 变绿
义项❸	72 例	9.81%	形 鲜绿色
义项❹	107 例	14.58%	形 湛蓝色
义项❺	34 例	4.63%	形 亮黑色
义项❻	7 例	0.95%	形 绿中泛白
义项❼	2 例	0.27%	形 蓝中泛紫
义项❽	3 例	0.41%	靛青
义项❾	29 例	3.95%	指带有蓝绿色的相关事物：（1）绿色草木，8 例；（2）绿色竹皮，竹简，17 例；（3）青眼，3 例；（4）其他带有蓝绿色的事物，1 例
义项❿	76 例	10.35%	年轻
义项⓫	19 例	2.59%	社会文化赋予的相关义项：（1）绿色绶带、绿色官服，4 例；（2）东方，7 例；（3）指美丽（的女神或少女），7 例；（4）与卜筮有关的色彩，1 例

可以看出，义项❶占到了"青"语义系统的 51.5%，义项❹占到了 14.58%，义项❿占到 10.35%，义项❸占到 9.81%，另外还有 7 个义项共同占了剩余不到 14%。可以认定，义项❶是"青"显著度最高的义项。总体上看，"青"语义系统各义项所占比例是本章探讨八个常用颜色词（白、黑、红、紫、绿、翠、黄、青）语义系统中最为平衡的，"青"显著度最高的义项❶占比只略超"青"语义系统的二分之一，而另外七个常用颜色词显著度最高的义项❶均占各自语义系统的四分之三以上。但如果把表广义上"蓝绿色"义的义项❶❷❸❹❺❻❼一起计算，那么这七个义项将占到"青"语义系统的 82.70%，语义显著度也很高。

第二节　常用颜色词语义广义度

王宁（2011）指出："词的广义性更准确地说，应当是社会的词在它所适应的全部语境中指向的广泛性。"①我们认为词的广义性指词在社会生活中语义指向的广泛性，这种广泛性的程度是可以量化的，量化以后得到的结果可称为广义度。

本书界定的"语义广义度"指语义搭配种类和数量的丰富程度，它是衡量搭配能力强弱的重要指标。颜色词的语义广义度指颜色词语义搭配种类和数量的丰富程度。我们区分颜色词的三大搭配域：自然物域（9 小类）、非自然物域（14 小类）、人体域（10 小类），通过具体常用颜色词在各搭配小类的用例数量计算出广义度。②

一　"白"的语义广义度

"白"共有 469 条语料，搭配情况表 3-9 所示。

表 3-9　　　　　　　　　　"白"在语料中的搭配情况

域	类	用例	主要搭配举例
自然物域	植物类	36 例	白杨、白榆、白草、白苎、白术、白萍、白莲、白莲花、白琼花、白碧桃、芦花白、梅花白
	动物类	54 例	白兔、白鸥、白鹤、白雁、白鹭、白鹄、白鹇、白虎、白牛、白马、白驹、白猿、白狼、白鹿、白鹦哥、白象简、白羽扇、白龙皮
	气象类	108 例	白云、白虹、白日、白昼、白雪、白露、白雾、月白风清、云淡月白、白茫茫雪彩霜华
	山川河海类	3 例	白浪
	沙土类	2 例	白茫茫沙气寒、白地里冤缠债
	天地星辰类	3 例	太白、太白金星
	其他类	4 例	白石、黑白（黑色和白色）、皂白青红

---

① 王宁：《汉语词汇语义学在训诂学基础上的构建》，超星学术视频，2011 年。网址：http：//video. chaoxing. com/serie_ 400004196. shtml，2011-04-18。关于"词的广义"，还可参看王宁《论词的语言意义的特性》，《北京师范大学学报》（社会科学版）2011 年第 2 期。

② 本书"广义度"的计算方式为：颜色词在某小类的用例数量÷该颜色词的总用例数量。

域	类	用例	主要搭配举例
非自然物域	建筑类	13 例	白屋、白华殿
	衣物类	15 例	白衣、白练、白襕袍、白罗帕、白玉带、脱白挂绿
	食物类	2 例	白粮船、浮白
	钱财类	11 例	白金（指银子）、白铜、数白论黄（指计较金钱）
	创作物类	2 例	白简、白描
	用具类	4 例	白圭、白楛、白团扇
	兵器类	7 例	白刃
	妆饰物类	47 例	白璧、白玉搔、白玉钩、白玉床、白玉楼、白玉阶、白玉连环
	交通工具类	1 例	白艚
	娱乐工具类	2 例	五白（古时博戏的采名）、黑白（围棋的黑子和白子）
	国人观念类	1 例	白虎神（特指迷信传说中的凶神）
	其他类	3 例	白烟、白旗、白道
人体域	人类	4 例	白叟、白丁、肥白汉
	面部类	70 例	白首、白头、白面、俊白庞儿、白眼
	发肤类	52 例	白发、垂白、发添白
	骨骼类	13 例	白骨
	排泄物类	1 例	白泠泠潸然涕零
	品行类	10 例	清白、贞白
	职业类	1 例	白师姑

可见，"白"与三大搭配域各小类搭配用例的数量前五位分别是：气象类（108 例）、面部类（70 例）、动物类（54 例）、发肤类（52 例）和妆饰物类（47 次）。

"白"广义度最高的前五位搭配小类是气象类（23.03%）、面部类（14.93%）、动物类（11.51%）、发肤类（11.09%）和妆饰物类（10.02%）。

二　"黑"的语义广义度

"黑"共有 88 条语料，搭配情况如表 3-10 所示。

表 3-10 　　　　　　　　　　　　 **"黑"在语料中的搭配情况**

域	类	用例	主要搭配举例
自然物域	植物类	2 例	黑林、树黑山深
	动物类	10 例	黑鲤、黑貂、黑貂裘、癞黑麻
	气象类	22 例	黑夜、黑月、黑雾、黑云、黑风、黑漫漫无边际、黑漫漫风云乱扰
	山川河海类	13 例	黑山、黑海、黑浪、黑昆仑、茫茫夜潮黑
	沙土类	1 例	黑壤
	光影类	7 例	黑影、黑地里
	天地星辰类	2 例	天昏地黑、天暝黑
	其他类	1 例	眼前黑白甚分明
非自然物域	建筑类	1 例	黑漫漫阳台路障
	娱乐工具类	2 例	黑子（黑色围棋）
	国人观念类	5 例	黑鬼儿、黑煞神、黑神鸦
	其他类	8 例	路黑、黑漆、近墨者黑、汨罗铜雀黑朦胧
人体域	面部类	2 例	黑头
	内脏类	5 例	黑心
	骨骼类	1 例	黑骨
	品行类	3 例	心黑又意黑、黑甜（指睡眠）、黑甜乡（指梦乡）
	职业类	1 例	黑和尚
	其他类	2 例	黑爷儿、黑队

可见，"黑"与三大搭配域各小类搭配用例数量的前三位分别是：气象类（22 例）、山川河海类（13 例）、动物类（10 例），且这三小类都属于自然物域。

"黑"广义度最高的前三位搭配小类是气象类（25%）、山川河海类（14.77%）和动物类（11.36%）。

三　"红"的语义广义度

"红"共有 969 条语料，搭配情况如表 3-11 所示。

表 3-11　　　　　　　　　　　　"红"在语料中的搭配情况

域	类	用例	主要搭配举例
自然物域	植物类	268 例	红叶、红杏、红豆、红树、红英、红茵、红梅、红莲、红药、红蕉、红芳、桃红、鹃红、春红、残红、落红、桃花正红、花红柳绿、万紫千红、红拂拂荷香娇软
	动物类	25 例	红鸾、红鸳、红蝇、红虬
	气象类	59 例	红日、红轮、红云、红雨、红霞、红冰
	山川河海类	7 例	红泉、红崖、红浪
	沙土类	49 例	红尘、红泥
	光影类	13 例	红影、红光、红焰
	其他类	3 例	干红色、皂白青红
非自然物域	建筑类	46 例	红楼、红苑、红亭、红阁、红窗、红壁、红阶、翠红庭院
	衣物类	190 例	红妆、红丝、红线、红绢、红绡、红绫、红罗、红袖、红裙、红衬、红裈、红衫、红袍、红裳、红衾、红被、红巾、红锦、红锦袍、红绣鞋
	食物类	7 例	陈红、红酒、状元红（酒名）
	药物类	1 例	粉红丹
	创作物类	5 例	红帖、红笺、御笔题红、鸾封红耀手
	用具类	4 例	红拂
	家具类	28 例	红炉、红蜡、粉红帘
	兵器类	1 例	风胡红焠
	妆饰物类	56 例	红缨、红粉、粉褪红销、描红贴翠、红玉带、玉钗红、红莹水晶条
	交通工具类	2 例	芳红径
	娱乐工具类	12 例	红牙（檀木制的拍板）、张红按板
	其他类	19 例	红定、花红、红旗、红幡、红旌、撞门红
人体域	人类	43 例	红儿、新红（指新娘子）、娇红（娇艳的女子）、翠红堆、翠红乡、翠红偎倚、翠绕红围、翠拥红遮、翠遮红掩、红偎翠倚、红喧翠嚷、绿拥红遮、绿愁红惨、绿窗红怨、践红踏翠、偎红倚翠
	面部类	87 例	红颜、红晕、唇红、脸销红、两颊红、脸霞红、人面红、眼里红、面皮红热
	排泄物类	40 例	红泪、啼红、流红
	其他类	3 例	红脑子、红松翠偏、红艳凝香

　　可见，"红"与三大搭配域各小类搭配用例数量的前五位分别是：植物类（268 例）、衣物类（190 例）、面部类（87 例）、气象类（59 例）

和妆饰物类（56例）。

　　"红"广义度最高的前五位搭配小类是植物类（27.66%）、衣物类（19.61%）、面部类（8.99%）、气象类（6.09%）和妆饰物类（5.78%）。

四　"紫"的语义广义度

　　"紫"共有278条语料，搭配情况如表3-12所示。

表 3-12　　　　　　　　　　"紫"在语料中的搭配情况

域	类	用例	主要搭配举例
自然物域	植物类	38例	紫竹、紫薇、紫芝、紫瓢、紫茸、紫萝、万紫千红、娇红嫣紫
	动物类	30例	紫鸾、紫骝、紫貂、紫燕、紫蟹、紫乌、紫驼峰、见五色蛇坠紫青红
	气象类	33例	紫霄、紫气、紫云、紫霞、紫雾、紫电、紫氛
	山川河海类	3例	晓云浓山色紫、烟凝山紫时将暝
	沙土类	10例	紫泥
	天地星辰类	15例	紫宸、紫极、紫微垣
	其他类	3例	紫石、紫烟、青黄紫翠
非自然物域	建筑类	31例	紫阁、紫宫、紫禁、紫殿、紫府、紫庭、紫堂、紫塞、紫槽
	衣物类	70例	紫绶、紫袍、紫衣、紫帔、紫绡、紫霓裳、紫绨袍、紫香囊、紫罗襕、衣紫、青紫、朱紫、紫绯、抹绿挂紫、衣紫腰金、渲紫生绯
	创作物类	11例	紫诰
	妆饰物类	11例	紫玉、紫金冠、紫金钗、紫金鱼
	交通工具类	18例	紫陌、紫缰、紫游缰
	娱乐工具类	4例	紫箫
	其他类	1例	紫火
人体域	骨骼类	1例	紫筋肝

　　可见，"紫"与三大搭配域各小类搭配用例数量的前五位分别是：衣物类（70例）、植物类（38例）、气象类（33例）、建筑类（31例）和动物类（30例）。特别值得注意的是"紫"有很多搭配与官场、宫廷、道教有关。

　　"紫" 广义度最高的前五位搭配小类是衣物类（25.18%）、植物类（13.67%）、气象类（11.87%）、建筑类（11.15%）和动物类（10.79%）。

五　"绿" 的语义广义度

　　"绿" 共有 259 条语料，搭配情况如表 3-13 所示。

表 3-13　　　　　　　　　"绿" 在语料中的搭配情况

域	类	用例	主要搭配举例
自然物域	植物类	92 例	绿草、绿荫、绿树、绿杨、绿槐、绿叶、绿枝、绿苔、绿芜、绿荷、绿萝、绿藻、绿蒲、蒲绿、修绿、萼绿、绿肥红瘦
	动物类	7 例	绿蚁（隐喻新酿制的绿色美酒）
	气象类	10 例	绿雨（隐喻花荫下繁茂的绿植）、绿云$_1$（隐喻绿叶茂密繁盛）、绿云$_2$（隐喻女子乌黑浓密的头发）
	山川河海类	28 例	绿水、绿波、绿汀、水儿绿、嫩绿池塘、山青水绿
	沙土类	5 例	绿野、绿畴
	光影类	1 例	绿影（指树影）
	其他类	1 例	绿烟
非自然物域	建筑类	17 例	绿窗、蘸绿古堂前
	衣物类	38 例	绿衣、绿袍、绿纱、绿绡、绿罗裳、绿罗衣、穿绿、挂绿
	食物类	11 例	绿酒、绿醑、绿醅
	创作物类	2 例	绿字、绿牌
	兵器类	3 例	绿弓、绿沉枪
	妆饰物类	7 例	黛绿、绿珠、额寒凝绿
	交通工具类	2 例	绿阶
	娱乐工具类	5 例	绿绮（古琴的别称）
	其他类	1 例	翠盖绿油轻展
人体域	面部类	1 例	绿眼睛
	发肤类	28 例	绿鬓、绿惨红愁、绿惨红愁、绿愁红怅

　　可见，"绿" 与三大搭配域各小类搭配用例数量的前三位分别是：植

物类（92 例）、衣物类（38 例）、山川河海类/发肤类（28 例）。

"绿"广义度最高的前三位搭配小类是植物类（35.52%）、衣物类（14.67%）和山川河海类/发肤类（各 10.81%）。

六 "翠"的语义广义度

"翠"共有 460 条语料，搭配情况如表 3-14 所示。

表 3-14 "翠"在语料中的搭配情况

域	类	用例	主要搭配举例
自然物域	植物类	47 例	翠竹、翠薛、翠苔、翠荇、翠花、翠荷、翠柳、翠槐、翠梢、翠柏、翠桃、翠条、翠荫、翠芭蕉、叶儿翠、翠丝丝杨柳
	动物类	32 例	翠鸾、翠凤、翠禽、翠鸳、翠鸦、翠蝶、翠翘$_1$（翠鸟尾上的长羽）、翠尾、翡翠$_1$（指鸟）、孔翠、拾翠、翠娟娟雏凤
	气象类	13 例	翠气、翠霞、翠霭、翠雾、翠云（隐喻女子乌黑浓密的头发）
	山川河海类	27 例	翠围、翠壁、翠岭、翠波、翠浪、翠涡、翠水、翠海、翠微$_1$（泛指青山）、翠银河、群山失翠
	沙土类	2 例	翠尘、翠甸
	光影类	1 例	翠影
	其他类	7 例	翠烟、翠幽、曲江寻翠、青黄紫翠
非自然物域	建筑类	33 例	翠楼、翠馆、翠阁、翠台、翠堤、翠盖、翠轩、翠瓦、翠园、翠微楼
	衣物类	57 例	翠袖、翠裙、翠衣、翠裘、翠襟、翠裾、翠绡、翠罗、翠丝、翠带
	用具类	4 例	翠鼎、翠绠、翠管$_1$（指毛笔）
	家具类	50 例	翠衾、翠被、翠帐、翠褥、翠帏、翠榻、翠帘、翠屏、翠幌、翠幄、翠幛、翠烛、翠釜、翠盎、翡翠床
	妆饰物类	48 例	翠钿、翠佩、翠珰、翠翘$_2$（一种首饰）、翠衾、珠翠、金翠、翠粉、翡翠$_2$（指硬玉）、琉璃翠、描红贴翠
	交通工具类	4 例	翠车、翠辇、翠陌
	娱乐工具类	2 例	翠笙、翠管$_2$（指管乐器）
	国人观念类	1 例	翠微$_2$（传说中神仙的住所）
	其他类	28 例	翠华、翠葆、翠幰、翠幰（幕）、翠旗、翠乡

续表

域	类	用例	主要搭配举例
人体域	人类	41 例	翠娥、红偎翠倚、倚翠偎红、珠围翠拥、珠歌翠舞、珠围翠绕、蹂红践翠、翠遮红掩、红喧翠嚷、翠红乡、翠红堆
	面部类	57 例	翠眉、翠眸、翠脸、翠靥、翠窝儿
	发肤类	4 例	翠鬟
	排泄物类	1 例	点翠斑泪滴初
	品行类	1 例	翠呆呆

可见，"翠"与三大搭配域各小类搭配用例数量的前三位分别是：衣物类/面部类（57 例）、家具类（50 例）、妆饰物类（48 例），这三者的用例数量相差不大。

"翠"广义度最高的前三位搭配小类是衣物类/面部类（各 12.39%）、家具类（10.89%）和妆饰物类（10.43%）。应该说"翠"在搭配小类上的分布是八个常用颜色词中最为均衡的，未出现集中分布在某一搭配小类的现象。

七 "黄"的语义广义度

"黄"共有 604 条语料，搭配情况如表 3-15 所示。

表 3-15   "黄"在语料中的搭配情况

域	类	用例	主要搭配举例
自然物域	植物类	77 例	黄叶、黄花、黄菊、黄梅、黄榆、黄茅
	动物类	58 例	黄鸟、黄蝶、黄莺、黄鹤、黄熊、黄蛇、黄鹏、黄雀、黄牛、黄犊、黄羊、黄龙、黄犬、黄耳（狗的别名）、蜂黄
	气象类	91 例	黄昏、黄云、黄雾、黄雪、日头黄、月黄昏、昏黄$_1$（修饰气象类词）
	山川河海类	92 例	黄泉、黄池、黄河
	沙土类	39 例	黄土、黄沙、黄尘、黄埃、黄壤、黄泥
	光影类	3 例	昏黄$_2$（不修饰气象类词）
	天地星辰类	2 例	黄天、天地玄黄
	其他类	1 例	青黄紫翠

续表

域	类	用例	主要搭配举例
非自然物域	建筑类	34 例	黄堂、黄扉、黄阁、黄门、黄台、黄匾、黄屋
	衣物类	17 例	黄衣、黄衫、黄袖、黄帽、黄冠、黄绢、黄丝
	食物类	35 例	黄粱、黄齑、黄汤
	钱财类	88 例	黄金、黄钱、黄银
	创作物类	37 例	黄榜、黄卷、黄封、黄纸、黄图
	用具类	1 例	黄竿
	家具类	1 例	黄帐
	妆饰物类	5 例	花黄、鹅黄、安黄点翠、略施粉黛淡涂黄
	交通工具类	1 例	黄舆
	娱乐工具类	1 例	黄钟
	国人观念类	2 例	黄道、黄神
	其他类	3 例	黄旗
人体域	人类	3 例	黄童
	面部类	10 例	黄头、黄口、眉黄、脸儿黄瘦、眉痕黄淡
	四肢类	1 例	辟寒金照腕徒黄
	职业类	1 例	黄和尚

可见，"黄"与三大搭配域各小类搭配用例数量的前三位分别是：山川河海类（92 例）、气象类（91 例）、钱财类（88 例），这三者的用例数量相差不大。

"黄"广义度最高的前三位搭配小类是山川河海类（15.23%）、气象类（15.07%）和钱财类（14.57%），"黄"在各搭配小类上的分布也比较均衡。

八　"青"的语义广义度

"青"共有 734 条语料，搭配情况如表 3-16 所示。

表 3-16　　　　　　　　　　　"青"在语料中的搭配情况

域	类	用例	主要搭配举例
自然物域	植物类	90 例	青梅、青萍、青莲、青松、青桂、青林、青蒲、青竹、青藜、青苔、青草、踏青、杨柳青青、叶儿青偏
	动物类	100 例	青鸾、青鸟、青禽、青骢、青羊、青牛、青驴、青蛾、青蝇、青蚨、青螺、青龙$_1$（指一种神话中的动物）、青蛇
	气象类	83 例	青云、青霄、青天、青霭、青霞、青霜
	山川河海类	63 例	青山、青海、青嶂、青溪
	沙土类	1 例	青泥
	光影类	2 例	萤火青青、灯火青莹
	时光类	78 例	青春、青年、青岁、青韶
	天地星辰类	31 例	青天、青汉
	其他类	16 例	青烟、青磷、青冥、青蓝、皂白青红、青者出于蓝
非自然物域	建筑类	41 例	青楼、青闺、青宫、青禁、青门、青琐、青台、青冢、青翠堤
	衣物类	50 例	青袍、青衫、青鞋、青衿、青绶、青囊、青蓑，青绡
	钱财类	14 例	青钱、鸦青钞
	创作物类	16 例	青编、青史、青篇、青简、汗青
	用具类	6 例	青管（指笔）、青丝$_1$（指马缰绳）、青盖
	家具类	32 例	青灯、青毡、青帘
	兵器类	5 例	青锋、青锋剑
	妆饰物类	14 例	青镜、青玉佩、青玉案
	娱乐工具类	1 例	青丝$_2$（指琴弦）
	国人观念类	6 例	青皇、青帝、青龙$_2$（指东方之神）
	其他类	43 例	丹青、青旗、青油障、青油幕
人体域	人类	9 例	青娥、青女、青儿（指书童）
	面部类	23 例	青眼、青瞳、青眉、青面獠牙、眉稍青未了、垂青
	发肤类	11 例	青鬓、青鬟、青丝$_3$（指女子乌黑的头发）

　　可见，"青"与三大搭配域各小类搭配用例数量的前五位分别是：动物类（100 例）、植物类（90 例）、气象类（83 例）、时光类（78 例）和山川河海类（63 例），这五类均为自然物域中的小类。

　　"青"广义度最高的前五位搭配小类是动物类（13.62%）、植物类（12.26%）、气象类（11.31%）、时光类（10.63%）和山川河海类（8.58%），这五小类均为自然物域，应该说该结果验证了胡朴安（1941）

关于"青"的命名理据是"草木枝叶之色"的研究结论，既然"青"的颜色义是来源于自然物，其语义指向自然更多地与自然物有关。

第三节　"颜色词+颜色词"组合语义分析

根据第一章对明代戏剧唱词颜色词词形概况的分析，我们发现除了单音节颜色词外，还有许多双音复合型颜色词语。本节将重点探讨明代戏剧唱词中"颜色词+颜色词"组合的语义。

明代戏剧唱词中"颜色词+颜色词"组合有两种类型：（一）两个表颜色的词（语素）组合而成联合式颜色词语；（二）"表实物的词（语素）[①] +表颜色的词（语素）"组合成偏正式颜色词语，如表3-17所示。

表3-17　　　　明代戏剧唱词"颜色词+颜色词"组合的两种类型

组合类型	举　　例
联合式	青紫、青蓝、青细、青翠、丹青、金紫、金绯、金翠、金碧、紫绯、红紫、红粉、朱紫、紫翠、白碧、白黄、翠红、碧翠、翠黛、苍黄、赭黄、黑白、粉黛
偏正式	绛彩、皓彩、金彩、彩碧、猩红、鹃红、梅红、桃红、霞红、茜红、鸦红、蒲绿、修绿、黛绿、碧绿、翠绿、葶绿、鹅黄、杏黄、花白、海青、鸦青、驼褐

一　联合式"颜色词+颜色词"组合

明代戏剧唱词中联合式"颜色词+颜色词"组合大致可分成4种情形：其一是与官员装饰有关的颜色词组合，其二是与女子装饰有关的颜色词组合，其三是与自然界有关的颜色词组合，其四是两种相关颜色组合的词汇化。

1. 与官员装饰有关的颜色词组合。例如："金紫、金绯、朱紫、青紫、紫绯"等。

例1【侥侥令】［校］参军呵，他坦腹乘龙衣金紫，好不受用也！

---

① 在"表实物的词（语素）+表颜色的词（语素）"中，表实物的词（语素）在特定情况下可充当语用颜色词。

《紫钗记·花前遇侠》

　　例 2【雁儿落】［正末］只得演朝仪在傀儡场，假金绯胡乱遮穷相。《真傀儡》

　　例 3【五供养】［小生］家传朱紫贵，世簪缨，诗书尽览。《杀狗记·孙荣自叹》

　　例 4【前腔】［生］俺呵，身游艺，心计高，试青紫当年如拾毛。《邯郸记·入梦》

　　例 5【连珠令】［净］身作藩臣衣紫绯，貔貅百万久征西。《琴心记·奸臣误国》

　　例 1"金紫"指古代高级官员的金鱼袋和紫衣。例 2"金绯"指古代高级官员的金印和红袍。例 3"朱紫"指朱衣和紫绶，即红色官服、紫色绶带，是古代高级官员的服饰。例 4"青紫"指古时公卿青绶、紫绶的绶带之色，是显贵的象征。例 5"紫绯"指紫色和红色的高官官服。以上五例均使用官员装饰的颜色来转喻指官员装饰本身。

　　2. 与女子装饰有关的颜色词组合。例如："金翠、翠红、翠黛、粉黛、红粉"等。

　　例 6【金蕉叶】［小旦］他不是红鸳锦鸡，怎消得满身金翠？果若他移根接蒂，怎不做出些藏头露尾？《男王后》

　　例 7【贺新郎】［小生］锦幛花林丛，放情怀惜玉怜香，翠红偎倚。《金印记·仲子避暑》

　　例 8【新水令】［末］恰恰脂粉污袈裟，丑葫芦芙蓉粘挂。朱宫藏翠黛，梵殿贮铅华。《红莲债》

　　例 9【前腔】［旦贴］见九市三街，芙蕖遍开千顷，绮罗丛粉黛容娇，珠翠簇麝兰香盛。《双珠记·元宵灯宴》

　　例 10【上小楼】［众］早见这绿杨堤上好腾那，扑香尘宝马去如梭。越显的青骢肃爽，红粉猗傩，烟笼着花朵，风揭起裙拖。《红梅记·瞥见》

　　例 6"金翠"指黄金制成的饰物和翠玉制成的饰物。例 7"翠红"指女子的翠袖和红裙，也可泛指妇女的服装。例 8"翠黛"指女子的翠眉与画眉用的青黑色螺黛。例 9 "粉黛"指女子傅面的白粉和画眉的黛墨。例 10 "红粉"指女子化妆用的胭脂和铅粉。以上五例均用两种颜色来转喻指女子的两种装饰物。

3. 与自然界有关的颜色词组合。例如："青翠、碧翠、紫翠、苍黄、红紫"等。

例 11 【三段催】［旦］有几个王孙们金鞍马蹄，恣盘桓踏青翠堤。有几个才士们提壶挈榼，逞风骚流筋水湄。《娇红记·诟红》

例 12 【前腔】［小旦］枝柯碧翠多潇洒，清高不染尘埃，散天香熏透骨骸，龙涎岂足称哉。《绣襦记·闻信增悲》

例 13 【菊花新】［小生］瞳瞳日色照龙楼，遥见南山紫翠浮，帘幙上金钩，探花事且消残酒。《广陵月》

例 14 【南尾声】［众］他一鞭秋色长途骤，正落日苍黄满戍楼。《易水寒》

例 15 【步步娇】［旦］又上花树上采花去了。红紫稍头，恁般留恋。《三元记·赏花》

例 11 "青翠"指堤岸旁青色和翠色的景物。例 12 "碧翠"指树枝上碧色和翠色的叶子。例 13 "紫翠"指南山上紫色和翠色的云雾。例 14 "苍黄"指天空中苍色（白色）和黄色的太阳光芒。例 15 "红紫"指自然界中红色和紫色的花儿。以上五例均用自然界中两种相互映衬的颜色转喻指两种不同颜色的自然现象。

4. 两种相关颜色组合的词汇化。例如："青缃、丹青、黑白"等。

例 16 【江儿水】［合］库有青缃，何不潜心参讲。《西楼记·检课》

例 17 【香遍满】［生］丹青小画，又把一幅肝肠挂。《还魂记·幽媾》

例 18 【高阳台】［小生］黑白分行，纵横异道。须教四裔围合。《红拂记·棋决雌雄》

例 16 "青缃"是青色和浅黄色，古人常用这两种颜色的布帛做书衣、封套，"青缃"连用可指书籍、画卷等。例17"丹青"指书画创作中常用的红色和绿色染料，"丹青"连用可指书画。例18"黑白"指黑色的围棋棋子和白色的围棋棋子，"黑白"连用可指围棋。以上三例"颜色词+颜色词"组合整体转喻指某一种事物，且"青缃、丹青、黑白"均作为单独词条被收录入《汉语大词典》等大型辞书，完成了词汇化过程。

联合式"颜色词+颜色词"组合中前3种属于两种颜色分别转喻为两种事物，第4种属于两种颜色整体转喻为一种事物。为什么前3种组合更多地停留在修辞层面，而第4种却固化下来了？我们认为：第4种属于同一事物的两个方面，有利于整体转喻为该具体事物，形成单一语义，从而实现词汇化；前3种属于两种事物各自的两个方面，只能分别转喻为两种事物，不能形成单一语义，无法实现词汇化。

在联合式中，无论是"语义颜色词+语义颜色词"组合（如青紫、紫绯、红紫等），还是"语用颜色词+语义颜色词"组合（如金紫、金绯、金翠等），相互之间都有语义上的紧密关联（如有关官员装饰、女子装饰、自然景色等）。

二　偏正式"颜色词+颜色词"组合

明代戏剧唱词中偏正式"颜色词+颜色词"组合也有4种情形：其一是"×+彩"或"彩+×"组合，其二是"植物+颜色"组合，其三是"动物+颜色"组合，其四是"其他事物+颜色"组合，后3种情形中的"植物、动物、其他事物"是潜在的语用颜色词。

1. "×+彩"或"彩+×"组合，表示×色。例如："绛彩、金彩、皓彩、彩碧"分别表"绛色、金色、皓色、碧色"，"彩"起到了提示"×"为主要颜色词的作用。

　　例19【念奴娇】［众］绛彩娇春，铅华炫昼，占断鸳鸯浦。《浣纱记·采莲》

　　例20【前腔】［外］许多豪杰，凭将四句题该，越显得梁间燕雀，碑底龟螭，都拱护神灵在。四楹金彩上，定有瑞芝开。《女状元》

　　例21【古轮台】［贴］广寒宫里，人物寂静，就中惟有鹊飞擎。独对南枝，乌鹊孤冷。皓彩光时似飞萤，今宵独胜。《金印记·仲子

赏月》

例 22【前腔】［众］步围金障，步围金障，_彩碧_玲珑数里长，花灯引道照成行。《南柯记·贰馆》

例 19 "绛彩"用来形容以"绛色（红色）"为主色调的多彩春天。例 20 "金彩"用来形容以"金色（黄色）"为主色调的楹联作品。例 21 "皓彩"用来形容以"皓色（白色）"为主色调的皎洁月光。例 22 "彩碧"用来形容以"碧色（绿色）"为主色调的精美花灯。例 19 至例 22 用"彩"来提示主色的色彩。

2. "植物+颜色"组合。例如："梅红、桃红、茜红、蒲绿、修绿、萼绿、杏黄、花白"等，大部分可解释为像某种植物那样的颜色。

例 23【尾声】［生］满床娇不下得_梅红_帐，看姊妹花开向月光。《南柯记·生恣》

例 24【黄莺儿】［旦］这画中女娘，真个像我不过，只这腮边多了个红印儿。多只多粉腮边一点_桃红_绽。《燕子笺·写笺》

例 25【豹子令】［净］头戴金盔八宝攒，八宝攒_茜红_袍带血腥膻，血腥膻。雄威赳赳谁来犯。《白兔记·寇反》

例 26【画眉序】［外］金卮泛_蒲绿_。抚景停卮感心曲。叹千年湘水，此日沉玉。《明珠记·酬节》

例 27【前腔】［老］新篁展_修绿_，玳瑁筵开画栏曲。看座排冰岛，筒传莲玉，见满眼虎艾争鲜。《明珠记·酬节》

例 28【前腔】［小旦］堪并，岱岳峥嵘，骈来五福，遐龄已见川增。_萼绿_飞琼，相将驻颜同永。《玉玦记·祝寿》

例 29【前腔】［外］头坐中央，把_杏黄_旗自插。《义侠记·振旅》

例 30【前腔】［旦］青鸟衔书去，他何曾八骏来。怎得似东王公相守到头_花白_？《紫钗记·冻卖珠钗》

例 23 "梅红"指像红梅花那样的红色。例 24 "桃红"指像红桃花那样的红色。例 25 "茜红"指像茜草那样的红色。例 26 "蒲绿"指像蒲草那样的绿色。例 27 "修绿"指像修竹那样的绿色。例 28 "萼绿"指像花蕚那样的绿色。例 29 "杏黄"指像杏子那样的黄色。例 30 "花白"指像白色花瓣那样的白色。"植物+颜色"组合中"植物"把后面的"颜色"具体化了。

3. "动物+颜色"组合。例如："鹃红、猩红、鸦红、鸦青、蛾黄、驼褐、鹅黄"等，大部分可解释为像某种动物那样的颜色。

例 31 【前腔】［贴］恨当时强移恩宠，为相思泪染鹃红。只道高唐永隔行云梦。谁知道重上巫峰。《红拂记·奇逢旧侣》

例 32 【前腔】［小旦］喜门迎百辆，户耀三星。欣欣，鸾钗压鬓云，猩红点绛唇。《连环记·大宴》

例 33 【一枝花】［生］新烟生远峤，旭日鸣娇鸟，绿树已藏，鸦红将少，春思悠悠。《兰庭会》

例 34 【混江龙】［正末］为甚么丽春堂睡不稳？黑甜乡也只因鬼门关，纳不准鸦青钞。《鱼儿佛》

例 35 【泣颜回】［生］早餐他凤髓龙肝，却沾承黛绿蛾黄。《邯郸记·极欲》

例 36 【前腔】［崔］驼褐霏烟，鹅黄漾日，都不似翠苞凝凤。《紫钗记·花前遇侠》

例 31 "鹃红"指像杜鹃泣血那样的红色，用来形容人的悲伤情绪。例 32 "猩红"指像猩猩之血的红色，用来形容女子嘴唇的红润。例 33 "鸦红"是一种暗红色，例 34 "鸦青"是一种暗青色，由于乌鸦的颜色又深又暗，"鸦+某种颜色"便使该颜色变深变暗。例 35 "蛾黄"指蚕蛾那样的淡黄色，《汉语大词典》"蛾黄"词条引清李斗《扬州画舫录·草河录上》："黄有嫩黄，如桑初生；杏黄、江黄即丹黄，亦曰缇，为古兵服；蛾黄，如蚕欲老。"[1]例 35 中"蛾黄"先隐喻为女子如蚕形状的蛾眉，再转喻指女子（"黛绿蛾黄"在《邯郸记》该例句中具体指皇帝赐给卢生的二十四女乐[2]）。例 36 "驼褐"指像骆驼毛那样的褐色，"鹅黄"指像小

---

① 汉语大词典编辑委员会：《汉语大词典》（第八卷），汉语大词典出版社 1991 年版，第 901 页。

② 黄竹三、冯俊杰：《六十种曲评注》（第八册），吉林人民出版社 2001 年版，第 642 页。

鹅绒毛那样的黄色。"动物+颜色"组合中"动物"也能将后面的"颜色"具体化。

4. "其他事物+颜色"组合。例如："矿物+颜色"的"碧绿","气象+颜色"的"霞红","山川河海+颜色"的"海青",等等。

例37【倘秀才】[番将] 呆不邓的大河西受了那家们制伏,满地上绽葡萄乱熟,酝就了打辣酥儿香<u>碧绿</u>。《紫钗记·河西款檄》

例38【猫儿坠】[旦] 如寒似热,消尽了脸<u>霞红</u>。那宫女开函俺奏几封,早些儿飞入大槐宫。《南柯记·召还》

例39【前腔】[净] 那、那、那穿白的在前面了。赶上去,有人拿住,送他新<u>海青</u>。《西楼记·捐姬》

例37"碧绿"指像碧玉那样的绿色,"打辣酥儿"是蒙古语"酒"的音译,"碧绿"在例37中用来形容《紫钗记》大河西国之葡萄美酒的颜色。例38"霞红"指像晚霞那样的红色,"霞红"在例38中隐喻女子脸上的红晕。例39"海青"指一种像大海那样深邃幽远的青色,"海青"在例39中转喻指用青布制成的衣物。

偏正式"颜色词+颜色词"组合中第1种"彩"起到提示主色"×"的作用,后3种潜在的语用颜色词(如:植物、动物、其他事物)也起到了提示主色(通常为语义颜色词)并使其颜色语义具体化的作用。我们把偏正式"颜色词+颜色词"后3种组合中的"植物、动物、其他事物"看作语用颜色词,原因有二:一是颜色词都有"借物呈色"的特点,用名物表颜色是一种自然语言现象,历史上很多语义颜色词曾经也是语用颜色词;二是这些词加上"色"(如:杏色、驼色、霞色)以后都表颜色,而且我们在明代戏剧唱词语料库发现了不少这样的用法。广义上的颜色词定义应该把这些词都涵盖进去,唯其如此才能从更宏观的视角发掘汉语"颜色词+颜色词"组合的理据。偏正式"颜色词+颜色词"组合由于有了组成成员的提示作用,其整体语义相比联合式"颜色词+颜色词"组合要容易理解。

综上,明代戏剧唱词"颜色词+颜色词"组合的理据如下:联合式"颜色词+颜色词"组合,该两种颜色相互之间要有语义上的匹配性,即他们在中华民族所认知的人文环境(如:人物装饰)中相互配套,在自然环境（如：自然现象）中相互映衬；偏正式"颜色词+颜色词"组合，该两种颜色相互之间要有语义上的提示性，即他们中的一个要对另一个进行限定，使另一个的颜色语义更加明确化、具体化；"颜色词+颜色词"组合词汇化的现象会发生在联合式中，两种颜色必须属于同一事物的两个方面，这样有利于整体转喻，从而产生单一语义。在明代戏剧唱词中两个语义颜色词互相组合并不占优势，仍存在大量的"语用颜色词+语义颜色词"组合，这与现代汉语中语义颜色词互相组合占优势的情况不一样。

本章小结

本章重点讨论了明代戏剧唱词中"白、黑、红、紫、绿、翠、黄、青"八个常用颜色词的语义显著度与语义广义度。

"白、黑、红、紫、绿、翠、黄、青"这八个常用颜色词表形容词性质的颜色义（白色、黑色、红色、紫色、绿色、绿中泛蓝、黄色、绿中泛蓝）都是它们语义显著度最高的义项，是原型语义。"翠"和"青"在原型语义上是一致的。

我们以语义搭配种类和数量的丰富程度为标准计算出八个常用颜色词的语义广义度，研究显示它们广义度最高的前三位搭配小类：（1）"白"为气象类、面部类、动物类；（2）"黑"为气象类、山川河海类、动物类；（3）"红"为植物类、衣物类、面部类；（4）"紫"为衣物类、植物类、气象类；（5）"绿"为植物类、衣物类、山川河海类/发肤类；（6）"翠"为衣物类/面部类、家具类、妆饰物类；（7）"黄"为山川河海类、气象类、钱财类；（8）"青"为动物类、植物类、气象类。

此外，我们还关注"颜色词+颜色词"组合的语义整合情况。"颜色词+颜色词"组合总地来说有较强的组合理据性，这两种颜色在中华民族所认知的自然环境与人文环境中常常共现。两种颜色组合后的语义，偏正式颜色词语常指"像某种事物那样的颜色"，联合式颜色词语则通过分别转喻或整体转喻的方式产生新的意义。

第四章

明代戏剧唱词常用颜色词语用考察

本章在宏观层面以对举、排比、ABB 词形等为视角对常用颜色词进行总体的语用考察，也在微观层面以主题、角色、韵律等为视角对明代著名剧作家汤显祖"临川四梦"（尤其是《还魂记》）进行个案语用考察。

第一节　颜色词对举语用考察

对举，指"把两个或两个以上相似成分放在一起使用"①。这是汉语常见的一种修辞手段，既可以出现在词法里，也可以出现在句法里。所谓颜色词对举，指在两个以上相同句式的相同位置上均使用颜色词，本节只在句法层面讨论颜色词对举。

本节将对白、黑、红、绿、黄、青、彩的对举情况进行语用考察。

一　"白"的对举语用考察

"白"范畴颜色词中"白、素、皓、粉₁、霜₁、银"在语料与其他颜色词的对举频数如表 4-1 所示。

表 4-1　"白"范畴"白、素、皓、粉₁、霜₁、银"与其他颜色词的对举频数

颜色词	白	素	皓	粉₁	霜₁	银
对举频数	62	5	1	2	1	6

"白"范畴原型颜色词"白"的对举用例最多，有 62 例。

---

① 刘云：《现代汉语中的对举现象及其作用》，《汉语学报》2006 年第 4 期。

语料中"白"与其他颜色词的对举情况如表 4-2 所示①。

表 4-2   "白"与其他颜色词的对举情况

	"黑"		"红"					"绿"			"黄"		"青"		"泛"	
	黑	乌	红	朱	赤	丹	紫	绿	翠	碧	黄	金	青	苍	彩	锦
白	2	1	11	2	1	3	3	1	1	2	16	1	15	1	1	1

可见，与"白"对举的前三位颜色词是：黄（16 例）、青（15 例）和红（11 例）。

"白"可以与其他 16 个颜色词进行对举。

"白—黑"对举：

例 1 【红绣鞋】［净］白日间犹闲可，黑夜里怎生捱！跳不出侯门深似海。《宝剑记·第四十五出》

"白—乌"对举：

例 2 【五更转】［旦］这头发与官人呵，才结三年。一朝拆散。念乌云鬓，白首情，与你分一半。《焚香记·饯别》

"白—红"对举：

例 3 【油葫芦】［生］一个白雪把云裁，一个红粉将花闭，想前生预结了这姻期。《红莲债》

"白—朱"对举：

例 4 【皂罗袍】［合］朱颜易改，白头甚速。有花须折，无酒且沽，锦堂风月休辜负。《宝剑记·第五出》

① 颜色词加双引号表示颜色范畴，"泛"表泛颜色范畴，下同。

"白—赤"对举:

例5【绛都春序换头】[末] 试问新妆,獭髓微添吴宫<u>赤</u>,露华轻晕昭阳<u>白</u>。《西楼记·集艳》

"白—丹"对举:

例6【意难忘】[外] 岁月驱驰,笑终身未了,志转臁颓。<u>丹</u>心空报主,<u>白</u>首坐抛儿。《浣纱记·寄子》

"白—紫"对举:

例7【南园林好】[旦] 郎君! 你但逢三伏暑,增却几分秋。端的秋来寒起,何处讨<u>白</u>龙皮? 何处羡<u>紫</u>绡衣?《洛冰丝》

"白—绿"对举:

例8【古轮台】[小旦] 今宵清梦绕天涯。风情潇洒,都付他流水浮花。美人<u>绿</u>鬓,英雄<u>白</u>发,同归狼籍,想起泪如麻。须酩酊,莫教月落漫嗟呀。《西楼记·载月》

"白—翠"对举:

例9【皂罗袍】[合] 可惜春来春去,且向花堤柳堤。自有怀中<u>白</u>璧,莫负樽前<u>翠</u>眉,管教得遂乘龙志。《焚香记·访姻》

"白—碧"对举:

例10【前腔】[丑] 待价藏珠未可轻,一朝持献明廷。<u>碧</u>山肯为移文耻,<u>白</u>马终看奉诏行。《玉玦记·送行》

"白—黄"对举:

例 11【二犯傍妆台】［老旦］愁似织，泪如倾。黄耳未知何日到？白发新从昨夜生。《双珠记·遗珠入宫》

"白—金"对举：

例 12【尾声】［昆仑］休教白发三千丈，少甚金钗十二行。开笼好放雪衣娘。《昆仑奴》

"白—青"对举：

例 13【油葫芦】［末］高堂上白发娘，绣房中青鬟嫂。《浣纱记·谈义》

"白—苍"对举：

例 14【后庭花】［正末］教苍鹤庭前舞，放白鹇窗外啼。《武陵春》

"白—彩"对举：

例 15【前腔】［生］欲望太行白云，难舍巫山彩云。恩情两地萦方寸。《绣襦记·套促缠头》

"白—锦"对举：

例 16【月下笛】［末］白驹驰，锦梭掷。频教燕子留春住。《琴心记·家门始终》

明代戏剧唱词中"白"与"黄、青、红"对举频数比较高的原因有五：一是自然界中普遍存在着这四种颜色，如白色的云朵、黄色的叶子、绿色的植被、红色的花儿，而且白色是自然界不论季节更替都永恒存在的颜色；二是"黄金"和"白玉"是人们喜爱的贵重物品，戏剧作为明代俗文学的代表形式，必然反映当时人们的社会生活，唱词中"黄金""白玉"的经常使用造成了"白""黄"对举的高频；三是中华民族主要通过头发颜色来识别人的年轻和衰老，"白发"是人衰老的象征，"青鬓"则是年轻与活力的象征，明代剧作家频繁使用这些词语来感慨时光流逝在一定程度上造成了"白""青"对举的高频；四是"红"是自然界中花儿的典型颜色，且是一种暖色，深为中华民族所喜爱，在描写自然物时"红"常与"白"对举使用；五是"白"与"黄、青、红"的颜色对比度都比较高，适合对举使用。

二　"黑"的对举语用考察

"黑"范畴颜色词中"黑、乌、玄、皂、黛、墨、缁"与其他颜色词的对举频数如表4-3所示。

表4-3　"黑"范畴"黑、乌、玄、皂、黛、墨、缁"与其他颜色词的对举频数

颜色词	黑	乌	玄	皂	黛	墨	缁
对举频数	10	13	3	2	1	1	1

"黑"范畴中"乌"（13例）的对举用例是最多的，其次是原型颜色词"黑"（10例），总的来看，"黑"范畴颜色词对举频数偏少。

语料中"黑"与其他颜色词的对举情况如表4-4所示。

表4-4　　　　　　　"黑"与其他颜色词的对举情况

	"白"	"红"		"黄"	"青"
	白	红	紫	黄	青
黑	2	2	1	3	2

可见，"黑"与其他颜色词对举使用情况不多，一般是与常用颜色词对举使用。语料中未发现"黑"与"绿"范畴颜色词对举使用的例子。

"黑"可以与其他5个颜色词进行对举。

"黑—白"对举：

例17【临江梅】［生］回首深闺人已远，前宵好梦茫然。余香犹在锦襽边，白日情牵，黑地魂连。《娇红记·遣媒》

"黑—红"对举：

例 18【普天乐】［末］怎把他昆池碎劫无余在？又不欠观音锁骨连环债，怎丢他水月魂骸？乱<u>红</u>衣暗泣莲腮，似<u>黑</u>月重抛业海。《还魂记·骇变》

"黑—紫"对举：

例 19【北山队子】［旦］那秦太师他一进门，忒楞楞的<u>黑</u>心搋敢捣了千下，渐另另的<u>紫</u>筋肝剁作三花。《还魂记·圆驾》

"黑—黄"对举：

例 20【么】［小生］浮生泛逐沧茫地，望断乡关内。<u>黄</u>沙泪眼枯，<u>黑</u>地孤鬼滞。见无踪有谁来救济？《错转轮》

"黑—青"对举：

例 21【江儿水】［旦］去国逢<u>青</u>眼，还家尚<u>黑</u>头。东皇有主花如旧，虾菜忘归今已久。芙蓉出水依然秀，柳色青青在手，眉黛劳君，雅似吴山云岫。《五湖游》

明代戏剧唱词中"黑"与其他颜色词对举频数偏少的原因有二：一是在明代戏剧唱词"黑"的语义网络中消极意义居多（典型消极意义如"黑"可以表"狂暴""狠毒""不怀好意"义，详见第二章），而颜色词对举通常是为了渲染积极的氛围，描绘喜庆的画面，表达作者乐观的心态，因此"黑"总地来说不适合对举使用；二是"黑"一般都是与常用颜色词"白、红、紫、黄、青"对举，语料中未发现"黑"与非常用颜色词的对举用例，这在一定程度上限制了"黑"的对举频数。

三 "红"的对举语用考察

"红"范畴颜色词中"红、赤、朱、绛、丹、绯、茜、紫"与其他颜色词的对举频数如表4-5所示。

表4-5   "红"范畴"红、赤、朱、绛、丹、绯、茜、紫"
与其他颜色词的对举频数

颜色词	红	赤	朱	绛	丹	绯	茜	紫
对举频数	112	10	16	6	18	1	1	31

"红"范畴的原型颜色词"红"的对举用例是最多的,有112例。

语料中"红"与其他颜色词的对举情况如表4-6所示。

表4-6   "红"与其他颜色词的对举情况

	"白"				"黑"		"红"		"绿"				"黄"		"青"	"泛"
	白	粉$_1$	银	玉	黑	乌	茜	紫	绿	翠	碧	蓝	黄	金	青	彩
红	11	1	2	2	2	2	1	3	24	14	13	2	7	2	28	3

可见,与"红"对举的前五位颜色词是:青(28例)、绿(24例)、
翠(14例)、碧(13例)和白(11例)。

"红"可以与其他16个颜色词进行对举。

"红—白"对举:

    例22【前腔】[旦] 长安红杏深,家山白云隐。早祈归省,孜孜
翕翕,举家欢庆。《荆钗记·闺念》

"红—粉"对举:

    例23【针线箱】[旦] 问章台人去也如天远,小楼外几曾抛眼。
早则是一帘粉絮莺梢断,十里红香燕语残。才凝盼,闲愁闲闷,被东
风吹上眉山。《邯郸记·外补》

"红—银"对举:

    例24【前腔】[老旦] 天河犯客槎,猛擒拿,无媒织女容招嫁。
休计挂,没嗟呀,多喜洽。檀郎蘸眼惊红乍,美人带笑吹银蜡。《邯

郸记・入梦》

"红—玉"对举：

例 25【皂罗袍】［小外］自想桃源无路，串妓馆把酒携壶。花边醉倒<u>玉</u>人扶，樽前笑指<u>红</u>裙舞。《宝剑记・第五出》

"红—黑"对举：

例 26【黄莺儿】［生］芳意动寒林，听晴檐鹊喜声，小池楚楚倒浸梅花影。叹<u>黑</u>貂半零，况<u>红</u>鸾未盟，才人自古一例儿皆无命待奋鹏程，自有彩球当果，敲打着看花人。《燕子笺・约试》

"红—乌"对举：

例 27【宜春令】［旦］遭兵火，值乱离。似絮随风，身无所归。路途未惯，脚跟儿先遭狼狈。<u>乌</u>衣巷燕落香泥，<u>红</u>亭路莺愁花雨。悲啼，遇难如今有谁堪寄。《玉簪记・投庵》

"红—茜"对举：

例 28【落梅花】［末］空对着花枝<u>茜</u>，只少那人面<u>红</u>，痴呆呆三人传送。霞筋倩谁红袖捧，做新诗没人歌诵。《玉玦记・团圆》

"红—紫"对举：

例 29【玉芙蓉】［贴］筵开<u>紫</u>殿千秋树，寿进<u>红</u>楼百子图。《浣纱记・谋吴》

"红—绿"对举：

例 30【前腔】［生］溪水清清桃正浓，桃花溪水两争雄。桃须让

水三分<u>绿</u>，水却输桃一段<u>红</u>。《武陵春》

"红—翠"对举：

例31【西地锦】［贴］舞镜鸾衾<u>翠</u>减，啼珠凤蜡<u>红</u>斜。重门不锁相思梦，随人飞绕天涯。《红拂记·物色陈姻》

"红—碧"对举：

例32【前腔】［旦］这泪呵，慢颊垂<u>红</u>缕，娇啼走<u>碧</u>珠。冰壶迸裂蔷薇露，阑干碎滴梨花雨，珠盘溅湿红绡雾。《紫钗记·折柳阳关》

"红—蓝"对举：

例33【逍遥乐】［贴、旦］瑞气笼清晓，帘卷虾须庭院小。歌喉宛转凤将雏。诗传<u>红</u>叶，玉出<u>蓝</u>田，乐奏云璈。《红梨记·永庆》

"红—黄"对举：

例34【前腔】［生］他见我俏<u>黄</u>金囊未羞，便只待献<u>红</u>颜身可售。《玉玦记·投贤》

"红—金"对举：

例35【前腔】［贴］真心休废，念相从几成祸危。记都亭月下徘徊处，四壁归来秋去。卖花声在<u>金</u>市西，醉乡开在<u>红</u>尘地。你呵，再休题瑶琴自随，再休题青囊自随。《琴心记·杨关送别》

"红—青"对举：

例36【锦堂月】［生］<u>红</u>入仙桃，<u>青</u>归御柳，莺啼上林春早。

《香囊记·庆寿》

"红—彩"对举：

> 例 37【折桂令】［旦］争如这刘盼春节义双全，他拼了个十八岁娇容，做了那五百载因缘。恰便似粪壤上灵芝，鸦窠中<u>彩</u>凤，浊水内<u>红</u>鸳。《香囊怨》

明代戏剧唱词中颜色词"红""青"的对举有 28 例，情况大致可分成两类：一是与女子姻缘、容貌、妆饰、情感有关的对举，如"红丝"对"青鸾"、"红鸾"对"青闺"、"红颜"对"青衫"、"红儿"对"青衿"、"红粉"对"青楼"、"红泪"对"青鬓"、"红绢"对"青蚨"、"红罗"对"青琐"、"红妆"对"青皇"、"红袖"对"青鬟"、"红裙"对"青绶"，等等；二是与现实生活中自然景物有关的对举，"红尘"对"青山"、"红关"对"青山"、"红雨"对"青山"、"红莲"对"青杨"、"红日"对"青云"，等等。

"红"与"青"对举频数如此之高（28 例），可能的原因是：

（1）"红"和"青"都属于戏剧用韵十三辙中的中东辙，语音的近似使对举更符合戏剧韵文的写作规范。

（2）"红"有表示"年轻""美貌""姻缘"等语义特征，"青"有表示"生命力强""年轻""姻缘"等语义特征，它们在表"年轻"和"姻缘"这两个语义特征上有交集。

（3）从颜色对比度的角度来看，"红"和"青"是色谱中两种差别很大的颜色，在戏剧唱词中运用色彩对比度大的颜色词对举比较符合中华民族的语言审美。

"青"是汉语中一个很复杂的颜色词，可以表示多种颜色，色域很广。"绿、翠、碧"一般被认为是从"青"衍生出来的颜色词，既然"青"与"红"对举频数高，"绿、翠、碧"与"红"的对举频数自然也会比较高。

四 "绿"的对举语用考察

"绿"范畴颜色词中"绿、碧、翠、蓝"与其他颜色词的对举频数如

表 4-7 所示。

表 4-7 　　 "绿" 范畴 "绿、碧、翠、蓝" 与其他颜色词的对举频数

颜色词	绿	碧	翠	蓝
对举频数	62	33	44	4

"绿" 范畴次常用颜色词同时也是命名该范畴的 "绿"，其对举频数最高（62 例）。

语料中 "绿" 与其他颜色词的对举情况如表 4-8 所示。

表 4-8 　　　　　　　　　　 "绿" 与其他颜色词的对举情况

"白"		"黑"		"红"						"绿"		"黄"	"青"
白	银	乌	玄	红	朱	赤	丹	绛	紫	碧	翠	黄	青
绿	1	1	1	1	24	5	1	2	1	2	5	5	9	11

可见，与 "绿" 对举的前三位颜色词是：红（24 例）、青（11 例）和黄（9 例）。

"绿" 可以与其他 14 个颜色词①进行对举。

"绿—银" 对举：

　　例 38【前腔】［旦］绿珠颠碎，银瓶沉坠，紫玉尘埋，彩云叹息。苦恨难消，闲愁如织。《宝剑记·第四十八出》

"绿—乌" 对举：

　　例 39【江儿水】［旦］既恼乌纱客，还嫌绿鬓娘。《翠乡梦》

"绿—玄" 对举：

　　例 40【南侥侥令】［丑］玄珠思佩赠，绿绮欲联飞。《团花凤》

---

① "绿—白" 对举，在 "白" 的对举情况中已介绍过，且 "绿—白" 对举在语料中仅有 1 例，此处不再赘述。

"绿—红"对举：

例 41【前腔】［外］萧萧行李，迢迢路歧，翘首望京畿。殿阁红云绕，京城绿树迷。《三元记·饯行》

"绿—朱"对举：

例 42【前腔】［旦］绿鬓因愁变尽，朱颜为病凋残。《香囊记·得书》

"绿—赤"对举：

例 43【耍孩儿】［末］烟横贝阙禅林远，风摆金铃雁塔高。忽听得儿童报，绿莎牛背，赤脚山樵。《曲江春》

"绿—丹"对举：

例 44【北寄生草】［外］染丹绵点作夭桃片，搅黄丝搓就垂杨线，闪绿罗掩却新蕉扇。《团花凤》

"绿—绛"对举：

例 45【一翦梅】［外、净］绿杨枝上啼春鸟，绛桃花底蜂飞。《三元记·饯行》

"绿—紫"对举：

例 46【南吕一枝花】［旦］青归柳眼舒，红入桃腮嫩。紫含樱口小，绿遍草芽新。《香囊怨》

"绿—碧"对举：

例 47【前腔】［净］游魂缥缈，洞房深何日还重到？浣花池碧草凄凄，采莲泾绿水滔滔。《浣纱记·吴刿》

"绿—翠"对举：

例 48【天下乐】［小旦］绿窗惊梦巫山杳，翠阁凝眸汉水遥。《双莺记》

"绿—黄"对举：

例 49【尾声】［众］绿袍乍着君恩重，黄榜初开御墨浓，男儿到此是豪雄。《绣襦记·策射头名》

"绿—青"对举：

例 50【少年游】［生、旦、贴、丑］烟花命运，风流业债，今日事初谐。匹马青山，孤帆绿水，相送到天台。《琴心记·相偕抵舍》

明代戏剧唱词中颜色词"绿""红"的对举有 24 例，情况大致可分三类：一是与姻缘、仕途、神话有关的对举，如"丝幕牵红"对"荷衣穿绿"、"绣幕红牵"对"门楣绿绕"、"御笔题红"对"宫袍赐绿"、"红脑子"对"绿眼睛"，等等；二是与女子妆束有关的对举，"红裙"对"绿衣"、"红绣襦"对"绿罗裳"、"红颜"对"绿鬓"，等等；三是与现实生活中自然景物有关的对举，如"红雨"对"绿阴"、"红云"对"绿树"、"红桥"对"青楼"、"绿依依"对"红拂拂"，等等。

"绿"与"青"的对举有 11 例，如"绿水"对"青山"、"绿波"对"青山"、"绿水"对"青幕"、"水儿绿"对"山儿青"、"绿鬓"对"青袍"、"绿鬓"对"青云"、"绿鬓"对"青春"、"绿窗"对"青琐"，等等。"绿—青"对举大多集中在表山水、鬓发、纱帐等词语上。

"绿"与"黄"的对举有 9 例，如"绿野"对"黄花"、"云头绿"对"日头黄"、"绿蚁"对"黄花"、"绿字"对"黄图"、"绿酒"对"黄粱"、"绿袍"对"黄榜"、"绿罗"对"黄丝"，等等。"绿—黄"对举的分布比较广，难以发现其规律。

五　"黄"的对举语用考察

"黄"范畴颜色词中"黄、金"与其他颜色词的对举频数如表4-9所示。

表4-9　　　　　"黄"范畴"黄、金"与其他颜色词的对举频数

颜色词	黄	金
对举频数	63	3

"黄"范畴的原型颜色词"黄"的对举用例最多，有63例。

语料中"黄"与其他颜色词的对举情况如表4-10所示。

表4-10　　　　　　　　　"黄"与其他颜色词的对举情况

	"白"	"黑"		"红"					"绿"			"黄"	"青"	
	白	黑	乌	红	朱	赤	丹	紫	绿	翠	碧	金	青	苍
黄	16	3	2	7	1	1	3	7	9	1	2	2	13	1

可见，与"黄"对举的前四位颜色词是：白（16例）、青（13例）、绿（9例）、红/紫（7例）。

"黄"可以与其他14个颜色词进行对举。

"黄—白"对举：

> 例51【高阳台引】［小生］卧看黄卷，自消白日。《明珠记·拒奸》

"黄—黑"对举：

> 例52【一煞】［小生］了无生，不住身。到彼岸，离色相。早回头自悟将吾丧，虽则是几翻黑雾途还负，到做了一枕黄粱我自当。《错转轮》

"黄—乌"对举：

例 53【醉太平】［生］贫穷的志高，村杀我俏难学，教乞儿苦熬。戴一顶半新不旧乌纱帽，穿一领半长不短黄麻罩，系一条半连不断旧丝绦。这的不是风流每的下梢。《绣襦记·襦护郎寒》

"黄—红"对举：

例 54【朝元令】［生］风回楚城，五月黄梅景。烟浮帝京，千里红尘永。自挈图书，远辞乡井。《明珠记·赴京》

"黄—朱"对举：

例 55【前腔】［外］他从军辈本是裙钗，你上梁文细描英迈。比曹娥孝女，多一段劫营攻寨。看他年朱栏字藓，黄绢碑阴，定赏杀中郎蔡。《女状元》

"黄—赤"对举：

例 56【喜迁莺】［生］穷愁难诉，奈地远天高，物在人故。狱底思君，他乡念妇，都成影只形孤。一点赤心虚负，九曲黄泉漫阻。徒自苦，对霜天清角，永夜长呼。《琴心记·狱中哀泣》

"黄—丹"对举：

例 57【风入松】［生］黄阁从他视草，丹心只自倾葵。《香囊记·羁虏》

"黄—紫"对举：

例 58【甘州歌·八声甘州】［末］平胡拜表，喜诏从三殿，归奏樱桃。高原驿路，尽是朱旗围绕。云开紫阁千峰曙，雪卷黄河八月涛。《燕子笺·迁官》

"黄—绿"对举：

　　例 59【前腔】［合］黄粱熟，绿酒浓，相逢不饮总成空。《三元记·斗东》

"黄—翠"对举：

　　例 60【前腔】［寅］绿蚁黄封，珠围翠绕，当筵笑语喧问。《三元记·祝寿》

"黄—碧"对举：

　　例 61【红衲袄】［末］七香车引着黄罗伞，五花骢拥着碧玉鞍。《香囊记·潜回》

"黄—金"对举：

　　例 62【孝顺歌】［旦］嫦娥伴应念妾，从来美事天作合。今夜呵，愿奇计脱金蝉，幽情付黄蝶，佳期暗浃，与弄琴人一时欢接。《琴心记·夜亡成都》

"黄—青"对举：

　　例 63【蓝桥仙】［末］恩典滥叨钟鼎任，圣明朝雨露恩深。草履黄麻，暂辞青禁，聊假片时安静。《三元记·续弦》

"黄—苍"对举：

　　例 64【好姐姐】［生］深谢苍天见怜，幸遇黄榜招贤。奈侯门似海，无路可进前，难方便。倘令一旦身荣，办此区区答谢天。《金印记·侯门于荐》

　　明代戏剧唱词中"白""黄"的对举有 16 例，情况大致可分三类：一是与自然景象有关的对举，如"白云"对"黄叶"、"白日"对"黄卷"、"白草"对"黄云"、"白兰"对"黄杨"、"白马"对"黄龙"，等等；二是与人体发肤、骨殖有关的对举，如"白头"对"黄泉"、"白发"对"黄耳"、"白骨"对"黄榜"，等等；三是与社会生活中常见贵重物品有关的对举，如"白玉"对"黄金"。

　　"黄"与"青"的对举有 13 例，如"黄麻"对"青禁"、"黄卷"对"青灯"、"黄鹤"对"青城"、"黄鹤"对"青鸾"、"黄犬"对"青鸾"、"黄昏"对"青天"、"黄叶"对"青阴"、"黄泉"对"青云"、"黄泉"对"青天"、"黄金"对"青钱"、"黄茅"对"青旗"，等等。"黄—青"对举大部分集中于动物类和植物类词语。

　　"黄"与"紫"的对举有 7 例，如"黄扉"对"紫阁"、"黄阁"对"紫薇"、"黄屋"对"紫诏"、"黄河"对"紫阁"、"黄金"对"紫茸"、"姚黄"对"魏紫"、"黄鹂"对"紫燕"，等等。"黄—紫"对举大部分集中于与帝王将相有关的词语。

　　"黄"与"红"的对举有 7 例，如"黄梅"对"红尘"、"黄金"对"红颜"、"日色黄"对"旗影红"、"黄雪"对"红雨"、"黄泉"对"红襟"，等等。"黄—红"对举大部分集中于气象类词语。值得一提的是，语料中有 1 例"黄—红"对举可以有表明季节变化的作用，如：

　　　　例 65【落梅风】［冲末］相见时飘红雨，又别后吹黄雪。早是俺弟兄们转灯般几曾离别，半年来吴门旧事如燕越，影迷离雁行明灭。《花舫缘》

　　"红雨"暗示了鲜花怒放的春天，"黄雪"暗示了菊花纷飞的秋天，例（65）【落梅风】唱词的语境是文徵明对唐寅为了寻访船上偶遇女子而有半年时间杳无音讯的状况表达出了强烈不满的情绪。

六　"青"的对举语用考察

　　"青"范畴颜色词中"青、苍"与其他颜色词的对举频数如表 4-11 所示。

表 4-11　　　　　"青"范畴"青、苍"与其他颜色词的对举频数

颜色词	青	苍
对举频数	100	10

"青"范畴的原型颜色词"青"的对举频数最高，有 100 例。

语料中"青"与其他颜色词的对举情况如表 4-12 所示。

表 4-12　　　　　　　"青"与其他颜色词的对举情况

	"白"			"黑"			"红"							"绿"				"黄"		"青"	"泛"	
	白	素	皓	黑	乌	墨	红	朱	赤	丹	绛	彤	紫	绿	碧	翠	蓝	黄	金	苍	彩	锦
青	15	1	1	2	3	1	28	1	1	3	1	2	2	11	5	5	1	13	3	3	2	1

可见，与"青"对举的前四位颜色词是：红（28 例）、白（15 例）、黄（13 例）、绿（11 例）。

"青"可以与其他 22 个颜色词进行对举。

"青—白"对举：

例 66【胜如花】［旦］青台闭，白日开。《还魂记·婚走》

"青—素"对举：

例 67【前腔】［崔］心痛，素色鸾娇，青心凤尾，别自玲珑一种。怅瑶台月下初归，东风倚阑谁共?《紫钗记·花前遇侠》

"青—皓"对举：

例 68【前腔】［旦］他道败叶秋残，皓魄阴生，青镜尘空，梅花子另，虚却团圆景。《琴心记·空闺永叹》

"青—黑"对举：

例 69【二煞】［生］阿弥六字专持诵。一心不乱常提起，百妄都

除莫放松。波罗蜜须讨个诚心种。盼得到青莲法界，怕甚么黑浪狂风。《逍遥游》

"青—乌"对举：

例70【北点绛唇】［末］布袜青袍，草衣乌帽，溪山晓，来往由巢，俯仰乾坤小。《浣纱记·谈义》

"青—墨"对举：

例71【西江月】［小生］十载青灯碌碌，三年墨绶偬偬。《逍遥游》

"青—红"对举：

例72【前腔】［生］有恨难言，有恨难言。扯断红丝，生剖青鸾。人逐孤鸿，泪染啼鹃。《玉簪记·促试》

"青—朱"对举：

例73【满园春】［众］彩笔光生日正暹，胪传枫陛动观瞻。青琐名香，丹墀恩宠，朱衣头点。《双珠记·廷对及第》

"青—赤"对举：

例74【沉醉东风】［外］念怀愍青衣可嗟，使义士赤心徒热。圣上圣上，只为你用奸邪，把忠良弃撒，等闲间使冠裳碎裂。《红梨记·托寄》

"青—丹"对举：

例75【园林好】［二仙］家住在蓬莱路遥，开几度春风碧桃。骑

鹤背风生环佩，辞丹府，下青霄。《双忠记·仙讽》

"青—绛"对举：

例76【雁儿落】[末] 天边绛雪浓，水上青烟重。斜日催将酒兴残，暗香逗得痴魂动。《花舫缘》

"青—彤"对举：

例77【香柳娘】[众] 喜灯月竞新，喜灯月竞新，寒威乍损，想梅花已漏江南信。看鳌山切云，看鳌山切云，青禁玉楼邻，彤帷绛河近。《红梨记·豪燕》

"青—紫"对举：

例78【前腔】[小净] 一霎儿愁颜变喜颜，谁知道风雪中来送炭。已自分披青襄做了渔樵汉，岂承望着紫衣重入凤鹓班。《红梨记·诛奸》

"青—绿"对举：

例79【前腔】[旦] 山儿青，水儿绿，白云冉冉，烟雾锁重岚。《宝剑记·第四十六出》

"青—碧"对举：

例80【前腔】[生] 碧桃花径幽，青鸟音尘阻。若个仙姬，冷落朝朝暮。我待做渔郎去问津，硬撞入桃源路。《娇红记·题花》

"青—翠"对举：

例81【前腔】[尼姑] 禅关望已局。看白云缥缈，乱封诸岭，薜

萝衣薄，尽使峡风吹冷。遥山晚带枫林翠，别浦寒流石竹<u>青</u>。恒沙渺，彼岸平。《琴心记·锦江晓发》

"青—蓝"对举：

例82【一剪梅】［生］胸藏星斗气冲霄，甘老<u>青</u>袍，岂恋<u>蓝</u>袍。《香囊记·启程》

"青—黄"对举：

例83【窣地锦裆】［生］<u>青</u>灯昔日费钻研，<u>黄</u>榜今开御墨鲜。纵横礼乐字三千，十九人中最少年。《焚香记·看榜》

"青—金"对举：

例84【刘泼帽】［生］天颜有喜文词艳，坐丝纶此地非惭。我不枉将书那日穷研遍，十载破<u>青</u>毡，一旦朝<u>金</u>殿。《琴心记·给管求文》

"青—苍"对举：

例85【新水令】［外］杏园东去曲江西，约同僚一船回去。叹故人<u>青</u>眼稀，觅旧题<u>苍</u>苔黳。凤阙崔嵬，仰瞻在白云深处。《绣襦记·责善则离》

"青—彩"对举：

例86【醉扶归】［旦］恨崔徽常把<u>青</u>鸾委，笑文君空有<u>彩</u>毫题。本图他驵马耀门楣，反落得网户蟏蛸起。丈夫便为龙一跃奋天池，忍将我比目双鱼弃？《玉玦记·报信》

"青—锦"对举：

例87【大迓鼓】［旦］相随月下逃，明时锦袖，暗里青绡。更寻春酒市羞归棹，重怜遭寇病萧萧。《琴心记·金闺荣返》

在本节研究的六个常用颜色词中，与"青"对举的颜色词数量（22个）是最多的，一方面说明了源自上古的颜色词"青"作为常用颜色词在明代戏剧唱词中稳定的地位，另一方面也验证了吴剑（2014）对"青"是汉语表达多种色彩之典型颜色词的判断。

七　"彩"的对举语用考察

泛颜色范畴颜色词中"彩、锦"与其他颜色词的对举频数如表4-13所示。

表4-13　　　　泛颜色范畴"彩、锦"与其他颜色词的对举频数

颜色词	彩	锦
对举频数	15	12

泛颜色范畴原型颜色词"彩"（15例）的对举频数比"锦"（12例）稍高。

语料中"彩"与其他颜色词的对举情况如表4-14所示。

表4-14　　　　　　　"彩"与其他颜色词的对举情况

	"白"	"黑"	"红"				"绿"		"黄"	"青"	"泛"
	白	玄	红	朱	赤	紫	碧	翠	金	青	锦
彩	1	1	3	1	1	2	1	1	1	2	1

可见，"彩"与其他颜色词的对举比较均衡，都在1~3例之间。语料中未发现"彩"与常用颜色词"黑""绿""黄"对举的例子。

"彩"可以与其他11个颜色词进行对举①。

"彩—玄"对举：

例88【古轮台】　［众］双飞彩燕，对舞玄鹤，幸喜共离患难。

---

① "彩—白"对举在语料中只有1例，且在"白"的对举情况中已有说明，这里不再赘述。

《宝剑记·第五十二出》

"彩—红"对举：

例89【川拨掉】[合] 看此去<u>彩</u>凤朝飞，看此去<u>红</u>日朝辉。《琴心记·杨关送别》

"彩—朱"对举：

例90【御袍黄·簇御林】[生] 研<u>朱</u>露，蘸<u>彩</u>毫。《西楼记·私契》

"彩—赤"对举：

例91【古轮台】[小旦] <u>赤</u>凤堪乘，<u>彩</u>云欲化，今宵清梦绕天涯。《西楼记·载月》

"彩—紫"对举：

例92【前腔】[末] <u>紫</u>雾生豹变岩前，<u>彩</u>云飞龙出池中。《宝剑记·第五十二出》

"彩—碧"对举：

例93【二煞】[末] <u>彩</u>毫细点城南景，<u>碧</u>殿长怀梦里朝。《曲江春》

"彩—翠"对举：

例94【高阳台引】[生] 望花宫，<u>翠</u>雾连帷，<u>彩</u>霞飞栋。《紫钗记·花前遇侠》

"彩—金"对举：

例 95【驻云飞】［合］<u>金</u>盏须倾一百杯，<u>彩</u>袖须翻几十回。《琴心记·跳动琴心》

"彩—青"对举：

例 96【太平令】［贴］一片<u>彩</u>云扶月上，羽衣<u>青</u>鸟闲来往。《还魂记·魂游》

"彩—锦"对举：

例 97【前腔】［小外］欢娱<u>锦</u>帐卧鸳鸯，殷勤<u>彩</u>袖传鹦鹉。《宝剑记·第五出》

"彩"是表示颜色总称的颜色词，当唱词中的某个颜色词没有恰当的另一个颜色词与之对举时，"彩"是最佳的代替词，这样既满足了对举的要求，又丰富了唱词的色彩表现。我们发现，"彩"与其他颜色词对举时，唱词所描绘的情景通常都比较喜庆、欢乐、祥和。

第二节　颜色词排比语用考察

颜色词排比指在三个以上相同句式的相同位置上均使用颜色词。颜色词排比是颜色词对举的特殊用法。明代戏剧唱词中颜色词排比的运用渲染出浓郁的色彩效果，气势非凡。颜色词排比大致可分为两种情况：（1）同一颜色词连续对举使用三次以上；（2）不同颜色词连续对举使用三次以上。

一　同一颜色词排比

同一颜色词连续对举使用三次以上的情况，语料中只有"红""黄""青"。

"红"的排比。如：

例98【似娘儿】［外］怜爱女欲遂姻盟，蟾宫桂子才堪称。红楼此日，红丝待选，须教红叶传情。《琵琶记·奉旨招婿》

"红楼、红丝、红叶"都与少女和爱情有关。古代富裕人家的待嫁女子一般住在"红楼"里，希望主管姻缘的月老用"红丝"为自己系联一位如意郎君，希望可以把自己的情意写在"红叶"上，通过流水传递给夫婿。

又如：

例99【收江南】［冲末］望江中红浪涵香月，看杯中红酒留香颊，想衾中红蕊栖香蝶。拼一世痴邪，怕甚么无端风雨将春截。《花舫缘》

"红浪、红酒、红蕊"都与浪漫的场景有关，江中的浪、杯中的酒、衾中的花蕊都被渲染成了红色，这三种红色事物可以让人很容易联想到浪漫与情爱。

"黄"的排比。如：

例100【么篇】［正旦］奸雄辈，尚未除，这些时正雕旗夜卷黄沙树，狐冰夜走黄河渡，狼烽夜报黄花戍。你须要祖生早着洛阳鞭，怎学那谢公闲赌山阴墅。《红线女》

"黄沙、黄河、黄花"都与战争的场景有关，边塞的黄沙、浑浊的黄河、怒放的黄花，烘托出一种在国家危难关头，每一个热血男儿都应该冲锋陷阵、驰骋疆场的意象。

"青"的排比。如：

例101【上小楼犯】［净］尽今日跨了青骢，游了青山，扶了青娥。兴来时频赏花枝，频开笑口，频斟香糯。有限的光阴休教错。《红梅记·鳖见》

"青骢、青山、青娥"分别指奸臣贾似道外出游玩时的坐骑、地点和侍女，三个"青"的排比使用极大地表现了奸臣的穷奢极欲。

二　不同颜色词排比

不同颜色词连续对举使用三次以上的情况，语料中还是比较多的，仅举 6 例加以说明。

"白—红—碧"排比：

> 例 102【逍遥乐】[末] 融和时候，燕整新巢，莺呼旧友，因此上对景寻幽。向春山无伴相求，大地平铺草色柔。踏遍了庄前疃后，见了些白云舒卷，红雨缤纷，碧水交流。《不伏老》

"白云、红雨（隐喻随风漫天飘散的花儿）、碧水"都是自然界常常能看到的事物，这三者连用展现出一幅多姿多彩的田园风光图。

"红—白—黄"排比：

> 例 103【折桂令】[旦] 俏身躯跪倒阶前，则教我回首长门雨泪涟涟。待痛煞煞扭着红襟，长挽挽夺将白练，碜可可赴了黄泉，做的个王昭君生离内殿，杨贵妃死葬荒阡。《男王后》

"红襟"在【折桂令】唱词中具体指旦角（男王后陈子高）的红色衣襟，"白练"指准备用来自缢的白色熟绢，"黄泉"指人死后所去往的阴间，这三者连用描绘了一个悲情女子自缢身亡的典型过程及画面。

"红—绿—黄"排比：

> 例 104【北折桂令】[旦] 听了些鼓角笙簧，气结愁云，泪洒明琅。守宫砂点臂犹红，衬阶苔履痕空绿，辟寒金照腕徒黄。关几重，山几叠，遮拦仙掌。云一携，雨一握，奠落巫阳。《昭君出塞》

在【北折桂令】唱词中"红"指旦角（王昭君）手臂上守宫砂的颜色，"绿"指她走过长满绿色苔藓的台阶时留下鞋痕的颜色，"黄"指她的手腕在金色阳光照射下呈现出的颜色，这三种色彩烘托出王昭君在出塞前的纯洁、优雅、美丽和对故土的眷恋。

"翠—丹—紫"排比：

例 105【甜水令】［旦］他是翠水文鸳，丹山彩凤，紫宫娇燕。但见可人怜，想那待月留连。求凰邂逅，偷香缱绻，都来是宿世姻缘。《男王后》

"翠水文鸳、丹山彩凤、紫宫娇燕"等有历史典故的词语都隐喻指旦角（男王后陈子高），"翠、丹、紫"的排比运用从色彩上极大地赞扬了他的美貌。

"青—红—绿"排比：

例 106【锦衣香】［外］只见柳稍头，月又圆；珠帘下，人又圆。且喜安乐，共效于飞愿。全家愿得子孙贤，堆金积玉非吾愿。叹青春易老，红颜易改，绿鬓易变。《金印记·仲子祝寿》

"青春、红颜、绿鬓"都是年轻人所拥有的最可宝贵的东西，"青、红、绿"的排比运用从色彩上也极大地表现了青年时代的美好与宝贵。

"青—红—紫—绿"排比：

例 107【南吕一枝花】［旦］青归柳眼舒，红入桃腮嫩。紫含樱口小，绿遍草芽新。《香囊怨》

"青"指女子如柳叶形状的眼睛黑中泛绿的颜色，"红"指女子如桃子形状腮颊红润的颜色，"紫"指女子如樱桃形状嘴唇红中透紫的颜色，"绿"指新草长出嫩芽的颜色。实际上，"青、红、紫"的语义同时指向人体器官（眼、腮、口）和自然植物（柳、桃、樱），所以这段唱词既描绘了女子的美貌，又同"绿"一起渲染了春天的美丽景致。

因此可知，明代戏剧唱词中颜色词的排比运用的理据有三：一是同一个颜色词进行排比，所选用的颜色词一般为常用颜色词，该用法渲染出的色彩效果最强；二是不同颜色词进行排比，一般要选用要在中华民族生活的自然环境、社会文化环境中容易共现的颜色词；三是由于明代戏剧唱词的韵文性质，剧作者喜欢引经据典，引用一些有历史典故的"含彩词语"

进行排比，如"翠鸳、丹凤、紫燕"等就体现了汉语古典韵文文学语言的这一特点。

第三节　ABB 颜色词语用考察

ABB 颜色词在明代戏剧唱词中主要的句法功能是做定语和状语，为了突出其色彩描写的效果，一般被置于句子（分句）的开头或最突出位置，让人觉得醒目并且印象深刻。

从是否处于对举句式的角度考虑，可将 ABB 颜色词分成两类：（1）非对举句式中的 ABB 颜色词；（2）对举句式中的 ABB 颜色词。（1）类是常态用法，（2）类是特殊用法。

一　非对举句式中的 ABB 颜色词

非对举句式中的 ABB 颜色词指它在两个以上非对举的句子（分句）中单独出现。在这类 ABB 颜色词中，"A"主要功能是表颜色，"BB"主要功能是通过描写性状以增强"A"颜色的表现力。

"白泠泠"：

例 108【前腔】［丑］低声相应，则见白泠泠潸然涕零。怨黄姑隔断银河，湿鲛绡，泪花偷迸。凄凄肠断不堪听，楚峡猿啼第几声。《娇红记·婚拒》

"白泠泠"做状语，"白"指女子所流眼泪的澄澈白净，"泠泠"表现了热泪落下后的清凉貌，渲染出压抑和悲痛。

"黑漫漫"：

例 109【黄钟北曲·醉花阴】［报子］虎啸龙吟动天表，黑漫漫风云乱扰。觑兵百万逞英豪，唬得俺汗似汤浇。《连环记·问探》

"黑漫漫"做定语，"黑"指战场上空硝烟弥漫的云层漆黑一片，"漫漫"表现了"黑"的遍布范围广，渲染出沉闷和悲壮。

"黑碌碌"：

例 110【江儿水】［生］<u>黑硃硃</u>瘴影天笼罩。《邯郸记·备苦》

"黑硃硃"做定语，"黑"指下雨前天空的昏暗，"硃硃"表现了主人公在充满瘴气之地奔波忙碌的样子，渲染出黑暗和苦难。

"赤斑斑"：

例 111【前腔】［旦］<u>赤斑斑</u>肢体俱棰损。《双珠记·狱中冤恨》

"赤斑斑"做定语，"赤"指被严刑拷打后身体血迹的鲜红色，"斑斑"表现了血迹的众多和色彩的鲜明，渲染出屈辱和愤恨。

"赤剥剥"：

例 112【金钱花】［贼太子］俺们太子是檀萝，檀萝。日夜寻思要老婆，老婆。瑶台城子里有一个，咱编桥渡过小银河。要抢也波，抢得么？<u>赤剥剥</u>的笑呵呵。《南柯记·围释》

"赤剥剥"是用于模拟笑声的象声词，做状语，"赤"指蚂蚁（此处的贼太子为蚂蚁）周身的红色，"剥剥"表现了谓语"笑呵呵"的声音特点，渲染出轻浮和挑衅。

"赤刺刺"：

例 113【滚绣球】［净］风刮的旗影红，尘迷的日色黄，<u>赤刺刺</u>遍长空平沙一望，咱这里密匝匝拥弓刀万骑成行。《娇红记·番衅》

"赤刺刺"做状语，"赤"指烈日当空时天空的红色，"刺刺"表现了在太阳高强度照射的刺痛感，渲染出紧张和燥热。

"赤硃硃"：

例 114【北金盏儿】［小生］历间关<u>赤硃硃</u>早已到皇州，凤城中阛阓炊烟浮。《西楼记·卫行》

"赤硃硃"做状语，"赤"指人由于急速行走而面色通红，"硃硃"表现了主人公疲于奔走的样子，渲染出疲惫和焦急。

"赤泼泼"：

例 115【北煞尾】［小生］忽剌剌一似顺风舟，只成就这凤鸾俦，有一头早不见一头，<u>赤泼泼</u>侠肠痒处难拴纽，思量起也着甚由？《西楼记·卫行》

"赤泼泼"做定语，"赤"指赤诚之心的红色，"泼泼"表现了主人公正义感的强烈，渲染出惩恶扬善的热情和无惧无畏的决心。

"紫腾腾"：

例 116【清江引】［昆仑］<u>紫腾腾</u>剑气冲牛斗，华表归来后。人民半已非，城郭何如旧。你则向那洛阳街寻药叟。《昆仑奴》

"紫腾腾"做定语，"紫"指宝剑的紫色光芒，"腾腾"表现了紫色光芒不断升起的样子，渲染出力量和吉祥。

"碧澄澄"：

例 117【前腔】［生］我只为别时容易见时难，你看那<u>碧澄澄</u>断送行人江上晚。昨宵呵醉醺醺欢会知多少，今日里愁脉脉离情有万千。《玉簪记·追别》

"碧澄澄"做状语，"碧"指江面的湛蓝，"澄澄"表现了江中水清澈明净的样子，渲染出宁静和安详。

"碧濛濛"：

例 118【前腔】［生］则道是拂不去受降城上清霜，看则是永夜征人，沙和月长恁照也。影飘摇，<u>碧濛濛</u>，把关河罩，幕寒生夜悄。《紫钗记·边愁写意》

"碧濛濛"做状语，"碧"指西北沙漠地区晚上天空的湛蓝，"濛濛"表现了月光下迷茫纷杂的影像，渲染出空旷和朦胧。

"翠生生"：

　　　　例 119【前腔】［旦］忆青闺娇小相怜，合红鸾灯前脑腆。对天涯花烛，红泪偷弹。好似邻巢燕子，别浦鸳鸯，把屏翠生生展。想画中人少俊，隔湘川，鸟雀空啼紫玉烟。《燕子笺·招婚》

　　"翠生生"做状语，燕子、鸳鸯色彩鲜艳的羽翼好似翠绿色的屏风，"翠"指翠鸟翅膀的翠绿色，"生生"表现了翠鸟张开其翠绿色羽毛的活力，渲染出美丽和动感。
　　"翠丝丝"：

　　　　例 120【出队子】［采女］君王福耀，谢君王福耀，凿破了河关一线遥。翠丝丝杨柳画兰桡，酒滴向河神吹洞箫。好摇摇，等闲平地把天河到了。《邯郸记·东巡》

　　"翠丝丝"做定语，"翠"指杨柳的翠绿色，"丝丝"表现了柳条的纤细形状，渲染出美丽与纤细。
　　"翠巍巍"：

　　　　例 121【侥侥令】［合］水犀燃宝炬，灯火迳星桥。只见霁色澄澄连巷陌，彩结翠巍巍山势巧。《连环记·观灯》

　　"翠巍巍"做定语，"翠"指山峦的翠绿色，"巍巍"表现了山峦的高大耸立，渲染出美丽与壮观。
　　"翠娟娟"：

　　　　例 122【前腔】［老］恨不呵早早乘龙。夜夜孤鸿，活害杀俺翠娟娟雏凤。一场空，是这答里把娘儿命送。《还魂记·闹殇》

　　"翠娟娟"作定语，"翠"指凤凰（此处"雏凤"隐喻指年轻女子）羽毛的翠绿色，"娟娟"表现了女子姿态的柔美，渲染出女子的美丽和柔弱。

"青疏疏"：

> 例 123【滚绣球】[吐番将黑脸] 风吹的草叶低，甚时节青疏疏柳上丝?《紫钗记·河西款檄》

"青疏疏"做定语，"青"指柳条的嫩绿色，"疏疏"表现了柳条的稀疏貌，渲染出季节的更替与植物的变化。

可见，非对举句式中的 ABB 类颜色词在明代戏剧唱词中使用时，除了表示颜色以外，还可以表现所修饰物的性状，从而起到增强颜色表现力、渲染唱词整体氛围的语用效果。

二　对举句式中的 ABB 颜色词

对举句式中的 ABB 颜色词指它在两个以上句子（分句）中与其他ABB 词形对举①使用，增强了表达效果。这类 ABB 颜色词继承了非对举句式中 ABB 颜色词的所有特点，此外还有自己一些特殊的功能。

"白茫茫"：

> 例 124【山坡羊】[小生] 白茫茫六花飞坠，乱纷纷如风飞絮，我虚飘飘浮踪似伊。《红拂记·破镜重符》

在【山坡羊】唱词中"白茫茫"做定语，"白"指漫天飘洒的雪花的白色，"茫茫"表达了"白"的范围广大而辽阔。"白茫茫"与"乱纷纷""虚飘飘"对举使用，营造了纷乱虚渺的意境。这段唱词把"白茫茫"提至句首，让人们首先注意到的是雪花的颜色（焦点），然后才会注意到雪花坠落的动态（背景）。如果上例的表述是"六花飞坠白茫茫"，人们会首先注意到雪花飞坠的动态（焦点），然后才会注意到雪花的颜色（背景）。这两种不同的句法构造能营造出两种不同的意象图式。

> 例 125【山坡羊】[外] 白茫茫风波平地，杳沉沉灵魂何处?你恨漫漫含冤在九泉。都是你那铁心肠的娘，生擦擦逼你将身弃。我那

---

① 在明代戏剧唱词中判定这类对举时，要忽略念白、衬字、标点等影响。

儿，你好心性痴。《焚香记·陈情》

在【山坡羊】唱词中"白茫茫"做定语，形容下雪后一片白色的大地，并与"杳沉沉""恨慢慢""生擦擦"对举使用，营造了鬼戏阴森冷寂的意境。

例126【滚绣球】[末] 满目的寒烟一带，都是些曲径巉崖。密丛丛深树林，白茫茫遍草莱。少什么山精木客，几多儿雾锁云埋。《中山狼》

在【滚绣球】唱词中"白茫茫"做定语，形容一片白色的荒芜之地（草莱），并与"密丛丛"对举使用，营造了空旷、荒无人烟的意境。以上三例"白茫茫"的使用均为对举句法格式的强制要求，可以形容白色的雪景、霜景、雾气以及边塞风光。

"白秃秃"：

例127【扑灯蛾犯】[净] 好受用哩！怎葛皱皱这老和尚到有嫩生生如许小头陀，白秃秃浑如芋子，笑呵呵向民间赚尽好娇娥。《红梅记·瞥见》

"白秃秃"做状语，"白"指和尚光头的肉白色，"秃秃"解释了头"白"是因为没有头发。"白秃秃"与"嫩生生""葛皱皱""笑呵呵"对举使用，生动地描写并调侃了不守佛门戒律的僧人。

"皎团团"：

例128【上小楼犯】[净] 急煎煎日色蹉，皎团团月影那。《红梅记·瞥见》

"皎团团"做定语，"皎"指月影的洁白，"团团"表达了月影的圆貌。"皎团团"与"急煎煎"对举使用，营造了时光流逝、日月更替的意境。

"粉丕丕"：

例 129 【四块玉】［旦］咳！则道少甚么<u>粉丕丕</u>女将材，原来要<u>帽光光</u>你个令四太。《南柯记·围释》

"粉丕丕"做定语，"粉"指女将军容颜的粉嫩白皙，"丕丕"表现了女将军宏大的气势。"粉丕丕"与"帽光光"对举使用，生动表现了女将军的飒爽英姿和檀罗国四太子威风扫地的尴尬形象。

"黑漫漫"：

例 130 【前腔】［丑］王丞相因姐姐不从，就发恼起来，把温存情况，变做了瞒神唬鬼乔模样，把我姐姐监禁在府后什么静房里头。<u>昏腾腾</u>楚岫云遮，<u>黑漫漫</u>阳台路障。一似笼囚鹦鹉，浪打鸳鸯。《红梨记·赴约》

"黑漫漫"做定语，"黑"指房间（"阳台"常指男女欢会之所）的漆黑，"漫漫"表达了黑色布满了整个房间。"黑漫漫"与"昏腾腾"对举使用，营造了在月黑之夜寻人的意境。

"黑钻钻"：

例 131 【那咤令】［净］不怕几重缘，则要你道意专。这点心<u>黑钻钻</u>地孔穿，<u>明晃晃</u>天坛现，敢盼着你老爷爷月下星前。《南柯记·转情》

"黑钻钻"做状语，"黑"指大地深处的颜色。"黑钻钻"与"明晃晃"对举使用，形象地表现了地府与天宫在颜色上的差异。

"黑沉沉"：

例 132 【山坡羊】［净占鬼］<u>黑沉沉</u>暝途迢递，<u>冷飕飕</u>阴风括地。<u>性烈烈</u>没面目的夜叉，<u>恶狠狠</u>催促登程去。心暗思，身居相位日，薰天势业成何济？今朝做囚魂，无所依。《精忠记·冥途》

"黑沉沉"做定语，"黑"指通往阴曹地府路途的漆黑，"沉沉"表达了阴曹地府的深邃。"黑沉沉"与"冷飕飕""性烈烈""恶狠狠"对举使用，营造了阴曹地府黑暗阴冷、鬼哭狼嚎的意境。

"红拂拂、绿依依"：

例 133【前腔】［丑］松庭竹院，银塘玉槛。绿依依柳色轻柔，红拂拂荷香娇软。《玉簪记·下第》

"红拂拂"做定语，"红"指荷花的红色，"拂拂"表现了荷花在池中散布的样子；"绿依依"也做定语，"绿"指柳树的绿色，"依依"表现了柳条轻柔披拂的样子。"绿依依"与"红拂拂"对举使用，生动描绘了夏日园林的美丽景致。

"红生生"：

例 134【黄龙衮犯】［贴］不是他红生生翠袖双扶，把我脆设设的肝肠一踌。《邯郸记·极欲》

"红生生"作定语，"红"指女子容颜的红润，"生生"的使用是为了与"脆设设"的"设设"对举，营造出美女如云、穷奢极欲的享乐意境。

"赤刺刺"：

例 135【滚绣球】［净］风刮的旗影红，尘迷的日色黄，赤刺刺遍长空平沙一望，咱这里密匝匝拥弓刀万骑成行。《娇红记·番衅》

"赤刺刺"做状语，"赤"指烈日当空时天空的红色，"刺刺"表现了阳光曝晒的燥热。"赤刺刺"与"密匝匝"对举使用，营造出激烈对抗、数万骑兵混战的战争意境。

"赤律律"：

例 136【北斗鹌鹑】［小旦］自那日领军令呵，大踏步那顾间关，不分远近，赤律律将令难违，一桩桩军情都探。《焚香记·传笺》

"赤律律"做定语，"赤"指传送紧急军情的金牌的红色，"律律"表现了金牌将令的约束力。"赤律律"与"一桩桩"对举使用，营造了急切、繁忙、严肃的意境。
"碧澄澄":

　　例137【拙鲁速】［正末］花儿有几丛，树儿有几重，<u>碧澄澄</u>的银蟾上梧桐，<u>暖融融</u>柳摆着风。<u>香馥馥</u>的春瓮，<u>喜孜孜</u>的昆仲，便唤做大罗仙也可通。《曲江春》

"碧澄澄"做定语，形容碧蓝明净的月亮（"银蟾"是月亮的别称），并与"暖融融""香馥馥""喜孜孜"对举使用，描绘了曲江美丽的夜景和热闹的人群。
"碧荧荧":

　　例138【脱布衫】［旦］恰便似<u>虚飘飘</u>线断风筝，我如今<u>实丕丕</u>帐冷云屏。<u>碧荧荧</u>灯残短檠，<u>宽绰绰</u>纽松方胜。《香囊怨》

"碧荧荧"做定语，"碧"指烛台上油灯灯光的绿中泛白，"荧荧"表现了油灯灯光闪烁的样子。"碧荧荧"与"虚飘飘""实丕丕""宽绰绰"对举使用，生动地表现了痴情女子因不能与自己所爱的人在一起而产生的凌乱、无助、悲观情绪。
"碧油油":

　　例139【前腔】［外］他只好<u>碧油油</u>云鬟斜溜，他只好<u>颤巍巍</u>琼花双斗。怎教他<u>路迢迢</u>做宾鸿寄书，因此上<u>密层层</u>难脱逢蒙手。《团花凤》

"碧油油"做定语，"碧"指头发浓黑中泛绿，"油油"表现了头发饱满润泽的样子。"碧油油"与"颤巍巍""路迢迢""密层层"对举使用，形象表现了男子因寻不到团花凤钗的主人而产生的无助、无奈、焦虑情绪。
"翠生生":

　　例140【懒画眉】［贴］奶奶堂上等着，姐姐，你脚步儿挪了半

日呵。刚转过<u>翠生生</u>绣软梅罗帐，这正是<u>娇怯怯</u>云雨巫山窈窕娘。《娇红记·会娇》

"翠生生"做定语，"翠"指绣软梅罗帐的鲜艳色彩，"生生"的使用是为了与"娇怯怯"中的"怯怯"对举，形象表现了妙龄女子艳丽的妆束和羞涩的表情。

例 141【醉扶归】［旦］你道<u>翠生生</u>出落的裙衫儿茜，<u>艳晶晶</u>花簪八宝填，可知我常一生儿爱好是天然。《还魂记·惊梦》

"翠生生"形容裙衫的鲜艳颜色，并与"艳晶晶"对举使用，形象表现出女子妆束的明艳色彩。

"翠呆呆"：

例 142【北山队子】［旦］则你这<u>喇生生</u>回阳附子较争些，为甚么<u>翠呆呆</u>下气的槟榔俊煞了他。《还魂记·圆驾》

"翠呆呆"做定语，"翠"指槟榔鲜果的翠绿色，"呆呆"形容失神的样子。"翠呆呆"与"喇生生"对举使用，这两句生动表现出了杜丽娘对父亲杜宝的不满情绪，因为杜宝始终对杜丽娘死而复生的事实与杜丽娘嫁给柳梦梅的现实不予认可。

"翠臻臻"：

例 143【耍孩儿三煞】［报］他守着个<u>闹喳喳</u>的画卯堂着甚科？倒把个<u>翠臻臻</u>画眉台脱了窝。《南柯记·启寇》

"翠臻臻"形容女子画眉的地方（画眉台），"闹喳喳"形容官员办公的地方（画卯堂），画眉台和画卯堂分别是《南柯记》男主角生活和工作的地方，"翠"暗示夫妻关系融洽，"闹"则表明他工作认真勤奋。

"黄登登"：

例 144【么】［老旦］<u>足律律</u>旋风刮，<u>黄登登</u>几缕尘。咳，王小

姐，王小姐，你把我孩儿缠死真堪悯，你送得我老年孤独无投奔，你今朝又待将咱近。《红梨记·再错》

"黄登登"做定语，"黄"指尘土的黄色，"登登"的使用是为了与"足律律"中的"律律"对举，营造了迷信之人做法事时故弄玄虚的意境。

"青簇簇"：

例 145【二犯江儿水】［旦］趁金莲移步稳，<u>香馥馥</u>风开绣裙，<u>香馥馥</u>风开绣裙，<u>青簇簇</u>花笼蝉鬓，软迷离似阳台一片云。《浣纱记·演舞》

"青簇簇"做定语，"青"指女子鬓发乌黑泛绿，"簇簇"表现了鬓发集聚在一起的样子。"青簇簇"与"香馥馥"对举使用，生动表现了西施婀娜多姿的舞蹈。

"青袅袅"：

例 146【北寄生草】［外旦］咒符的，咒符的威光显。拈香的，拈香的情意虔。俺则见<u>青袅袅</u>法坛前，几缕香烟转。<u>烈腾腾</u>半空中，几道灵符旋。《娇红记·病禳》

"青袅袅"做定语，"青"指寺庙中香客烧香所产生烟气的青绿色，"袅袅"表现烟气摇曳不定的样子。"青袅袅"与"烈腾腾"对举使用，营造了迷信之人做法事时故弄玄虚的意境。

"锦棱棱"：

例 147【拙鲁速】［小生］对着盏<u>暖溶溶</u>佛前灯，傍着卷<u>锦棱棱</u>贝叶经。心头别样恩，腰头别样能，镇朝昏相对亲，再不敢向人前露丑声。《红莲债》

"锦棱棱"做定语，"锦"指贝叶经精美的颜色，"棱棱"表现了佛教神灵的威严。"锦棱棱"与"暖溶溶"对举使用，营造了人们在佛堂里得到心灵慰藉的意境。

如果忽略念白、衬字、标点等影响，可以发现对举句式中的 ABB 颜色词都被置于句首，这意味着在对举句式中颜色成为人们关注的焦点，处于句子最显著的位置。与此同时，受到 ABB 颜色词的影响，与之相对举的词也必须采取 ABB 形式并置于句首，这极大地增强了戏剧唱词的色彩效果和描写事物性状的功能。

通过对明代戏剧唱词中两类 ABB 颜色词的分析，我们得到以下五点规律性认识：

（1） ABB 颜色词在明代戏剧唱词中既可做定语，也可做状语。

（2） ABB 颜色词一般被置于唱词句首，能起到凸显颜色焦点的作用。

（3） ABB 颜色词中"A"的主要功能是表颜色，"BB"的主要功能是通过表性状增强"A"颜色的表现力。

（4）对举句式中的 ABB 颜色词由于受到句法的限制，"BB"的形式更为丰富，既包括有着丰富表现力的形式（如漫漫、袅袅、簇簇、棱棱），也包括只是为了对举需要而生成的形式（如生生、登登）。

（5） ABB 颜色词是整句唱词中最引人注目的词，既是因为它一般都被置于句首或其他显著位置，还因为它具有比较强的节奏感和丰富的语义表现效果。

第四节 "临川四梦"颜色词语用考察

汤显祖，江西临川人，明代著名戏曲家。他的《紫钗记》《还魂记》《南柯记》《邯郸记》四部剧作都描写梦境，故称其为"临川四梦"，在中国戏曲史上有着重要的地位和影响。考察著名剧作家代表作中的颜色词是了解明代戏剧唱词颜色词语用规律很好的切入点。本节先以《还魂记》为个案，再分别从主题、角色、韵律三个视角对"临川四梦"颜色词展开语用考察。

一 《还魂记》颜色词语用考察

《还魂记》又称《牡丹亭》，是"临川四梦"中最著名的一部剧作。我们先考察《还魂记》中"白、黑、红、紫、绿、翠、黄、青"八个常用颜色词的使用频数，再考察《还魂记》中颜色词的对举、重叠式、ABB

词形情况。

八个常用颜色词在《还魂记》中的使用频数差别较大，其中"白"17 次，"黑" 9 次，"红" 39 次，"紫" 5 次，"绿" 7 次，"翠" 25 次，"黄" 31 次，"青" 29 次。

"红"（39 次）在《还魂记》中使用频数最高，这是因为汤显祖在这部戏剧作品中创造性地运用了"红"，有些用法甚至只在《还魂记》中才能见到或是较早出现。例如：

例 148【太师引】［旦］并不曾受人家红定回鸾帖。《还魂记·冥誓》

"红定"指定婚时男方送给女方的聘礼，因用红布或红绸包裹，所以称为"红定"。这句话是旦角在阐释自己尚未订婚的事实。

例 149【入赚】［校］明朝金阙，讨你幅撞门红去了也。《还魂记·闻喜》

"撞门红"指求见入门时给守门者的赏钱。《汉语大词典》"撞门红"词条只引了该条孤例。

例 150【太师引】［生］误了你半宵周折，累了你好回惊怯。不嗔嫌一径的把断红重接。《还魂记·冥誓》

"断红"指飘零的花瓣，"红"转喻指花瓣。"把断红重接"意指是把落下的花瓣重新接到树上去，隐喻重新找回曾经美好的事物。《汉语大词典》"断红"词条义项 2 只引用了宋代周邦彦的一个例子，可以考虑把例150 增补进去。

例 151【啭林莺】［旦］当今生花开一红，愿来生把萱椿再奉。《还魂记·闹殇》

"当今生花开一红"是旦角（此处指杜丽娘）感慨自己今生作为女子

来这世上走过一遭，就像花儿曾经绽放过一样。例 151 的"红"除了表现花的颜色，还与下一句尾字"奉"押韵。"红"这样高超的用法也只有在《还魂记》中才能找到。

　　例 152【前腔】［合］聚粮收众。选高蹄战马青骢，闪盔缨斜簇玉钗<u>红</u>。《还魂记·牝贼》

"红"的语义指向"盔缨"而非"玉钗"，把"红"放在句尾是为了与前面"众""骢"押韵。

　　例 153【二犯么令】［旦］偏则他暗香清远，伞儿般盖的周全。他趁这、他趁这春三月<u>红</u>绽雨肥天，叶儿青偏，迸着苦仁儿里撒圆。爱煞这昼阴便，再得到罗浮梦边。《还魂记·寻梦》

"春三月红绽雨肥天"指春天三月份是百花绽放、雨水充沛的时节，"红"转喻指花儿。《汉语大词典》"红雨"词条义项 2 是"落在红花上的雨"，当把"春三月红绽雨肥天"中"红"的语义指向"雨"时，正好可以帮助读者理解该义项。

　　例 154【收江南】［生］呀，你敢抗皇宣骂敕封，早裂绽我的御袍<u>红</u>！似人家女婿呵，拜门也似乘龙。偏我帽光光走空，你桃夭夭煞风。《还魂记·硬拷》

"御袍红"中"御袍"指皇帝赐给新科状元穿的衣服，不把"红"置于"御袍"前做定语，而是把"红"后置句尾的原因是要与"封""龙""空""风"押韵。

　　例 155【唐多令】［外］玉带蟒袍<u>红</u>，新参近九重。耿秋光长剑倚崆峒。归到把平章印总，浑不是黑头公。《还魂记·硬拷》

"蟒袍红"指红色的蟒袍，是高官的官服。将"红"后置句尾是为了与"重""峒""总""公"押韵。

例 156【侥侥令】［净］则他是御笔亲标第一红，柳梦梅为栋梁。《还魂记·硬拷》

"他是御笔亲标第一红"指他是皇帝用朱笔钦点的第一名状元，《汉语大词典》中没有"第一红"词条，这是汤显祖原创而特有的用法。

例 157【皂罗袍】［旦］原来姹紫嫣红开遍，似这般都付与断井颓垣。良辰美景奈何天，赏心乐事谁家院。《还魂记·惊梦》

"姹紫嫣红"指各种色彩鲜艳的花儿，《汉语大词典》"姹紫嫣红"词条收录最早的用例就是例（157），说明汤显祖较早就将"红"放在该结构中。

例 158【山桃红】［生］则把云鬟点，红松翠偏。《还魂记·惊梦》

"则把云鬟点，红松翠偏"中"云鬟"指高耸的环形发髻，"松"此处形容头发乱的样子，例（158）的"红""翠"语义指向在女子环形发髻上妆饰物的颜色。从《还魂记》颜色词"红"的这些用例中，不难看出汤显祖基于不同的文学表现需要创造性地使用了该颜色词。以上是《还魂记》中"红"的一些典型使用特征。

对举是汉语常见的一种修辞手段，颜色词对举指在两个以上相同句式的相同位置上均使用颜色词。《还魂记》中颜色词对举有很多，例如：

"红—黑"对举：

例 159【普天乐】［末］问天天，你怎把他昆池碎劫无余在？又不欠观音锁骨连环债，怎丢他水月魂骸？乱红衣暗泣莲腮，似黑月重抛业海。《还魂记·冥誓》

"青—白"对举：

例 160【胜如花】［旦］青台闭，白日开。《还魂记·婚走》

"彩—青"对举：

例161【太平令】［贴］岭路江乡，一片<u>彩</u>云扶月上，羽衣<u>青</u>鸟闲来往。《还魂记·魂游》

"黄—绿"对举：

例162【前腔】［父老］月明无犬吠<u>黄</u>花，雨过有人耕<u>绿</u>野。真个，村村雨露桑麻。《还魂记·劝农》

"黑—紫"对举：

例163【北山队子】［旦］那秦太师他一进门，忒楞楞的<u>黑</u>心揸敢捣了千下，淅另另的<u>紫</u>筋肝剁作三花。《还魂记·圆驾》

《还魂记》中有两个重叠式颜色词："黑黑"和"青青"。在明代戏剧唱词语料中共出现12个重叠式颜色词，《还魂记》占了总数的1/6。

例164【前腔】［旦］你看月儿<u>黑黑</u>的星儿晦，萤火<u>青青</u>似鬼火吹。《还魂记·遇母》

《还魂记》中共有三个ABB颜色词，均以"翠"打头，如翠娟娟、翠呆呆、翠生生。

例165【前腔】［老］恨不呵早早乘龙。夜夜孤鸿，活害杀俺<u>翠娟娟</u>雏凤。一场空，是这答里把娘儿命送。《还魂记·闹殇》

例166【北山队子】［旦］则你这辣生生回阳附子较争些，为甚么<u>翠呆呆</u>下气的槟榔俊煞了他。《还魂记·圆驾》

例167【醉扶归】［旦］你道<u>翠生生</u>出落的裙衫儿茜，亮晶晶花簪八宝填，可知我常一生儿爱好是天然。《还魂记·惊梦》

《还魂记》中还用了"昏黄月"，月亮怎么是黄色的呢？

例 168 【前腔】［旦］便到九泉无屈折，冲幽香一阵昏<u>黄</u>月。《还魂记·冥誓》

"昏黄月"指缥黄色的月色，"黄"凸显了月带的颜色，"黄月"的使用与这段人鬼对话唱词的"冥誓"场景匹配度极高。因此可以看到，汤显祖在《还魂记》中所使用之颜色词具有一定的语用特色和鲜明的个人风格。

二　主题视角下颜色词语用考察

"临川四梦"唱词中的颜色词用例共计 1098 例，具体到每一部戏剧唱词的情况：《还魂记》是 237 例，《紫钗记》是 476 例，《邯郸记》是 182 例，《南柯记》是 203 例。《紫钗记》的颜色词用例大大多于其他三部作品。就戏剧主题而言，《还魂记》的主题是"儒"，《紫钗记》的主题是"侠"，《邯郸记》的主题是"道"，《南柯记》的主题是"佛"，不同的戏剧主题对颜色词的使用是有一定影响的。

我们以八个常用颜色词"白、黑、红、紫、绿、翠、黄、青"为考察对象，对其在"临川四梦"唱词中的使用频数进行统计分析，如表 4-15 所示：

表 4-15　　　　八个常用颜色词在"临川四梦"唱词中的频数统计

主题	《还魂记》"儒"	《紫钗记》"侠"	《邯郸记》"道"	《南柯记》"佛"
"白"的频数	17	11	13	6
"黑"的频数	9	5	7	2
"红"的频数	39	111	29	27
"紫"的频数	5	18	7	15
"绿"的频数	7	24	5	8
"翠"的频数	25	65	16	25
"黄"的频数	31	32	26	12
"青"的频数	29	42	16	7

通过分析表 4-15 的数据，可以得出"临川四梦"颜色词在语用上的 5 点特征：

第一，以"儒"为主题的《还魂记》中使用频数超过 20 次的颜色词有"红（39 次）、黄（31 次）、青（29 次）、翠（25 次）"，其中"青、黄"本身就是上古五色成员，一直沿用至明代，中古以后"红"逐渐替代了"赤"成为正色，"翠"的高频使用则是缘于作品描述多情女子杜丽娘妆饰和闺房陈设的客观需要。传统的间色"绿（7 次）、紫（5 次）"的使用相对较少。这说明了"儒"的主题要求作者在唱词中尽可能多地使用正色，尽可能少地使用间色。

第二，以"侠"为主题的《紫钗记》在颜色词用例总量上大大超过了其他三部作品，《紫钗记》中"红、紫、绿、翠、黄、青"这六个常用颜色词的使用频数也都超过了其他三部作品，尤其是"红"的使用频数竟高达 111 次。这说明"侠"的主题要求作者在唱词中运用尽可能丰富的颜色词。

第三，以"道"为主题的《邯郸记》中"红（29 次）、黄（26 次）"这两个颜色词的使用频数都超过了 20 次，"红"的高频使用主要是为了极度渲染荣华富贵的语境，"黄"的高频使用则主要表现在《邯郸记》的关键词"黄粱"上。"绿（5 次）"的使用频数最低。从道教所崇尚的颜色来看，"黄、青、紫"与"道"有比较深的渊源，这三个颜色词在《邯郸记》中使用得也比较多。

第四，以"佛"为主题的《南柯记》中"红（27 次）、翠（25 次）"这两个颜色词的使用频数都超过了 20 次，主要用于描写自然风光。"黑（2 次）"的使用频数最低，从某种程度上看，"佛"的主题限制了颜色词"黑"的使用范围和数量。例如：

"黑钻钻"：

例 169【那咤令】［净］不怕几重缘，则要你道意专。这点心黑钻钻地孔穿，明晃晃天坛现，敢盼着你老爷爷月下星前。《南柯记·转情》

"黑钻钻"做状语，"黑"指大地深处的颜色，生动形象地表现了地府的黑暗。

例 170【前腔】［生］从空下，甚意儿？正秋窗风剪槐叶初，一枕黑甜余，双星使临户。咱朦胧醒，申欠舒。整衣行，懒移步。《南

柯记·就征》

"黑甜"指酣睡。从以上两个例子可以看出，"佛"的主题将《南柯记》中"黑"的构词形式限制为固定熟语和 ABB 生动表现形式。

第五，《紫钗记》中"红"是使用频数最高的常用颜色词，竟达到了111 例，超过了其他三部作品"红"使用频数的总和。《紫钗记》以"侠"为主题，行文比较自由，可以不受拘束地描写自然风光和女性之美，这些主题大都与"红"有关。以"儒、佛、道"为主题的其他三部作品中多有宣扬教化的内容，"红"的使用自然没有《紫钗记》那么多。

主题的差异对"临川四梦"唱词中颜色词的使用确实有影响：主题越是轻松明快，颜色就越是丰富多元。

三　角色视角下颜色词语用考察

明代戏剧唱词分角色演唱，常见角色有生、旦、净、外、丑、末等，生、旦是主角，其他都是配角。我们以八个常用颜色词为考察对象，对其在"临川四梦"唱词中的使用情况分角色地进行语用考察，得出 4 点规律性认识。

（一）主角（生、旦）使用的颜色词要比配角丰富得多

首先，《还魂记》中各角色使用八个常用颜色词"白、黑、红、紫、绿、翠、黄、青"的情况，如表4-16所示。

表 4-16　　《还魂记》各角色使用八个常用颜色词的频数统计

角色	生	旦	老旦	净	末	丑	贴	外	校
"白"的频数	3	3	1	3	2	0	0	3	0
"黑"的频数	0	3	1	2	2	0	0	1	0
"红"的频数	9	12	2	6	3	0	2	3	1
"紫"的频数	2	2	0	0	0	0	0	1	0
"绿"的频数	2	1	0	1	0	0	0	2	0
"翠"的频数	8	8	1	0	2	0	3	1	1
"黄"的频数	6	9	2	3	2	3	0	2	0
"青"的频数	5	12	2	4	2	0	2	1	0

《还魂记》中的生（指柳梦梅）和旦（指杜丽娘），在除"白""绿"

以外的其他六个颜色词上的使用频数都最高。

其次，《邯郸记》中各角色使用八个常用颜色词的情况，如表4-17所示。

表4-17　《紫钗记》各角色使用八个常用颜色词的频数统计

角色	生	旦	老旦	媒婆	朋友	豪侠	侍女	书童	官员
"白"的频数	1	3	0	1	0	1	0	0	0
"黑"的频数	0	0	0	0	0	1	0	0	0
"红"的频数	26	23	5	10	11	9	10	1	5
"紫"的频数	5	2	0	0	0	0	0	0	8
"绿"的频数	5	5	1	3	1	1	1	0	3
"翠"的频数	16	13	4	6	7	1	10	2	2
"黄"的频数	5	6	1	2	4	2	2	0	4
"青"的频数	5	9	2	4	8	1	8	0	3

《紫钗记》中的生（指李益）和旦（指霍小玉），在除"黑"以外的其他七个颜色词上的使用频数都最高。

再次，《邯郸记》中各角色使用八个常用颜色词的情况，如表4-18所示。

表4-18　《邯郸记》各角色使用八个常用颜色词的频数统计

角色	生	旦	老旦	净	末	外	贴	八仙	宦官	女乐
"白"的频数	3	4	0	0	1	1	0	1	0	0
"黑"的频数	4	1	0	0	0	0	0	0	0	0
"红"的频数	9	3	4	2	0	1	1	3	1	5
"紫"的频数	2	1	0	0	0	0	1	0	0	1
"绿"的频数	1	0	0	0	0	0	0	1	0	0
"翠"的频数	4	6	0	0	0	0	3	1	0	2
"黄"的频数	8	1	0	0	0	1	0	7	1	1
"青"的频数	7	2	0	0	0	1	0	3	0	0

《邯郸记》中的生（指卢生）和旦（指崔氏），在除"绿"以外的其他七个颜色词上的使用频数都最高。

最后，《南柯记》中各角色使用八个常用颜色词的情况，如表4-19所示。

表 4-19　　　《南柯记》各角色使用八个常用颜色词的频数统计

角色	生	旦	老旦	净	丑	贴	朋友	国主	右相	使者
"白" 的频数	1	1	0	0	1	0	0	1	0	1
"黑" 的频数	1	0	0	1	0	0	0	0	0	0
"红" 的频数	9	5	2	1	0	1	0	1	0	1
"紫" 的频数	4	0	3	0	0	1	0	1	1	2
"绿" 的频数	2	0	0	0	0	0	1	1	0	1
"翠" 的频数	7	3	0	0	0	5	0	2	0	0
"黄" 的频数	5	0	0	0	1	1	0	1	1	2
"青" 的频数	3	0	0	0	0	1	0	0	1	1

《南柯记》中的生（指淳于棼）和旦（指金枝公主瑶芳），在除"白""黑"以外的其他六个颜色词上的使用频数都最高。

从颜色词使用的丰富程度来看，除了《南柯记》的旦角，"临川四梦"唱词的主角至多只有 1 个常用颜色词不使用，而配角至少有 2 个常用颜色词不使用，所以主角使用颜色词的丰富程度显著高于配角。出现以上现象的原因：一方面，由于作为戏剧中表现最活跃、内涵最丰富、身份最重要的主角，他的唱词数量是最多的，这为他广泛地使用颜色词奠定了基础；另一方面，主角在描摹事物、抒发情感、表达思想时，颜色词所具有的丰富语义内涵是他选词达意的重要参考。

（二）"红""翠"能够典型地渲染出女性、欢乐和吉祥

作为女性扮演者的旦角（包括老旦、旦、小旦）、贴角、女乐、媒婆等一般常用"红""翠"，这是两种色彩鲜明的颜色，其他角色在欢乐祥瑞的语境中也常用这两种颜色。

《还魂记》的旦用"红"表现自身的容颜，贴用"翠"表现蝴蝶的颜色，用"红"表现女子衣袖的颜色。

例 171【普天乐】［旦］这些时把少年人如花貌，不多时憔悴了。不因他福分难销，可甚的红颜易老。论人间绝色偏不少，等把风光丢抹早。《还魂记·写真》

例 172【破齐阵】［贴］怕待寻芳迷翠蝶，倦起临妆听伯劳。春归红袖招。《还魂记·写真》

《紫钗记》的旦用"红、翠"表现元宵节上逛灯会的少女们服饰的颜色，老旦用"红"表现云朵的颜色，用"翠"表现天子仪仗中旗帜或车盖上翠羽的颜色，整体地烘托出一种欢乐、祥和、热闹的氛围。

例173【前腔】［旦］止不过<u>红</u>围拥<u>翠</u>阵遮，偏这瘦梅梢把咱相拦拽。《紫钗记·堕钗灯影》

例174【忒忒令】［老］赏元宵似今年去年。天街上长春阆苑，星桥畔长明仙院。畅道是<u>红</u>云拥、<u>翠</u>华偏、欢声好，太平重见。《紫钗记·许放观灯》

《邯郸记》的女乐用"红、翠"表现在古代贵族饮宴中表演的歌舞伎服饰的颜色，贴用"翠"表现女子蛾眉的颜色。

例175【迭字犯】［女乐］拍拍<u>红</u>喧<u>翠</u>嚷，匝匝情深意广。沉沉的玉漏稀，娟娟的风露凉。《邯郸记·极欲》

例176【夜雨打梧桐】［贴］略约倚门睃。<u>翠</u>闪了双蛾。抬头望来，兀自你凤钗微躯。《邯郸记·闺喜》

《南柯记》的贴众用"翠、红"表现少女服饰的颜色，众妓用"翠"表现女子首饰的颜色。

例177【前腔】［贴众］今何世？此消详，这是<u>翠</u>拥<u>红</u>遮锦绣乡。《南柯记·生恣》

例178【前腔】［众妓］鸾铃动<u>翠</u>钿。看满前旗影，冠佩翩联，争来迎跪，陌上<u>红</u>尘深浅。邦君夫人鸾凤侣，父老儿童竹马年。《南柯记·之郡》

除了女性角色喜欢使用"红、翠"，其他角色在欢乐祥和的情景也常用"红、翠"。

例179【前腔】［蚁王］素锦雪袍，朱华玉导，<u>红</u>云晓。槐殿里根苗，也引的<u>红</u>鸾到。《南柯记·引谒》

《南柯记》中蚁王在召见女婿淳于棼时也用"红云""红鸾"来表现当时欢乐祥瑞的情景。

例 180 【八声甘州】［外］平原麦洒，翠波摇蔍蔍，绿畴如画。《还魂记·劝农》

《还魂记》中的外角（指杜丽娘父亲）在任太守期间外出劝农时，用"翠波"来形容绿油油麦田被风吹动的祥瑞景象，表达出了他对农业生产的重视和对百姓丰收的渴望。

（三）剧中角色的身份特征、生活经验与其颜色词使用高度匹配

各种角色（如媒婆、女乐、宦官、豪侠、文武官员、国主、仙道等）颜色词的使用都有一定理据，即他们都使用能够反映其身份特征、生活经验的颜色词。

《还魂记》的丑在唱词中只使用了"黄"，主要搭配形式为"黄金、黄堂"，这说明丑是一个比较世俗的角色，喜欢使用代表大富大贵的"黄"。例如：

例 181 【前腔】［丑］他归朝燕，黄金累千。《还魂记·怅眺》

例 182 【前腔】［丑］你担承这遭，要黄金须任讨。《还魂记·围释》

例 183 【大迓鼓】［丑］府主坐黄堂，夫人传示，衙内敲梆。知他小姐年多长，染成一疾，半年光。《还魂记·道觋》

"黄金"指一种黄色的贵金属，代表富贵。"黄堂"转喻指太守，代表权势。

《紫钗记》的官员角色使用"紫"的频数最高，主要搭配形式为"紫微、紫禁、紫荷、紫诏、紫逻"等，这些词语大部分与宫廷、官职有密切联系。

例 184 【番卜算】［府尹］黄屋去东巡，紫诏来西尹。桃花春片起鱼鳞，直上龙门峻。《紫钗记·黄堂言饯》

例 185 【宝鼎儿】［刘节镇］共仰清时留节镇，万里关河紫逻。

《紫钗记·花前遇侠》

例186【天下乐】［文武官］玉署春光<u>紫</u>禁烟，青云有路透朝元。
《紫钗记·杏苑题名》

"紫诏"指皇帝的紫泥诏书。"紫逻"应指穿着紫色衣服的巡逻兵，"逻"指巡逻兵。"紫禁"指皇帝所居的宫禁。官员们使用"紫"是与他们的身份高度匹配的。

《邯郸记》中的老旦（指崔氏家老奴）只使用了"红""绿"，主要搭配形式为"御笔题红、杏园红、剪宫袍赐绿来"等，这些词语体现了这位老人对年轻人能够进入仕途的期望和喜悦。

例187【一封书】［老旦］亲看御笔题<u>红</u>在，待翦宫袍赐<u>绿</u>来。
《邯郸记·夺元》

例188【尾声】［老旦］杏园<u>红</u>你知贡举的须陪待。《邯郸记·夺元》

例189【前腔】［老旦］檀郎醮眼惊<u>红</u>乍，美人带笑吹银蜡。《邯郸记·夺元》

以上三例都来自《邯郸记·夺元》，此时主角卢生已高中状元。"御笔题红"中的"红"指皇帝钦点状元所写红色的字；老旦的【尾声】唱词意指"在新科进士杏园游宴的时候，您作为主考官应该要作陪"，"杏园红"中的"红"指园中景物的颜色；"檀郎醮眼惊红乍"中的"檀郎"指女子对夫婿或所爱幕男子的美称，"红乍"与"银蜡"对举使用，老旦此处用"红"也表达了她对自己抚养长大的少女婚姻美满的欣慰。

《南柯记》的八仙是道教的代表人物，他们使用的词语如"白虎、黄龙、翠凤、青蛇、青牛、红脑子、绿眼睛、黄粱、黄鹤楼"等都与道教有着千丝万缕的联系。例如：

例190【赏花时】［何仙姑］翠凤毛翎札帚叉。闲踏天门扫落花。你看风起玉尘砂，猛可的那一层云下，抵多少门外即天涯。《邯郸记·度世》

"翠凤"指以翠羽制成的凤形旗饰，道教常使用这种旗饰。

例 191【混江龙】[吕] 就里这海涛中，有三番十五众，鳌鱼转眼。到的那山岛上，止一斤十六两，白虎腾身。《邯郸记·合仙》

"白虎"指白额虎，"白虎"也指一种道教的凶神。

例 192【满庭芳】[吕] 非关俺妄言祸福，怎头直上非烟非雾，脚踏下非楚非吴，眼抹里这非赤也非乌。莫不是青牛气函关直竖？《邯郸记·度世》

"青牛"常指神仙道士的坐骑。

例 193【混江龙】[吕] 虽则是受生门，绿眼睛，红脑子，仙风道骨。也恰向修行路，按尾闾，通夹脊，换髓移筋。《邯郸记·合仙》

有"绿眼睛""红脑子"的一定不是人，而是神仙。

例 194【快活三】[吕] 不是俺袖青蛇胆气粗，则是俺凭长啸海天孤。则俺朗吟飞过洞庭湖，度的是有缘人人何处？《邯郸记·度世》

"青蛇"指宝剑，道士出门通常会携带宝剑，此处特指吕洞宾的宝剑。

《南柯记》的紫衣使者是接送淳于梦进出梦境的人，象征佛在人间的使者，他在唱词中使用"白牛"体现了他的身份特征。

例 195【前腔】[紫] 有青油障，小壁车。驾车白牛当步趋。《南柯记·就征》

"白牛"隐喻佛法中之大乘。《汉语大词典》"白牛车"词条引《法华经·譬喻品》说："牛车为大乘，即菩萨乘。"亦省作"白牛"。

各角色在"临川四梦"唱词中的颜色词使用一般都与其身份特征、生活经验相匹配。

（四）"黑"能够典型地渲染出消极、逆境和苦难

"黑"代表了一种比较消极的颜色，使用频数很低，各角色往往在身处逆境时（比如阴曹地府、苦难岁月、奸人当道等）使用"黑"。例如：

例 196【前腔】［末］娘娘，你黑海岸回头星宿高。《还魂记·围释》

"黑海"指苦海，"黑"指苦海的不见光明、永堕黑暗。

例 197【北山队子】［旦］那秦太师他一进门，忒楞楞的黑心揙敢捣了千下，淅另另的紫筋肝剁作三花。《还魂记·圆驾》

"黑心"指狠毒的心肠，此处"黑"指狠毒。

例 198【水底鱼】［众］白雁黄花，尘飞黑海涯。番家儿十岁能骑马鸣笳。《紫钗记·雄番窃霸》

"黑海"指番邦的一个地名，在明代戏剧唱词中番邦入侵中原常常是导致灾难和祸乱的主要原因。

例 199【前腔】［樵］八人抬垒煞那团花轿。这样还波俏，草绳系着腰。黑鬼儿梭梭跳，这敢是老平章到头的受用了。《邯郸记·备苦》

"黑鬼"指黑色的鬼怪，指在烟瘴之地让生角（指卢生）遭遇苦难的人与事。

"临川四梦"唱词中"黑"一般没有积极意义，使用范围比较受限。

四　韵律视角下颜色词语用考察

明代戏剧唱词是一种汉语古典韵文文学形式，作者在创作时必须要考

虑到韵律因素。"临川四梦"的作者汤显祖深谙曲韵之道，自然会在他的作品中体现出来。下面就以韵律为视角考察"临川四梦"颜色词的语用特征。

（一）"白"范畴颜色词的押韵情况

"白"范畴颜色词在"临川四梦"唱词中押韵的是："白""素""皤"。

"白"：

例 200【字字锦】［旦］春从绣户排，月向梅花白。《紫钗记·佳期议允》

【字字锦】唱词第二句用"白"结尾是为了和上句的"排"一起押 ai 韵（怀来辙），世间梅花有红、白、黄诸色，这里用"白"是为了合辙押韵。

"素"：

例 201【浆水令】［合］心未惬，鬓先素，慢寻河影断长安路。《紫钗记·吹台避暑》

【浆水令】唱词第一句用"素"结尾是为了与下句的"路"一起押 u 韵（姑苏辙），形容老年人的鬓发本可以用"白"，这里用"素"也是为了合辙押韵。

"皤"：

例 202【啄木儿】［刘］心虽赤鬓欲皤，意气当年汉伏波。念少年游归兴如何？相怜我得遂婆娑。《紫钗记·节镇还朝》

【啄木儿】唱词第二句用"皤"结尾是为了与后面的"波、何、娑"一起押 o 韵（梭波辙），"何"在戏剧唱词中也可读作 hó。

（二）"黑"范畴颜色词的押韵情况

"黑"范畴颜色词在"临川四梦"唱词中押韵的是："乌"和"黛"。

"乌"：

例 203【满庭芳】［吕］非关俺妄言祸<u>福</u>，怎头直上非烟非<u>雾</u>，脚踏下非楚非<u>吴</u>，眼抹里这非赤也非<u>乌</u>？莫不是青牛气函关直<u>竖</u>？《邯郸记·度世》

【满庭芳】唱词第四句用"乌"结尾是为了与上下文的"福、雾、吴、竖"一起押 u 韵（姑苏辙），形容眼睛本来可以用"黑"，这里用"乌"显然是为了合辙押韵。又如：

例 204【倘秀才】［番将］些娘大的小河西生性儿撇<u>古</u>，东瓜大的小西瓜瓢红子<u>乌</u>，刺蜜样香甜冰雪<u>髓</u>。《紫钗记·妆台巧絮》

【倘秀才】唱词第二句尾的"乌"与第一句尾的"古"都押 u 韵（姑苏辙），且与第三句尾的"髓"（ui 韵，灰堆辙）语音相近。
"黛"：

例 205【前腔】［鲍］带朝阳下了楚<u>台</u>，起窥妆照人无<u>奈</u>。暗寻思矗眉簇<u>黛</u>，把余红偷觑还<u>猜</u>，防人见侍儿们拾<u>在</u>。贺新人美<u>哉</u>！贺新郎美<u>哉</u>！显的你做大妻们喜<u>来</u>。《紫钗记·妆台巧絮》

【前腔】唱词第三句用"黛"结尾是为了与上下文的"台、奈、猜、在、哉、来"一起押 ɑi 韵（怀来辙）。
（三）"红"范畴颜色词的押韵情况
"红"范畴颜色词在"临川四梦"唱词中押韵的是："红""绛""酡""茜""紫"。
"红"：

例 206【啭林莺】［旦］当今生花开一<u>红</u>，愿来生把萱椿再<u>奉</u>。《还魂记·闹殇》

【啭林莺】唱词第一句尾用"红"的 ong 韵与第二句尾"奉"的 eng 韵语音近似，同属中东辙，所以可以合辙。又如：

例 207【忆莺儿】［老旦］鼓三<u>冬</u>，愁万<u>重</u>。冷雨幽窗灯不<u>红</u>。听侍儿传言女病<u>凶</u>。《还魂记·魂游》

【忆莺儿】唱词第三句尾用"红"是为了与上下文的"冬、重、凶"一起押 ong 韵（中东辙）。

"绛"：

例 208【一江风】［生］碧油<u>幢</u>，卷上牙门<u>帐</u>，步上严城<u>壮</u>。汉旌旗，数点灯前，掩映纱笼<u>绛</u>。《紫钗记·边愁写意》

【一江风】唱词最后一句用"绛"结尾是为了与上文的"幢、帐、壮"一起押 ang 韵（江阳辙），且与倒数第二句尾的"前"（an 韵，言前辙）语音也相近。

"酡"：

例 209【孝白歌】［众］征徭<u>薄</u>，米谷<u>多</u>，官民易亲风景<u>和</u>。老的醉颜<u>酡</u>，后生们鼓腹<u>歌</u>，你道俺捧灵香因甚<u>么</u>？《南柯记·风谣》

【孝白歌】唱词第四句尾用"酡"是为了与上下文的"薄、多、和、歌、么"一起押 o 韵（梭波辙）。即便在现代汉语普通话中"和、歌、么"押 e 韵，但它们也同属于梭波辙。又如：

例 210【前腔】［老］三回劝，半口<u>多</u>，朱颜怎得个笑微<u>酡</u>？《南柯记·闺警》

【前腔】唱词第三句以"酡"结尾是为了与上一句的"多"押 uo 韵（梭波辙）。

"茜"：

例 211【醉扶归】［旦］你道翠生生出落的裙衫儿<u>茜</u>，艳晶晶花簪八宝<u>填</u>，可知我常一生儿爱好是天<u>然</u>。《还魂记·惊梦》

【醉扶归】唱词第一句尾用"茜"是为了与下文的"填"一起押 ian 韵（言前辙），最后一句的"然"押 an 韵，也同属言前辙，"茜、填、然"是合辙的。

"紫"：

例212【侥侥令】［校］明写着你肉眼迷厮，逞挡查强死。参军呵，他坦腹乘龙衣金紫，好不受用也！你有铜斗儿家赀你自家使！《紫钗记·花前遇侠》

【侥侥令】倒数第三句以"紫"结尾是为了与上下文的"厮、死、使"押 i 韵（一七辙）。

（四）"绿"范畴颜色词的押韵情况

"绿"范畴颜色词在"临川四梦"唱词中押韵的是："绿"和"翠"。

"绿"：

例213【前腔】［旦］则怕芙蓉帐额寒凝绿，茱萸带眼围宽素，蕖荷烛影香销烬。《紫钗记·折柳阳关》

【前腔】唱词第一句尾的"绿"可读作 lù，与下文的"素""烬"同押 u 韵（姑苏辙），这样"绿""素""烬"就合辙押韵了。又如：

例214【端正好】［吐番将黑脸］旗面日头黄，马首云头绿。草菱迷遮不断长途，大打围领着番土鲁，绕札定黄花谷。《紫钗记·河西款檄》

【端正好】唱词第二句尾用"绿"是为了与下文的"途、鲁、谷"一起押 u 韵（姑苏辙），它与首句尾的"黄"（uang 韵，江阳辙）不押韵，"黄""绿"是颜色词对举。

"翠"：

例215【九回肠】［生］那时节走马在章台内，丝儿翠，笼定个百花魁。《还魂记·言怀》

【九回肠】唱词中"翠""魁"（uei 韵）和"内"（ei 韵）都属灰堆辙。再如：

例 216【一江风】［旦］病迷厮。为甚轻憔悴？打不破愁魂迷，梦初回，燕尾翻风，乱飒起湘帘翠。春去若多时，春去若多时，花容只顾衰。井梧声刮的我心儿碎。《还魂记·诊祟》

【一江风】唱词中有两种押韵，一是"悴、回、翠、衰、碎"押 uei 韵（灰堆辙），二是"厮、迷、时"押 i 韵（一七辙）。又如：

例 217【玉莺儿】［旦］磊心情几粟明珠，点颜色片茸香翠。侧鬟儿似飞，懒妆时似颓，病恹恹怎插向菱花对？《紫钗记·剑合钗圆》

【玉莺儿】唱词中"翠、颓、对"押 uei 韵，"飞"押 ei 韵，它们都属灰堆辙。

（五）"黄"范畴颜色词的押韵情况

"黄"范畴颜色词在"临川四梦"唱词中押韵只有"黄"。

"黄"：

例 218【前腔】［净］殿策贤良，榜下诸生候久长。乱定人欢畅，文运天开放。嗏！文字已看详，胪传须唱。莫遣夔龙，久滞风云望。早是蟾宫桂有香，御酒封题菊半黄。《还魂记·榜下》

【前腔】唱词中最后一句的"黄"押 uang 韵，上文中"良、详、香"押 iang 韵，"长、畅、放、唱、望"押 ang 韵，以上的 ang、iang、uang 都属于江阳辙。

（六）"青"范畴颜色词的押韵情况

"青"范畴颜色词在"临川四梦"唱词中押韵只有"青"。

"青"：

例 219【水红花】［旦］伤感煞断垣荒径。望中何处也？鬼灯青。

《还魂记·魂游》

【水红花】唱词中末句结尾处的"青"和第一句尾的"径"都押 ing 韵（中东辙）。

综上所述，汤显祖在"临川四梦"唱词创作中极为讲究合辙押韵，使唱词的韵味十足，意境优美，而且起到了限定颜色词选取的语用效果。在具体的唱词创作中，一般要求每句唱词的尾字属于十三辙中的同一辙，有时偶尔不合辙也并不影响整体效果。

本章小结

本章从宏观层面以对举、排比、ABB 词形等为视角对明代戏剧唱词常用颜色词展开语用分析，也从微观层面以主题、角色、韵律等为视角对"临川四梦"（尤其是《还魂记》）展开具体的语用考察。

在颜色词对举部分，我们重点介绍了"白、黑、红、绿、黄、青、彩"的对举情况，它们也是各个范畴对举频数最高的颜色词。限于篇幅原因，没有过多地介绍其他非常用颜色词的对举情况。我们发现颜色词对举有以下特点：（1）对举一般要选用色彩对比度大、容易共现、合辙押韵的颜色词；（2）"黑"只与常用颜色词对举，用例极为有限，一般不与"绿"范畴颜色词对举；（3）与"青"对举的颜色词数量最多，这在一定程度上证实了汉语颜色词"青"的多义性。

在颜色词排比部分，我们从同一颜色词排比、不同颜色词排比这两个角度进行语用考察。同一个颜色词进行排比，所选用的颜色词一般为常用颜色词，该用法渲染出的色彩效果最强、表达出的情感最热烈。不同颜色词进行排比，所选用的颜色词一般要在中华民族生活的自然环境、社会文化环境中容易共现。

根据是否处于对举句式中，我们将 ABB 颜色词分为两类：非对举句式中的 ABB 颜色词与对举句式中的 ABB 颜色词。我们发现明代戏剧唱词中 ABB 颜色词有以下语用特征：（1）ABB 颜色词在明代戏剧唱词中既可做定语，也可做状语；（2）ABB 颜色词一般将其置于句首，起到凸显颜色焦点的功能；（3）ABB 颜色词中"A"的主要功能是表颜色，"BB"的主要功能是通过描写性状以增强"A"颜色的表现力；（4）对举句式中的

ABB 颜色词由于受到句法的限制，"BB"的形式更为丰富，既包括有着丰富表现力的形式（如漫漫、袅袅、簇簇、棱棱），也包括只是为了对举需要而生成的形式（如生生、登登）；（5）ABB 颜色词是唱词中最引人注目的词，既是因为它一般都被置于句首或其他显著位置，也是因为它具有比较强的节奏感和丰富的语义表现效果。

以"临川四梦"做个案语用分析时，我们发现主题的不同、角色的差异、用韵的规律都会影响颜色词的语用特点。以"侠"为主题的《紫钗记》在颜色词使用数量上大大超过了其他三部作品。各种角色都要使用能够反映其身份特征、生活经验的颜色词。戏剧唱词合辙押韵的写作要求对颜色词的语用也产生了重要影响。

在明代戏剧文学语言研究中，通过考察某一类语词（例如颜色词）与其他成分的组合情况，能够拓宽研究的视野，有利于捕捉到并呈现出它们在单独使用时隐而不现的规律。

第五章

明代戏剧唱词含彩词语分析

第一节　含彩词语界定及分类

"含彩词语"指表颜色义的颜色词（语素）与不表颜色义的词（语素）组合而成的词语。明代戏剧唱词中"含彩词语"数量众多，"含彩词语"中包含了中华民族丰富的文化内涵和审美情趣，因此，"含彩词语"的研究很有意义。根据颜色词（语素）的颜色义是否直接参与"含彩词语"整体语义的建构，本书把"含彩词语"分为保留颜色义与未保留颜色义两大类。未保留颜色义的含彩词语由于其整体语义比较丰富，具有较高的研究价值。

一　保留颜色义的含彩词语

保留颜色义的含彩词语指颜色词（语素）的颜色义直接参与了含彩词语整体语义的建构。我们仍以八个常用颜色词"白、黑、红、紫、绿、翠、黄、青"为例，分析它们在含彩词语中保留颜色义的情况。

（一）含"白"词语

根据第三章对"白"语义显著度的分析，我们发现在与"白"搭配的含彩词语中，大部分表现出"白"最显著的意义，即原型语义"形白色"。例如：

例1【五更转】［生］白云回首，回首应无际。《玉簪记·擢第》

例2【前腔】［外］只得向黄云白草，万里边尘，把诸藩虏尘都扫净。《香囊记·分歧》

例3【孝顺歌】［生］招凤侣，配鸾雏，借鸳鸯白马光户间。《紫钗记·仆马临门》

"白云"指天空中白色的云朵；"白草"指边塞地区一种干枯后发白的牧草；"白马"指白色的骏马。以上三个含"白"词语均指"白色的某物"，因为这些词语中"白"使用的是其语义显著度最高的义项，所以我们很容易理解它们的整体意义。

（二）含"黑"词语

根据第三章对"黑"语义显著度的分析，我们发现在与"黑"搭配的含彩词语中，大部分表现出"黑"最显著的意义，即原型语义"形黑色"。例如：

> 例4【二煞】［生］返翠华，离蜀地，黑雾消，红日丽，旧邦其命维新矣。《绣襦记·策射头名》
>
> 例5【东瓯令】［贴］怕人知黑夜来相访，隐瞒过老平章。《红梅记·幽会》
>
> 例6【前腔】［生］江左偏安如黑子，九鼎相将睨楚人。《玉玦记·对策》

"黑雾"指黑色的雾气；"黑夜"指黑色的夜晚；"黑子"指黑色的棋子。以上三个含"黑"词语均指"黑色的某物"，因为这些词语中"黑"使用的是其语义显著度最高的义项，所以我们很容易理解它们的整体意义。

（三）含"红"词语

根据第三章对"红"语义显著度的分析，我们发现在与"红"搭配的词语中，大部分表现出"红"最显著的意义，即原型语义"形红色"。例如：

> 例7【前腔】［生］他那里翘白首，看红日，终朝忆帝畿。《荆钗记·忆母》
>
> 例8【霜天晓角】［净］英雄出众，鼓噪红旗动。《还魂记·淮警》
>
> 例9【混江龙】［吕］虽则是受生门，绿眼睛，红脑子，仙风道骨。《邯郸记·合仙》

"红日"指红色的太阳；"红旗"指红色的旗帜，常用作军旗和仪仗队旗；"红脑子"指仙人红色的脑子。以上三个含"红"词语均指"红色的某物"，因为这些词语中"红"使用的是其语义显著度最高的义项，所以我们很容易理解它们的整体意义。

（四）含"紫"词语

根据第三章对"紫"语义显著度的分析，我们发现在与"紫"搭配的词语中，大部分表现出"紫"最显著的意义，即原型语义"形紫色"。例如：

例10【石榴花】［合］笑回身紫燕朱楼，漫凝眸粉蝶金堤。《琴心记·汉宫春晓》

例11【前腔】［贴］看你紫袍挂体，金带垂腰。《琵琶记·书馆悲逢》

例12【唐多令】［生］提起燕钗相并，向紫玉啼痕柱欲冰。《紫钗记·玩钗疑叹》

"紫燕"指一种紫色的燕子，多分布于江南；"紫袍"指紫色的官服，常为高官官服；"紫玉"指紫色的玉，可用于制钗。以上三个含"紫"词语均指"紫色的某物"，因为这些词语中"紫"使用的是其语义显著度最高的义项，所以我们很容易理解它们的整体意义。

（五）含"绿"词语

根据第三章对"绿"语义显著度的分析，我们发现在与"绿"搭配的词语中，大部分表现出"绿"最显著的意义，即原型语义"形绿色"。例如：

例13【双声子】［合］牡丹晒须绿叶盖，出这个黄姑怪。《女状元》

例14【驻马听】［杂］绿衣袭袭称身裁，朱提铄铄生光彩。《红梨记·赴试》

例15【步蟾宫】［外］不妨绿酒醉花朝，人共青山老。《琴心记·花朝举觞》

"绿叶"指绿色的叶子;"绿衣"指新科进士所穿绿色的衣服;"绿酒"指绿颜色的美酒。以上三个含"绿"词语均指"绿色的某物",因为这些词语中"绿"使用的是其语义显著度最高的义项,所以我们很容易理解它们的整体意义。

(六) 含"翠"词语

根据第三章对"翠"语义显著度的分析,我们发现在与"翠"搭配的词语中,大部分表现出"翠"最显著的意义,即原型语义"形 绿中泛蓝"。例如:

例16【二犯五更转】[旦] 翠竹轻摇,绣帘低揭,兀的有谁来也?《娇红记·晚绣》

例17【前腔】[旦] 关心事,省可的翠绡封泪,锦字挑思。《紫钗记·折柳阳关》

例18【前腔】[生] 暗心惊,转翠屏,又则怕泄漏春光过武陵。《娇红记·红构》

"翠竹"指绿中泛蓝的竹子;"翠绡"指一种绿中泛蓝的丝织品;"翠屏"指一种绿中泛蓝的屏风。以上三个含"翠"词语均指"绿中泛蓝的某物",因为这些词语中"翠"使用的是其语义显著度最高的义项,所以我们很容易理解它们的整体意义。

(七) 含"黄"词语

根据第三章对"黄"语义显著度的分析,我们发现在与"黄"搭配的词语中,大部分表现出"黄"最显著的意义,即原型语义"形 黄色"。例如:

例19【前腔】[旦] 身如黄叶舞,逐流波。老去流年竟若何?《玉簪记·谭经》

例20【薄幸】[旦] 弄梅花寒玉,称黄沙雁影,寄来横幅。《紫钗记·冻卖珠钗》

例21【江儿水】[生] 则道是淡黄昏,素影斜。《紫钗记·堕钗灯影》

"黄叶"指干枯变黄的叶子；"黄沙"指黄色的沙子；"黄昏"指日落前黄色的景象。以上三个含"黄"词语均指"黄色的某物"，因为这些词语中"黄"使用的是其语义显著度最高的义项，所以我们很容易理解它们的整体意义。

（八）含"青"词语

根据第三章对"青"语义显著度的分析，我们发现在与"青"搭配的词语中，大部分表现出"青"最显著的意义，即原型语义"[形]绿中泛蓝"。例如：

　　例22【宜春令】［生］问津何处？傍青松掩着花千树。《玉簪记·词媾》
　　例23【啼莺序】［生］他青梅在手诗细哦，逗春心一点蹉跎。《还魂记·玩真》
　　例24【滚绣球】［净］随行的十乘车都挂青毡。《明珠记·探关》

"青松"指蓝绿色的松树；"青梅"指蓝绿色的梅子；"青毡"指蓝绿色的毛毡制品。以上三个含"青"词语均指"蓝绿色的某物"，因为这些词语中"青"使用的是其语义显著度最高的义项，所以我们很容易理解它们的整体意义。

可见，保留颜色义含彩词语在其整体语义建构中保留了颜色词（语素）的颜色义，而且通常为该颜色词（语素）的原型语义。

二　未保留颜色义的含彩词语

未保留颜色义的含彩词语指颜色词（语素）的颜色义不直接参与含彩词语整体语义的建构，即不能简单地将其理解为"某色之某物"。我们仍以八个常用颜色词为例，分析它们在含彩词语中未保留颜色义的情况，并简要说明这类词构词中颜色词的使用理据。

（一）含"白"词语

存在着一些含"白"词语，我们不能通过认知中最优先也最快捷的方式去理解其意义，因为参与建构这些含"白"词语整体意义的"白"所用的并不是其最显著的意义。

"白屋"：

> 例25【水底鱼】[末] 白屋书生，胸中醉六经。《荆钗记·会讲》
>
> 例26【簇御林】[合] 奋鹏程，名题雁塔，白屋显公卿。《荆钗记·议亲》
>
> 例27【前腔】[净] 须教白屋出朝郎，争夸月斧归天匠。《香囊记·讲学》

以上三例的"白屋"指无任何色彩添加、只显露出木材原有色彩的屋子，为古代平民的住屋，隐含低廉粗糙的意义。"白屋"不能理解为"白色的屋子"，因为"白屋"中"白"的使用理据是未染色、无添加，而非屋子整体外观是白色的。

"白衣"：

> 例28【甘州歌】[合] 休悒怏，莫叹嗟，白衣换却锦衣归。《荆钗记·赴试》
>
> 例29【前腔】[净] 田舍白衣郎，痴心指望步玉堂。《金印记·别亲赴试》
>
> 例30【水底鱼】[生] 天下贤良，赴选临帝乡。白衣卿相，暮登天子堂。《荆钗记·赴试》

以上三例的"白衣"指无功名或无官职的人所穿衣服。"白衣"不能理解为"白色的衣服"，因为"白衣"中的"白"的使用理据是无功名、无官职。古人在没有取得功名或官职之时，所穿衣服没有固定颜色要求，而古代新科进士和朝廷官员的服色则有严格规定。

（二）含"黑"词语

存在着一些含"黑"词语，我们不能通过认知中最优先也最快捷的方式去理解其意义，因为参与建构这些含"黑"词语整体意义的"黑"所用的并不是其最显著的意义。

"黑头公"：

例 31【唐多令】［外］玉带蟒袍红，新参近九重。耿耿光长剑倚崆峒。归到把平章印总，浑不是黑头公。《还魂记·硬拷》

"黑头公"指年轻的公侯，其中"黑头"指长满黑发的头，"公"指公侯之类的高官。【唐多令】唱词的外角在年纪很大的时候才做到平章这个职位，所以他说自己"浑不是黑头公"，即他并没有年纪轻轻就身居高位。我们需要在考量社会文化和历史典故的基础上才能理解"黑头公"意指"年轻的公侯"。

"黑海"：

例 32【水底鱼】［众］白雁黄花，尘飞黑海涯。番家儿十岁，能骑马鸣笳。《紫钗记·雄番窃霸》

在明代戏剧唱词中凡涉及番邦山川河海的词语，几乎都可用"黑"修饰。例如"黑山、黑海、黑昆仑"，所以此处"黑海"不是指"黑色的海"，而是指番邦辖域内的海。我们认为之所以番邦辖域内的事物多用"黑"修饰，是因为番邦在地理位置上远离中原，番邦的入侵是导致中原混乱和灾难的主要原因，消极意义比较多的"黑"可以很好地反映出中原汉人对番邦既陌生又恐惧的情感。

"黑甜"：

例 33【前腔】［生］从空下，甚意儿？正秋窗风剪槐叶初，一枕黑甜余，双星使临户。《南柯记·就征》

"黑甜"指酣睡，"黑甜乡"指梦乡，两者都属熟语。要理解"黑甜"的整体意义，一定要从熟语的考证入手。

（三）含"红"词语

存在着一些含"红"词语，我们不能通过认知中最优先也最快捷的方式去理解其意义，因为参与建构这些含"红"词语整体意义的"红"所用的并不是其最显著的意义。

"红树"：

例 34【前腔】［崔］春多少，<u>红树</u>梢，长安看花愁思敲。《紫钗记·醉侠闲评》

例 35【菊花新】［生］白云<u>红树</u>隔乡关，雁字南飞枕簟寒。《玉簪记·幽情》

例 36【前腔】［小生］垂杨渚外，喜芙蓉贴水乍开，冲波白鹭能无赖，蓼花汀上飞来。天边<u>红树</u>叶似裁，参差远带青林外。《琴心记·跳动琴心》

以上三例的"红树"均指"开满红花的树"或"经霜叶红的树"，而非"红色的树"，其中"红"指红花或红叶，"红树"的"红"凸显了树上的花儿或叶子的颜色。

"红雨"：

例 37【金钱花】［众］画桥流水东西，东西。斜穿竹径松溪，松溪。<u>红雨</u>坠，杏花飞。《三元记·饯行》

例 38【前腔】［老旦］风急桃花也似愁，点点飞<u>红雨</u>。《双珠记·二友推恩》

例 39【尾声】［生］你看褪貂蝉又插上乌纱翅，打汗马儿穿杏花<u>红雨</u>。敢则扑蝶听莺，也画在麒麟阁儿里。《燕子笺·合宴》

以上三例的"红雨"均指"落花"而非"红色的雨"，不论具体是杏花、桃花还是其他种类的花，当花瓣纷纷飘落时就好像下了一场红色的雨。"红雨"的"红"凸显了花儿的颜色。

"红妆"：

例 40【琐窗儿】［卢］李参军盖世文章，俺家中有淑女正<u>红妆</u>。《紫钗记·延媒欢赘》

例 41【赏宫花】［生］<u>红妆</u>何处至？掩袂苦悲啼。《樱桃园》

例 42【朝天子】［净］怎么够馆娃深处醉<u>红妆</u>，笑吴王，当初谁遣到齐邦？《浣纱记·行成》

以上三例的"红妆"均指"年轻貌美的女子"而非"红色的妆束"。

"红妆"的"红"凸显了少女衣服的漂亮颜色。

"红炉"：

> 例43【琥珀猫儿坠】［众］欢悦，那兽炭红炉，焰焰频蓺。《荆钗记·续姻》
>
> 例44【前腔】［占］寒威不到朱帘下，红炉炭加，香熏绣幄，猛拼沉醉在东窗下。《精忠记·东窗》
>
> 例45【醉太平】［生］只见那财主每，红炉暖阁，羊羔美酒拥娇娥，哩哩莲花，哩哩莲花落也。《绣襦记·襦护郎寒》

以上三例的"红炉"皆指"烧得很旺的火炉"，而非"红色的炉子"，炉子本身并非红色，当烧得很旺时炭火会呈现出红色的火光，"红炉"中的"红"凸显了燃烧中炭火的颜色。

（四）含"紫"词语

存在着一些含"紫"词语，我们不能通过认知中最优先也最快捷的方式去理解其意义，因为参与建构这些含"紫"词语整体意义的"紫"所用的并不是其最显著的意义。

"紫诰"：

> 例46【前腔】［贴］应须有封号，金花紫诰。必俊俏，须媚娇。《琵琶记·书馆悲逢》
>
> 例47【忒忒令】［贴］及早去取功名，沐恩宠，显母妻，五花封紫诰。《香囊记·启程》
>
> 例48【攧拍】［合］今日紫诰皇宣，夫和妇永团圆。《紫钗记·节镇宣恩》

以上三例的"紫诰"指"皇帝的诏书"而非"紫色的诰令"，古时皇帝诏书盛以锦囊，用紫泥封口，上面盖印，也称"紫泥诏"，因此"紫诰"中的"紫"凸显了紫泥的颜色。

"紫阁"：

> 例49【前腔】［末］阆阆，紫阁名公，黄扉元宰，三槐位里排

列。《琵琶记·官媒议婚》

例50 【前腔】[旦] 紫阁金门路渺茫，上天梯有了他气长。《邯郸记·赠试》

例51 【杏花天】[生] 梦魂中紫阁丹墀，猛抬头破屋半间而已。《还魂记·诀谒》

以上三例的"紫阁"均指"帝王所居的金碧辉煌的殿阁"而非"紫色的楼阁"。天上的紫微星是启明星，永不沉落。古人认为天子居于紫微，而皇帝以天子自居，因此把帝王所居住的殿阁命名为"紫阁"。与"紫阁"中的"紫"使用理据相同的还有"紫禁"。
"紫塞"：

例52 【北点绛唇】[众边将] 紫塞飞霜，平沙月上，旌旗晃。《紫钗记·边愁写意》

例53 【前腔】[旦] 凄声相应，分明夫戍紫塞城。《琴心记·空闺永叹》

例54 【前腔】[贴] 紫塞外游子牵愁，青镜里流年催老。《香囊记·赏雪》

以上三例的"紫塞"均指"北方边塞"而非"紫色的边塞"，因为秦修建长城时用的是紫色土，故而"紫塞"指"北方边塞"的用法就流传了下来，但实际上并非所有边塞都是用紫色土修建的。
"紫陌"：

例55 【卜算子】[生] 姓字香生紫陌喧，日近君王面。《紫钗记·杏苑题名》

例56 【锦衣香】[净] 紫陌长，朱楼敞，绮縠香，珠玑晃。《玉玦记·观潮》

例57 【沽美酒】[生] 呀！再不向紫陌遨游，红尘奔走。《五湖游》

以上三例的"紫陌"均指"京师郊野的道路"而非"紫色的道路"。

明代戏剧唱词中"紫陌"常与"红尘、朱楼"连用或对举，这些词都指向繁华喧嚣的地点，而且"紫、红、朱"都属于"红"范畴颜色词，所以我们认为"紫陌"中"紫"的使用理据是其可以烘托出京师郊野道路的繁华。

（五）含"绿"词语

存在着一些含"绿"词语，我们不能通过认知中最优先也最快捷的方式去理解其意义，因为参与建构这些含"绿"词语整体意义的"绿"所用的并不是其最显著的意义。

"绿窗"：

例58【满庭芳】［生］为问绿窗红泪，芳尊冷袍袖香分。《紫钗记·陇上题诗》

例59【前腔】［旦］绿窗尘覆，砚中琉璃沤。《紫钗记·女侠轻财》

例60【阮郎归】［生］绿纱窗外晓光催，神女下蛾眉。《紫钗记·狂朋试喜》

前两例的"绿窗"如果按照"绿色的窗子"去理解肯定是不对的，看到第三例时我们发现"绿窗"实指"绿纱窗"，"绿窗"中"绿"的使用理据是要凸显装饰窗子的绿纱的颜色。与此同时，我们也能联想到窗外绿意盎然的风景，所以"绿窗"这个词在戏剧唱词中的使用是极为雅致的。"碧窗"的用法与"绿窗"类似。

（六）含"翠"词语

存在着一些含"翠"词语，我们不能通过认知中最优先也最快捷的方式去理解其意义，因为参与建构这些含"翠"词语整体意义的"翠"所用的并不是其最显著的意义。

"翠釜"：

例61【前腔】［末］仙庖异馔传供奉，无非翠釜紫驼峰。《香囊记·琼林》

例62【锦堂月】［小生小旦］金雀银屏，琼驼翠釜，筵开洞房偏称。《三元记·团圆》

例 63【霜天晓角】［贴］冷室尘生<u>翠釜</u>，日高未办朝铺。《香囊记·供姑》

以上三例的"翠釜"均指"精美的炊具"而非"绿中泛蓝的炊具"，"翠"的颜色义逐渐脱落并演变出"精美"义。

"翠红乡"：

例 64【东瓯莲·金莲子后】［生］管盼杀<u>翠红乡</u>，绮罗丛，款软话绵藤。《西楼记·觅缘》

例 65【醉归花月渡·醉扶归】［二旦］堕落堕落烟花队，混入混入<u>翠红堆</u>。《双莺记》

例 66【快活三】［旦］你坐中军花柳场，我领前队<u>翠红乡</u>。《男王后》

前两例的"翠红乡""翠红堆"指"妓院"，第三例的"翠红乡"指"享乐的生活"，我们认为这里的"翠红"可作两解，一是"翠馆、红楼"的简称，二是"翠袖、红裙"的简称。无论何种解释都与众多年轻美丽的女子有关。

（七）含"黄"词语

存在着一些含"黄"词语，我们不能通过认知中最优先也最快捷的认知方式去理解其意义，因为参与建构这些含"黄"词语整体意义的"黄"所用的并不是其最显著的意义。

"黄卷"：

例 67【前腔】［外］惟愿取<u>黄卷</u>青灯，及早换金章紫绶。《琵琶记·高堂称寿》

例 68【前腔】［生］自历学十载书帏，<u>黄卷</u>青灯不暂离。《荆钗记·迎请》

例 69【前腔】［外］十载青灯<u>黄卷</u>，萤窗苦勉旃，雪案费精研。《荆钗记·民戴》

以上三例中的"黄卷"均指"书籍"，古人用黄檗染纸以防蠹虫破坏，故而"黄卷"表"书籍"的用法就从历史上传承下来，明代戏剧唱词中常常"黄卷""青灯"连用以表现清苦的读书生活。

"黄堂"：

例70【前腔】［生］潮阳海邦，坐<u>黄堂</u>，名誉彰。《荆钗记·民戴》

例71【霜天晓角】［小生］<u>黄堂</u>佐政齐黎庶，肯将清，似月扬辉，如渊彻底。《荆钗记·奸诘》

例72【汉宫春】［末］杜宝<u>黄堂</u>，生丽娘小姐。《还魂记·标目》

以上三例的"黄堂"均指"太守"而非"黄色的厅堂"，因为古代太守办公的正厅常常涂成黄色，所以"黄堂"指"太守"的用法就从历史上传承下来。

"黄封"：

例73【前腔】［寅］重重。绿蚁<u>黄封</u>，珠围翠绕。《三元记·祝寿》

例74【绣太平】［老旦］昨日个御酒<u>黄封</u>，今宵烛影摇红。《红梨记·三错》

例75【大和佛】［净外］琼膏玉髓，仙酿泻<u>黄封</u>，鲸吻吸千钟。《香囊记·琼林》

以上三例中的"黄封"皆指"酒"而非"黄色的封条"，"黄封"中"黄"的使用理据是为了凸显酒缸封口处黄罗帕或黄纸的颜色。

（八）含"青"词语

存在着一些含"青"词语，我们不能通过认知中最优先也最快捷的认知方式去理解其意义，因为参与建构这些含"青"词语整体意义的"青"所用的并不是其最显著的意义。

"青云"：

例76【绕地游】［生］<u>青云</u>路有，赋就凌云奏，望朝云徘徊意

久。《紫钗记·春闱赴洛》

例 77【天下乐】［文武官］玉署春光紫禁烟，<u>青云</u>有路透朝元。《紫钗记·杏苑题名》

例 78【奈子花】［生］天应念沦落狂鲸，奋<u>青云</u>稳取封侯。《琴心记·誓志题桥》

以上三例的"青云"均指"高官显爵"而非"青色的云"，从字面意义上看"青云"指高空中青色的云，因其处在高空，与朝堂之上高级别的官阶有某种相似性，古人极易由"青云"联想到"高官显爵"。

"青门"：

例 79【唐多令】［生］客思绕无涯，<u>青门</u>近狭斜，惝惝巷陌是谁家?《紫钗记·谒鲍述娇》

例 80【霜天晓角】［外］江南云树，冷落<u>青门</u>庶。《邯郸记·招贤》

例 81【沽美酒】［昆仑］则道你不索也闲穷究，却原来出<u>青门</u>饯行酒、出<u>青门</u>饯行酒。《昆仑奴》

以上三例的"青门"均泛指"东门"而非指"青色的门"，我们认为"青门"中"青"的使用理据是因为五色中的"青"对应五方中的"东"。

"青史"：

例 82【前腔】［外］这班班<u>青史</u>，尚垂芳誉。《香囊记·寄书》

例 83【前腔】［小末］身居金马玉堂，中三元才岂寻常。如斯佳婿，万千年<u>青史</u>名香。《三元记·招婿》

例 84【前腔】［末］复中原自许孤忠，为王家御侮折冲，名垂<u>青史</u>无穷。《精忠记·伏阙》

以上三例的"青史"均指"史籍"，由于古代以竹简记事，故称史籍为"青史"，所以"青史"（包括"青编"）中"青"的使用理据是为了反映出竹简的颜色。

因此，未保留颜色义的含彩词语整体语义的理解要比保留颜色义的含彩词语复杂得多。我们只有知晓这类含彩词语中颜色词的使用理据，才能正确理解其整体语义。

第二节　含彩词语的语义分析

我们认为，保留颜色义"含彩词语"的整体语义一般为其组成成分字面意义的简单相加，具体表现为"某色之某物"。未保留颜色义"含彩词语"的整体语义不表现为"某色之某物"，而是在具体语境中指与"某色之某物"有语义关联的事物，本节主要分析这类含彩词语。

之所以未保留颜色义"含彩词语"的语义比较丰富，是因为这类词语在具体语境中存在转喻、隐喻、社会文化赋予这三种语言现象。

一　转喻现象

转喻主要是提示功能（referential function），它可使我们得以用一实体去替代另一实体。兹举数例如下。

"白额"：

> 例85【朝元歌】[众] 山村早收，白额当人吼；山行早休，白骨妨人走。《义侠记·旌勇》

白色额头通常为凶猛老虎的体貌特征，此处"白额"转喻指猛虎。

"白发"：

> 例86【前腔】[生、末] 白发年来公事寡。听儿童笑语喧哗。太守巡游，春风满马。敢借着这务农宣化？《还魂记·劝农》

白色头发通常为老年人的体貌特征，此处"白发"转喻指老人。

"翠袖"：

> 例87【斗鹌鹑】[小生] 他那里打点着翠袖相迎，俺这里凭倚着雕栏自等。《红莲债》

翠色衣袖通常为女子的服饰特征，此处"翠袖"转喻指女子。
"红袖"：

例 88【锁南枝】［紫］请下榻，俺红袖扶，俺那里有东床，坦君腹。《南柯记·就征》

红色衣袖通常为女子的服饰特征，此处"红袖"转喻指女子。
"红裙"：

例 89【节节高】［合］红裙进绿醅，翠眉低，芙蓉掌上金珠丽。《连环记·拜印》

红色裙子通常为女子的服饰特征，此处"红裙"转喻指女子，具体指的人物是貂蝉。
"红妆"：

例 90【绕红楼】［老旦］怕病损红妆，归迟紫禁，槐殿暗伤心。《南柯记·芳陨》

红色妆束通常为女子的服饰特征，此处"红妆"转喻指女子，具体指的人物是金枝公主。
"白衣"：

例 91【前腔】［净］箕封已卜千年调，通江绕山峤。可怪大唐朝，称兵觑吾小。紫云气高，白衣拱抱，负固是高丽，徒劳肆征讨。《红拂记·张皇天讨》

此处"白衣"转喻指穿白衣的人，具体指战败后穿白衣的高丽士兵。
"紫衣"：

例 92【前腔】［老］紫衣乘传，直赉到瑶台官院，免到追阳县。《南柯记·念女》

此处"紫衣"转喻指穿紫衣的人，具体指的人物是《南柯记》中的紫衣使者。

"双翠"：

例93【破齐阵】［旦、贴］待学个回环锦上文，残啼双翠鞾。《邯郸记·织恨》

女子通常用青黛画眉，女子眉毛可称为"翠眉"，因此此处"双翠"转喻指女子的一对翠眉。

含彩词语的转喻现象是组成成分的整体转喻，不同于第二章中颜色词的单独转喻。

二 隐喻现象

隐喻主要是联想功能，它可使我们得以借助某一个经验域的熟悉事物去理解另一个经验域的陌生事物。兹举数例如下。

"白雪"：

例94【莺啼序】［净］斩眼间红轮又西，青镜里朝添白雪。《玉玦记·商嫖》

例95【混江龙】［正末］两手要扶唐社稷，一心思画汉麒麟。谁承望天边黄阁隔千峰，不觉得镜中白雪盈双鬓，辜负了两朝帝主，空忧了万国黎民。《曲江春》

人头上的白发与洁白的雪花在"颜色、形状"上有一定相似性，以上两例的"白雪"均隐喻为白色的鬓发。

"白圭"：

例96【玉交枝】［生］慈心顿起，即时间闻之媒姬，随时送女还家去，使白圭不玷瑕疵。《三元记·会亲》

古代白玉制成的礼器与女子的清白之身在"纯洁、无瑕疵、珍贵"上有一定相似性，此处"白圭"隐喻指女子的清白之身。这段唱词的语境是生角在新婚之夜因同情新娘的遭遇，连夜将她送回娘家。

"白璧"：

例 97【前腔】［末］我东人虹蜺吐辞，瑞世宝甘泉紫芝，望大圣佑我东人，去邪归正。倘刻意师资。谈笑风云，鸿渐台司；莫谓青蝇，使白璧瑕疵。《玉玦记·设誓》

白色的玉璧与没有污点的人品在"纯洁、圆满"上有相似性，此处"白璧"隐喻指人的没有染上污点的品行。这段唱词的语境是一个仆人（王便）在祈祷，希望他的主人（王商）能够改邪归正，不要继续留恋风尘女子。

"红妆"：

例 98【黄莺儿】［旦］一枝低压宜春院，芳心半点，红妆几瓣，和莺吹折流霞茜。《紫钗记·花院盟香》

女子的红色妆束与艳丽的花卉在"颜色、形状"上有相似性，此处"红妆"隐喻指艳丽的花卉。

"绿云"：

例 99【前腔】［旦］朱颜非故，绿云懒去梳。《琵琶记·临妆感叹》

例 100【煞尾】［末］春脚纤香尘砌，春发垂绿云腻。《簪花髻》

例 101【醉春风】［旦］将嫩花头娇插的绿云斜。《男王后》

以上三例的"绿云"均隐喻指"女子乌黑浓密的头发"，当"绿"修饰鬓发时常表"黑中泛绿"义，这两者在"颜色、形状"上有相似性。

含彩词语的隐喻现象是组成成分整体的隐喻，不同于第二章中颜色词的单独隐喻。

三　社会文化赋予现象

明代社会通行的价值观念、审美情趣、典章制度、风俗民情等可以赋予"含彩词语"以社会文化意义。

"白粮"：

> 例102【滴滴金】［上］各路的货郎儿分旗号，<u>白粮</u>船到了。有那番舶上回回跳。江汉来朝，都到这河宗献宝。《邯郸记·东巡》

"白粮"指明清时期江南五府所征供宫廷和京师官员用的漕粮，此处具体指皇帝东巡时所运送的粮草。

"白虎"：

> 例103【混江龙】［净］少不得中书鬼考，录事神差。比着阳世那金州判、银府判、铜司判、铁院判，<u>白虎</u>临官，一样价打贴刑名催伍作。《还魂记·冥判》

此处"白虎"特指迷信传说中的凶神，"白虎临官"意味着凶神白虎当值。

"白驹"：

> 例104【月下笛】［末］流光可惜，<u>白驹</u>驰，锦梭掷。《琴心记·家门始终》

此处"白驹"指流失的时光，成语"白驹过隙"指时光流逝。

"白牛"：

> 例105【前腔】［紫］有青油障，小壁车，驾车<u>白牛</u>当步趋。《南柯记·就征》

此处"白牛"指白牛车，这是比喻佛法之大乘的佛教语，此时代表佛法的紫衣使者带领《南柯记》的淳于棼进入梦境中的槐安国。

"红豆"：

> 例106【前腔】［生］忆昔嬉游翰墨林，暗里抛<u>红豆</u>，打翠禽。

《明珠记·授计》

此处"红豆"象征爱情或相思。

"红丝、红鸾":

例107【前腔】［丑］算花星，想红鸾天喜，未曾交运。《浣纱记·效颦》

例108【前腔】［生］拨不断的红丝怎缠，这红鸾且求他宽限。《紫钗记·婉拒强婚》

例109【老旦】［丑］两物相赠，天教合欢，红丝翠幕，事非偶然。《玉簪记·情见》

此处的"红鸾"指旧时星命家所说主婚配的吉星，"红丝"指月下老人用来系夫妻之足的绳子，"红鸾""红丝"都与姻缘有关。

"紫霞":

例110【好事近】［王］一声惊破紫霞毫，赋就上林分晓。《南柯记·侍猎》

此处"紫霞"指紫色云霞，道家认为神仙乘紫霞而行。

"紫诏":

例111【长拍】［尹］紫诏皇宣，少年英俊，青衫上墨香成阵。《紫钗记·黄堂言饯》

此处"紫诏"指皇帝用紫泥封口的诏书。

"绿衣":

例112【鲍老催】［旦］从天喜幸，绿衣郎近得红妆敬，与郎醉扶起玉山凭。《紫钗记·荣归燕喜》

此处"绿衣"指新科进士服，具体指状元郎李益所穿的衣服。

"黄衣"：

例 113【前腔】［右］看高官贵种，绛帻黄衣。总千门万户，烦星点缀。《南柯记·树国》

此处"黄衣"指黄色的宦官衣服。
"黄宣"：

例 114【归朝欢】［刘］秋光塞上人如画，黄宣去把团营押，看细柳春风大将牙。《紫钗记·节镇还朝》

此处"黄宣"指皇帝的诏书，从用纸的角度来看，皇帝诏书用黄麻纸。
"黄屋"：

例 115【番卜算】［府尹］黄屋去东巡，紫诏来西尹。桃花春片起鱼鳞，直上龙门峻。《紫钗记·黄堂言饯》

此处"黄屋"指古代帝王专用的黄缯车盖，也可以指帝王之车。
"黄图"：

例 116【天下乐】［文武官］三天日色黄图外，四海云光绿字前。《紫钗记·杏苑题名》

此处"黄图"指中国，这是因为五色的"黄"正好对应五方的"中"。
"黄道"：

例 117【好事近】［王］游践海西郊，摆鸾舆天开黄道。阵旗花鸟，闪开了兽喧禽噪。《南柯记·侍猎》

此处"黄道"指帝王出游时所经过的道路。

"翠华":

例 118 【啄木儿】［外、老旦］君恩重，臣位高，万里从君敢惮劳。本待要电赴星驰，怎脱得地网天牢。遥瞻翠华云缥缈。《明珠记·赶驾》

此处"翠华"指天子仪仗中以翠羽为饰的旗帜或车盖。
"青鸟":

例 119 【前腔】［旦］青鸟衔书去，他何曾八骏来？怎得似东王公相守到头花白，怕李夫人看不见蟠桃核，误了俺少年颜色。《紫钗记·冻卖珠钗》

此处"青鸟"指神话传说中为西王母取食传信的神鸟，后来"青鸟"就成了信使的代称。这段唱词的语境是霍小玉托人去找李益，却没有得到任何音信。
"青娥":

例 120 【一封书】［崔］报道青娥有意相留待，则怕乌鹊传言也浪猜。《紫钗记·冻卖珠钗》

此处"青娥"指美丽的少女，具体指美丽的卢府小姐。为什么"青"修饰"娥"一定指美丽呢？我们认为一开始"青娥"专指青女，即主司霜雪的女神，而女神都是美丽漂亮的，所以"青娥"后来可以泛指美丽的少女。

"含彩词语"整体语义的社会文化赋予现象不同于"隐喻""转喻"这两种人类普遍的语言认知现象。我们认为，社会文化赋予现象主要与中华民族的社会文化生活密切相关，社会文化赋予了"含彩词语"整体语义独特的民族性特征。

第三节　含彩词语的语用考察

本节主要从"相同颜色词+不同名词"与"不同颜色词+相同名词"

两个角度对明代戏剧唱词的含彩词语展开语用考察。

一　"相同颜色词+不同名词"

"相同颜色词+不同名词"在第三章常用颜色词语义广义度部分已经做了详细介绍，研究表明颜色词都有其广义度最高的搭配小类，如"白"搭配气象类词语（白云、白虹、白日、白昼、白雪、白露、白雾）、"黑"搭配气象类词语（黑夜、黑月、黑雾、黑云、黑风）、"红"搭配植物类词语（红叶、红杏、红豆、红树、红英、红茵、红梅、红莲、红药、红蕉）、"紫"搭配衣物类词语（紫绶、紫袍、紫衣、紫帔、紫绡、紫霓裳、紫香囊、紫罗襕）、"绿"搭配植物类词语（绿草、绿树、绿杨、绿槐、绿苔、绿芜、绿荷、绿萝、绿藻、绿蒲）、"翠"搭配衣物类词语（翠袖、翠裙、翠衣、翠裘、翠襟、翠裾、翠绡、翠罗）和面部类词语（翠眉、翠眸、翠脸、翠靥）、"黄"搭配山川河海类词语（黄泉、黄池、黄河）、"青"搭配动物类词语（青鸾、青鸟、青禽、青骢、青羊、青牛、青驴、青蛾、青蝇、青蚨、青螺）。颜色词在其广义度最高的搭配小类中能产生最大量的含彩词语。

从语用角度考察，"相同颜色词+不同名词"中"不同名词"的选用可以体现作者的情感倾向和写作技巧。

"白面书生—俊白庞儿"：

例 121【山坡羊】［生］雪儿呵，偏则把<u>白面书生</u>奚落。怎生冰凌断桥，步高低蹬着？《还魂记·旅寄》

例 122【贺新郎】［合］<u>白面书生</u>今就武，这经纶可惜埋尘块，怎能够慰初想。《双珠记·军门优恤》

例 123【尾犯序】［净］提起柳家郎，他<u>俊白庞儿</u>，典雅行妆。《还魂记·仆贞》

前两例的"白面书生"泛指读书人，常伴有阅历少、见识浅、文弱等意义，古代读书人以在书斋读书为主业，很少经历日晒雨淋，因而皮肤较之农民、商人及其他手工业者来得白净。第三例的"俊白庞儿"指柳梦梅白皙温润的脸，体现了他英俊潇洒、气宇轩昂、儒雅知礼的好男儿形象。因此，"白"修饰"面"组成"白面书生"时常表达出作者的同情、怜惜,"白"修饰"庞儿"组成"俊白庞儿"常表达出作者的喜爱、赞美。

"白地里—白道儿":

例124【呆骨朵】[末] 俺待做红尘外逍遥客,却惹下白地里冤缠债。《中山狼》

例125【滚绣球】[旦] 这条街走的那白道儿生,遮莫是黑地里行。《香囊怨》

前例第二句的"白地里"指空旷的地方,并与首句"红尘外"对举使用;后例首句的"白道儿"指空旷的道路,并与第二句"黑地里"对举使用。就对举而言,比起"白道儿","白地里"对"红尘外"更为合适。同理,比起"白地里","白道儿"对"黑地里"更为合适。这两例体现了作者高明的对举手法。

二 "不同颜色词+相同名词"

从语用角度考察,"不同颜色词+相同名词"中"不同颜色词"的选用也可体现出作者的情感倾向和写作技巧。

"白发—素发":

例126【前腔】[旦] 萱草椿庭,白发三亲。《荆钗记·闺念》

例127【一剪梅】[外] 白发萧萧今已老,归闲堪守林皋,梦回青琐恋王朝。《玉簪记·命试》

例128【西地锦】[外] 思家恋旧愁千万,凋尽素发衰颜。《明珠记·禁怨》

例129【锦堂月】[生] 光照金樽,掩映素发堪数。《明珠记·雪庆》

"白发""素发"都指白色的头发。语料中"素发"只有4例,"白发"却有40例,"白发"的使用频数是"素发"的十倍,因此"白发"是表白色头发的典型用法。"素"在修饰"发"时句法关系要比"白"灵活:"素"可以充当定语、谓语、宾语,如"素发、鬓先素、鬓丝垂素",

而"白"一般只做定语。"素发"的存在满足了唱词句法灵活性的需要。

"红颜—朱颜":

例130【朝天子】［末］红颜少年，照影银塘畔，眉痕黄淡，穿着素练，与那人呵，意思浑难辨。《花舫缘》

例131【霜天引】［净、丑］绣幕红颜少妇，锦城沸耳笙歌。《绣襦记·长安税寓》

例132【前腔】［贴］垂老，素发飘萧，朱颜委谢，不复镜中年少。《香囊记·庆寿》

例133【前腔】［生］心期负，问归来朱颜认否，旅鬓何如?《紫钗记·折柳阳关》

"红颜""朱颜"都指人红润的容颜，通过对语料中"红颜""朱颜"所指对象年龄的考察，我们发现"红颜"常常指向少男、少女、少妇，而"朱颜"常常指向中年女性，上述四个例子也证实了我们的看法。

"绿鬓—青鬓":

例134【缕山月】［小生］先代庆源长，横海衍天潢。青春绿鬓气昂昂。《义侠记·游寓》

例135【前腔】［王婆］惜佳人绿鬓朱颜。《宝剑记·第四十六出》

例136【前腔】［旦］莫不是玉门关拘的俊班超青鬓华?莫不是望乡台站的个老苏卿红泪洒?《紫钗记·泪烛裁诗》

例137【榴花泣】［外］十年青鬓，忧国尽成霜。《燕子笺·授画》

"绿鬓""青鬓"均指乌黑亮丽的头发，我们没有发现"黑鬓"的用例。通过对语料中"绿鬓""青鬓"所指对象年龄的考察，我们发现"绿鬓"所指对象常常比"青鬓"所指对象年轻。如，例134中"绿鬓"语义指向的小生（柴进）此时年龄三十几岁，例135中"绿鬓"语义指向的贞娘此时年龄二十几岁，例136中"青鬓"语义指向的班超在东汉永平十六年首次出使西域时已经41岁了，例137"青鬓"语义指向的外角

（郦安道）此时年纪也近 50 岁了。

"黄袖—红袖"：

> 例 138【前腔】［豪］掀黄袖，拂鬃毛。看花的红尘飞大道。无过是李和桃，好共朱颜笑。红一点，酒千瓢。是雄豪，喜长啸。《紫钗记·醉侠闲评》
>
> 例 139【驻云飞】［旦］绣幄琼楼，选伎征歌第一流。扇底眉频皱，舞处低红袖，休，脉脉叹淹留，年光拖逗。《红拂记·秋闺谈侠》

"黄袖"指豪侠的黄色衣袖，"红袖"指女子的红色衣袖，由于戏剧中人物的身份不同，即便是修饰同一个名物，所用的颜色词也应该有所区别。

"黄雪—白雪—绛雪"：

> 例 140【落梅风】［冲末］相见时飘红雨，又别后吹黄雪。《花舫缘》
>
> 例 141【玉梅春】［末］且向花前觅句落红梅，酒后高歌飞白雪。《红梅记·提纲》
>
> 例 142【斗黑麻】［生］待返香魂，怜无绛雪。《西楼记·邸聚》

"黄雪"指晚秋时纷飞飘落的黄花，"白雪"指白色的雪花，"绛雪"指暮春时漫天飘落的红花。自然界中唯有"白"是雪真正典型的颜色，用其他颜色修饰"雪"时，则"雪"不表示其本来的意义，而是指像雪一样纷纷坠落之物。

"红尘—黄尘—缁尘"：

> 例 143【前腔】［外］风霜已满鬃，玉勒雕鞍，走遍红尘。《琵琶记·一门旌奖》
>
> 例 144【渔家傲】［生］故乡领命还前往，怎敢惮黄尘白浪。《绣襦记·正学求君》
>
> 例 145【西地锦】［外］风色雕残绿鬃，丝鞭翻惹缁尘。《红拂

记·期访真人》

"红尘"的字面义为红色尘土，实际指繁华的人世间；"黄尘"的字面义为黄色尘土，实际指官场；"缁尘"的字面义为黑色灰尘，实际指世俗的污垢。按照演唱者对待生活俗世的积极态度从高到低可以依次排列为：红尘>黄尘>缁尘。

"红烛—绛烛—翠烛"：

> 例146【鲍老催】［众妓］但闻荷沼香习习，但闻蛩砌声唧唧，红烛泪向西风泣。《西楼记·集艳》
>
> 例147【前腔】［贴］绛烛吐莲台，宝篆结云霾。《绣襦记·竹林祈嗣》
>
> 例148【玉绛画眉序】［二净］洞房翠烛，照风流，一对新娘新婿。《娇红记·演喜》

唱词中描写蜡烛一般用"红烛""绛烛"，指红色的蜡烛。语料中"翠烛"只出现1例，为了烘托出这出折子戏的喜剧效果，作者在描绘洞房花烛夜的蜡烛时故意使用了色彩比较艳丽明快的"翠烛"。

"红楼—朱楼—绛楼—翠楼—青楼"：

> 例149【玉芙蓉】［贴］筵开紫殿千秋树，寿进红楼百子图。《浣纱记·谋吴》
>
> 例150【前腔】［浣］少不的卿卿荣耀，占住了小红楼。《紫钗记·春愁望捷》

"红楼"在以上两例中均指富贵人家女子所住的精美楼房，前例为越国名媛西施的住处，后例为霍王之女霍小玉的住处。

> 例151【锦衣香】［净］紫陌长，朱楼敞。《玉玦记·观潮》
>
> 例152【三叠引】［生］朱楼画阁连云构，绿覆重重杨柳。《西楼记·会玉》

"朱楼"在以上两例中均指精美华丽的楼阁。

例153【前腔】［老旦］绛楼高流云弄霞，光滟激珠帘翠瓦。《紫钗记·堕钗灯影》

"绛楼"在语料中只出现1例，此处指霍王之女霍小玉所住的精美楼房。

例154【大迓鼓】［老旦］凝眸，上翠楼，何时得见，子婿封侯。《义侠记·训女》

"翠楼"在语料中只出现1例，特指女子的居所。

例155【意不尽】［合］明朝乌鹊到人间境，试说向青楼薄幸。《紫钗记·巧夕惊秋》

例156【汉宫春】［副末］不料朱门有女，与青楼一样，窈窕相当。《燕子笺·家门》

"青楼"在以上两例中均指妓院。可见，"红"范畴颜色词"红、朱、绛"搭配"楼"时一般指富家女子所住的精美楼房，"翠楼"一般特指女子居所，"青楼"则一般指妓院。语料中"红楼"没有指妓院的用例。所以按照楼房所住女子的社会地位高低可以依次排序为：红楼（绛楼）＞朱楼＞翠楼＞青楼。

"白云—黑云—红云—紫云—绿云—翠云—黄云—青云"：

例157【前腔】［尼姑］禅关望已扃，看白云缥缈。《琴心记·锦江晓发》

"白云"为自然界白色的云，在唱词中常用为游子思乡的典型意象。

例158【水红花】［净、占］眼看万山剑树，四望黑云迷。《精忠记·冥途》

"黑云"为自然界黑色的云，在唱词中往往在战争、地府、生离死别等消极的意境中使用。

例 159【霜天引】［生］长安国土，缥缈红云护。《绣襦记·长安税寓》

"红云"为自然界红色的云，这是一种吉祥的云，在唱词中常常描写红云盘绕在帝王和仙人所居的上空。

例 160【清江引】［外］鱼服可防身，凤侣终成配，方显得紫云乡神仙吏。《团花凤》

"紫云"和"红云"一样，也是一种能带来祥瑞的云。

例 161【长拍】［尹］今日呵，吉日良辰，醉你个状元红浪桃生晕。只望你乌帽宫花斜插鬓，软带垂袍挂绿云。临上马御酒三杯尽，喧满六街尘。香风细，妒杀游人。《紫钗记·黄堂言饯》

"绿云"并非自然界的云，在唱词中常指新科进士所穿绿袍上绣的云样图案或者隐喻指女子乌黑浓密的头发。

例 162【驻马听】［贴］玉暖香醪，宝髻盘鸦抹翠云。《金印记·洒扫花亭》

"翠云"也并非自然界的云，"翠云"和"绿云"一样在唱词中也常指新科进士所穿绿袍上绣的云样图案或者隐喻指女子乌黑浓密的头发。

例 163【前腔】［众］玉塞门开，黄云覆地埋。《琴心记·持节锦行》

"黄云"在唱词中常常指边塞之云，塞外沙漠地区黄沙飞扬，天空常呈黄色，因此人们认为黄沙把云朵也染成了黄色。

例 164【前腔】［生］且向书斋，教我一身定在<u>青云</u>外。《金印记·刺股读书》

"青云"为自然界在高空中绿中泛蓝的云，在唱词中常隐喻指高官显爵。

云朵最典型的颜色是白色，在不同气象条件下可以呈现出青色、黄色、黑色、紫色、红色，其中"紫云""红云"是祥瑞的象征，"青云"是高贵的象征，"黄云"是沙漠的象征，"黑云"是危险的象征，按照云的吉祥程度从高到低可以依次排序为：红云（紫云）>青云>黄云>黑云。"绿云""翠云"并非指实际的云朵，而是指乌黑的鬓发。

本章小结

本章对含彩词语做了界定和分类，并从语义、语用两个角度从宏观上考察了含彩词语在明代戏剧唱词中的使用情况。兹小结如下。

第一，根据颜色词（语素）的颜色义是不是直接参与了"含彩词语"整体语义的建构，可以把"含彩词语"分为保留颜色义与未保留颜色义两大类。保留颜色义"含彩词语"是"含彩词语"的多数，这类词语在其整体语义建构中保留了颜色词（语素）的颜色义，通常是该颜色词（语素）的原型语义。然而未保留颜色义"含彩词语"的研究价值更高。

第二，保留颜色义"含彩词语"的整体语义一般为其组成成分字面意义的简单相加，具体表现为"某色之某物"。未保留颜色义"含彩词语"的整体语义不表现为"某色之某物"，而是在具体语境中指与"某色之某物"有语义关联的事物。未保留颜色义"含彩词语"整体语义的理解要比保留颜色义"含彩词语"复杂得多。未保留颜色义"含彩词语"中颜色词使用的均是其非原型语义，只有知道其中颜色词的使用理据，才能正确理解其整体语义。

第三，之所以未保留颜色义"含彩词语"语义比较丰富，是因为这类词语在具体语境中存转喻、隐喻、社会文化赋予这三种语言现象。社会文化赋予现象的考察要聚焦于与中华民族的社会文化生活密切相关的内容，这类"含彩词语"的语义具有独特的民族性特征。

第四，意义有时候要服从语用的需要。从语用角度考察，"相同颜色词+不同名词"中"不同名词"的选用,"不同颜色词+相同名词"中"不同颜色词"的选用,这二者都可以体现作者的情感倾向和写作技巧。创造性地使用颜色词得到的含彩词语往往比较雅致、新颖,让人眼前一亮。

第五,含彩词语有着丰富的文化内涵,我们可以从中了解中华民族的社会文化生活和审美情趣。由于篇幅所限,我们在本章探讨的含彩词语并不多。我们认为以后含彩词语的研究方法应该侧重于名物训诂,这样才能挖掘出含彩词语更多的语义、语用、文化特点。

通过本章的讨论,我们能够解释用颜色词语义显著度最高的义项(即原型语义)去理解某些"含彩词语"整体语义为什么往往不得要领的原因。要想透过字面意义去把握所有"含彩词语"的整体语义,就必须清楚"含彩词语"中颜色词的使用理据。

第六章

结论及其他

一 主要结论

本书叙述了明代戏剧唱词颜色词的总体使用情况，描写了常用颜色词的语义系统，统计了常用颜色词语义显著度和语义广义度，考察了常用颜色词的语用特色，分析了含彩词语的语义、语用特点和文化内涵，我们得出以下五点主要结论：

第一，我们叙述了明代戏剧唱词颜色词的数量情况、词形情况、搭配情况和句法情况。在数量概况中，从 6323 条语料中共得到单音节语义颜色词 45 个，语用颜色词 39 个，并按照色彩属性把这 84 个颜色词归入"白、黑、红、绿、黄、青、泛颜色"七个范畴。在词形概况中，从语音形式和语素组合方式两个角度研究发现：（1）在语音形式上，有单音节、双音节、三音节的颜色词；（2）在语素组合方式上，有单纯颜色词和大量合成颜色词，合成颜色词有复合式、重叠式、附加式三种形式，复合式颜色词主要有联合型、偏正型、补充型三种，其中 ABB 颜色词是复合式颜色词中比较特殊的一类词形（补充型）。在搭配概况中，把颜色词的语义搭配划分成自然物域（9 小类）、非自然物域（14 小类）、人体域（10 小类）三大域，搭配范围涵盖了语料中所有颜色词的搭配情况。在句法概况中，论证了语义颜色词单用时可以充当主、谓、宾、定、状、补等各种句法角色，构成含彩词语后可以充当定语、中心语、宾语。通过频数统计和人工干预，判定出除泛颜色范畴外其他六个范畴的原型颜色词"白、黑、红、翠、黄、青"，明确了"白、黑、红、紫、绿、翠、黄、青"这八个常用颜色词。

第二，我们系统描写了"白、黑、红、紫、绿、翠、黄、青"这八个常用颜色词的语义系统。语义系统由原型语义与非原型语义两大部分组成。"白"的语义系统由 11 个义项组成，"黑"的语义系统由 7 个义项组成，"红"的语义系统由 10 个义项组成，"紫"的语义系统由 4 个义项组成，"绿"的语义系统共由 6 个义项组成，"翠"的语义系统共由 11 个义项组成，"黄"的语义系统共由 6 个义项组成，"青"的语义系统共由 11 个义项组成，并且分别描绘出八个常用颜色词的语义网络图。颜色词"青"语义系统很复杂，"青"表形容词性质的颜色义共有 6 个义项"绿中泛蓝、鲜绿色、湛蓝色、亮黑色、绿中泛白、蓝中泛紫"，意义的差别主要由于"青"搭配对象的不同。"白、黑、红、紫、绿、翠、黄、青"这八个常用颜色词可以通过转喻、隐喻、社会文化赋予机制产生非原型语义，其中转喻运用得最为频繁，有较强的理据性。

第三，"白、黑、红、紫、绿、翠、黄、青"这八个常用颜色词表形容词性质的颜色义（白色、黑色、红色、紫色、绿色、绿中泛蓝、黄色、绿中泛蓝）都是它们语义显著度最高的义项，即原型语义。"翠"和"青"在原型语义上是一致的。我们以语义搭配种类和数量的丰富程度为标准计算出八个常用颜色词的语义广义度，研究显示它们广义度最高的前三位搭配小类：（1）"白"为气象类、面部类、动物类；（2）"黑"为气象类、山川河海类、动物类；（3）"红"为植物类、衣物类、面部类；（4）"紫"为衣物类、植物类、气象类；（5）"绿"为植物类、衣物类、山川河海类/发肤类；（6）"翠"为衣物类/面部类、家具类、妆饰物类；（7）"黄"为山川河海类、气象类、钱财类；（8）"青"为动物类、植物类、气象类。

"颜色词+颜色词"组合总的来说有较强的组合理据性，这两种颜色在中华民族所认知的自然环境、人文环境中常常共现。两种颜色组合后的语义，偏正式颜色词语常指"像某种事物那样的颜色"，联合式颜色词语则通过分别转喻或整体转喻的方式产生新的意义。

第四，我们在宏观层面以对举、排比、ABB 词形等为视角对常用颜色词进行总体的语用考察，也在微观层面以主题、角色、韵律等为视角对明代著名剧作家汤显祖的"临川四梦"（尤其是《还魂记》）进行个案的语用考察。

我们重点说明了"白、黑、红、绿、黄、青、彩"的对举情况，研究发现颜色词对举有三个特点：（1）对举一般要选用色彩对比度大、容易共现、合辙押韵的颜色词；（2）"黑"只与常用颜色词对举，一般不与"绿"范畴颜色词对举；（3）与"青"对举的颜色词数量最多，这在一定程度上证实了汉语颜色词"青"的多义性。我们从同一颜色词排比、不同颜色词排比这两个角度进行语用考察，研究发现颜色词排比有以下两个特点：（1）同一个颜色词进行排比，所选用的颜色词一般为常用颜色词，该用法渲染出的色彩效果最强、表达出的情感最热烈；（2）不同颜色词进行排比，所选用的颜色词一般要在中华民族生活的自然环境、社会文化环境中容易共现。

根据是否处于对举句式中，我们将 ABB 颜色词分为两类：非对举句式中的 ABB 颜色词与对举句式中的 ABB 颜色词，研究发现明代戏剧唱词中 ABB 颜色词有以下五点语用特征：（1）ABB 颜色词主要句法功能是做状语和定语；（2）ABB 颜色词做状语时一般将其置于句首，起到凸显颜色焦点的功能；（3）ABB 颜色词中"A"的主要功能是表颜色，"BB"的主要功能是通过描写性状以增强"A"颜色的表现力；（4）对举句式中的 ABB 颜色词由于受到句法的限制，"BB"的形式更为丰富，既包括有着丰富表现力的形式（如漫漫、袅袅、簇簇），也包括只是为了对举需要而生成的形式（如生生、登登）；（5）ABB 颜色词是唱词中最引人注目的词，既是因为它一般都被置于句首或其他显著位置，还因为它具有比较强的节奏感和丰富的语义表现效果。

以"临川四梦"做个案语用分析时，我们发现主题的不同、角色的差异、用韵的规律都会影响颜色词的使用。以"侠"为主题的《紫钗记》在颜色词使用数量上大大超过了其他三部作品。各种角色都要使用能够反映其身份特征、生活经验的颜色词。戏剧唱词合辙押韵的写作要求也对颜色词使用产生了重要影响。

第五，根据颜色词（语素）的颜色义是否参与"含彩词语"整体语义的建构，把"含彩词语"分为保留颜色义与未保留颜色义两大类。保留颜色义"含彩词语"是含彩词语的基础，这类词语在整体语义建构中保留了颜色词（语素）的颜色义，一般是该颜色词（语素）的原型语义。保留颜色义"含彩词语"的整体语义一般为其组成成分字面意义的简单相加，具体表现为"某色之某物"。未保留颜色义"含彩词语"的整体语义不表现为"某色之某物"，而是在具体语境中指与"某色之某物"有语义关联的事物。未保留颜色义"含彩词语"整体语义的理解要比保留颜色义"含彩词语"复杂得多，只有在知道这类"含彩词语"中颜色词使用理据的情况下，才能正确理解其整体语义。未保留颜色义"含彩词语"

的语义之所以比较丰富，是因为这类词语在具体语境中存在转喻、隐喻、社会文化赋予这三种语言现象。从语用角度考察，"相同颜色词+不同名词"中"不同名词"的选用，"不同颜色词+相同名词"中"不同颜色词"的选用，这二者都可以体现出作者的情感倾向和写作技巧。创造性地使用颜色词得到的"含彩词语"往往比较雅致、新颖，让人眼前一亮。"含彩词语"有着丰富的文化内涵，从中可以了解中华民族多彩的社会文化生活和审美情趣。以后"含彩词语"的研究方法应该侧重于名物训诂，这样才能挖掘出"含彩词语"更多的语义、语用、文化特点。

二　有待继续研究的思考

关于明代戏剧唱词颜色词可以继续研究的内容，我们认为主要有以下三个方面：

第一，对常用颜色词语义系统的描写还有待进一步细化，对语义系统中非原型语义产生机制的认识有待进一步提高。本书对八个常用颜色词语义系统的描写主要基于自建的明代戏剧唱词语料库，由于语料的局限性，很有可能一些颜色义项被遗漏了。我们认为常用颜色词非原型语义产生机制主要有隐喻、转喻、社会文化赋予三种类型，其实对社会文化赋予机制还可以继续分小类，目前的归纳仍然比较概括。

第二，"青"是汉语中有着多个颜色义项的颜色词，我们区别"青"的不同颜色义项主要基于其搭配对象的性质。至于"青"为什么会有多个颜色义项、各义项的细微差异是什么、产生机制是什么等问题还值得进一步考证。跨语言的类型学研究方法是一种可选思路。

第三，"含彩词语"两个组成成分的语义整合机制研究要进一步深入。本书只是列举了语料中最为典型的一些含彩词语，分析了它们的转喻、隐喻和社会文化赋予现象，实际上还有许多"含彩词语"没来得及展开探讨，也许会发现新的语言现象。西方认知语言学关于概念整合的理论对"含彩词语"的语义研究有一定的借鉴意义。另外关于"含彩词语"的研究方法，我们认为应该借鉴传统语言学名物训诂的方法，只有这样才能挖掘出"含彩词语"更多的文化内涵。

附　　录

附录一　明代传奇语料来源详单

序号	作者	传奇名称	时期	派别	特点	来源
1	高明	《琵琶记》	明初		明太祖朱元璋推重。	《六十种曲》
2	邵灿	《香囊记》	明前期成化、嘉靖时	昆山派	开传奇创作骈绮一派之端。	《六十种曲》
3	苏复之	《金印记》	明前期成化、嘉靖时		比较著名的传奇作品。	《明清传奇选刊》
4	姚茂良	《双忠记》	明前期成化、嘉靖时		比较著名的传奇作品。	《明清传奇选刊》
5	王济	《连环计》	明前期成化、嘉靖时		比较著名的传奇作品。	《明清传奇选刊》
6	沈采	《三元记》	明前期成化、嘉靖时		比较著名的传奇作品。	《六十种曲》
7	徐霖	《绣襦记》	明前期成化、嘉靖时		比较著名的传奇作品。	《六十种曲》
8	沈鲸	《双珠记》	明前期成化、嘉靖时		比较著名的传奇作品。	《六十种曲》
9	李开先	《宝剑记》	明后期嘉、隆之际	昆山派	三部脍炙人口的优秀传奇作品之一	《中国戏曲经典》（第三卷）
10	无名氏	《鸣凤记》	明后期嘉、隆之际	昆山派	三部脍炙人口的优秀传奇作品之一。	《六十种曲》
11	梁辰鱼	《浣纱记》	明后期嘉、隆之际	昆山派	三部脍炙人口的优秀传奇作品之一，昆腔的奠基之作。	《六十种曲》
12	郑若庸	《玉玦记》	明后期嘉、隆之际	昆山派	享誉南北的传奇作品	《六十种曲》
13	陆采	《明珠记》	明后期嘉、隆之际	昆山派	享誉南北的传奇作品	《六十种曲》

续表

序号	作者	传奇名称	时期	派别	特点	来源
14	张凤翼	《红拂记》	明后期嘉、隆之际	昆山派	享誉南北的传奇作品	《六十种曲》
15	高濂	《玉簪记》	明后期万历时期		深得广大观众喜爱，有些作品至今仍活跃在舞台上。	《六十种曲》
16	周朝俊	《红梅记》	明后期万历时期		深得广大观众喜爱，有些作品至今仍活跃在舞台上。	《古代戏曲丛书》
17	王玉峰	《焚香记》	明后期万历时期		深得广大观众喜爱，有些作品至今仍活跃在舞台上。	《六十种曲》
18	孙柚	《琴心记》	明后期万历时期		深得广大观众喜爱，有些作品至今仍活跃在舞台上。	《六十种曲》
19	徐复祚	《红梨记》	明后期万历时期		深得广大观众喜爱，有些作品至今仍活跃在舞台上。	《六十种曲》
20	汤显祖	《还魂记》		临川派		《六十种曲》
21	汤显祖	《紫钗记》		临川派		《六十种曲》
22	汤显祖	《邯郸记》		临川派		《六十种曲》
23	汤显祖	《南柯记》		临川派		《六十种曲》
24	沈璟	《义侠记》		吴江派	这是沈璟《属玉堂十七种》中流传最广，舞台表演最盛的一部作品。	《六十种曲》
25	阮大铖	《燕子笺》	明末	临川派	阮大铖最为著名的一部传奇作品。	《明清传奇选刊》
26	柯丹邱	《荆钗记》				《六十种曲》
27	无名氏	《精忠记》				《六十种曲》
28	无名氏	《白兔记》				《六十种曲》
29	徐畈	《杀狗记》				《六十种曲》
30	袁于令	《西楼记》				《六十种曲》
31	孟称舜	《娇红记》				《中国戏曲经典》（第三卷）

附录二　明代杂剧语料来源详单

序号	作者	杂剧名称	时期	派别	特点	来源
1	康海	《中山狼》	明初		明初佳作，打破了杂剧消沉的局面。	《盛明杂剧》（初集）
2	王九思	《曲江春》	明初		明初佳作，打破了杂剧消沉的局面。	《盛明杂剧》（二集）
3	徐渭	《渔阳三弄》	明后期		新兴杂剧最杰出的代表。开"南杂剧"之先河。	《盛明杂剧》（初集）
4	徐渭	《翠梦乡》	明后期		新兴杂剧最杰出的代表。开"南杂剧"之先河。	《盛明杂剧》（初集）
5	徐渭	《雌木兰》	明后期		新兴杂剧最杰出的代表。开"南杂剧"之先河。	《盛明杂剧》（初集）
6	徐渭	《女状元》	明后期		新兴杂剧最杰出的代表。开"南杂剧"之先河。	《盛明杂剧》（初集）
7	冯惟敏	《僧尼共犯》	明后期		明后期杂剧中之佼佼者。	《冯惟敏全集》
8	陈与郊	《昭君出塞》	明后期		明后期杂剧中之佼佼者。	《盛明杂剧》（初集）
9	徐复祚	《一文钱》	明后期		明后期杂剧中之佼佼者。	《盛明杂剧》（初集）
10	梅鼎祚	《昆仑奴》	明后期		明后期杂剧中之佼佼者。	《盛明杂剧》（初集）
11	叶宪祖	《易水寒》	明后期		明后期杂剧中之佼佼者。	《盛明杂剧》（二集）
12	孟称舜	《桃花人面》	明后期	临川派	明后期杂剧中之佼佼者。	《盛明杂剧》（初集）
13	凌濛初	《虬髯翁》	明末	临川派		《盛明杂剧》（二集）
14	汪道昆	《高唐梦》				《盛明杂剧》（初集）
15	汪道昆	《五湖游》				《盛明杂剧》（初集）
16	汪道昆	《远山戏》				《盛明杂剧》（初集）
17	汪道昆	《洛水悲》				《盛明杂剧》（初集）
18	沈自徵	《霸亭秋》				《盛明杂剧》（初集）

序号	作者	杂剧名称	时期	派别	特点	来源
19	沈自徵	《鞭歌妓》				《盛明杂剧》（初集）
20	沈自徵	《簪花髻》				《盛明杂剧》（初集）
21	叶宪祖	《北邙说法》				《盛明杂剧》（初集）
22	叶宪祖	《团花凤》				《盛明杂剧》（初集）
23	梁辰鱼	《红线女》				《盛明杂剧》（初集）
24	卓人月	《花舫缘》				《盛明杂剧》（初集）
25	汪廷讷	《广陵月》				《盛明杂剧》（初集）
26	王衡	《真傀儡》				《盛明杂剧》（初集）
27	王骥德	《男王后》				《盛明杂剧》（初集）
28	吕天成	《齐东绝倒》				《盛明杂剧》（初集）
29	朱有燉	《香囊怨》				《盛明杂剧》（二集）
30	许潮	《武陵春》				《盛明杂剧》（二集）
31	许潮	《兰亭会》				《盛明杂剧》（二集）
32	许潮	《写风情》				《盛明杂剧》（二集）
33	徐阳辉	《脱囊颖》				《盛明杂剧》（二集）
34	湛然禅师	《鱼儿佛》				《盛明杂剧》（二集）
35	袁于令	《双莺记》				《盛明杂剧》（二集）
36	冯惟敏	《不伏老》				《盛明杂剧》（二集）
37	陈汝元	《红莲债》				《盛明杂剧》（二集）

序号	作者	杂剧名称	时期	派别	特点	来源
38	徐翙	《络冰丝》				《盛明杂剧》（二集）
39	祁麟佳	《错转轮》				《盛明杂剧》（二集）
40	车任远	《蕉鹿梦》				《盛明杂剧》（二集）
41	王澹	《樱桃园》				《盛明杂剧》（二集）
42	王应遴	《逍遥游》				《盛明杂剧》（二集）
43	吴中情奴	《相思谱》				《盛明杂剧》（二集）

参考文献

一　专著与论文集

曹广涛：《英语世界的中国传统戏剧研究与翻译》，广东高等教育出版社 2009 年版。

［日］长泽规矩也：《明清俗语辞书集成》，上海古籍出版社 1989 年版。

陈宝良：《明代社会生活史》，中国社会科学出版社 2004 年版。

董秀芳：《汉语的词库与词法》，北京大学出版社 2004 年版。

方龄贵：《元明戏曲中的蒙古语》，汉语大词典出版社 1991 年版。

冯惟敏：《冯惟敏全集》，齐鲁书社 2007 年版。

符淮青：《词义的分析与描写》，外语教学与研究出版社 2006 年版。

顾学颉、王学奇：《元曲释词》（一），中国社会科学出版社 1983 年版。

顾学颉、王学奇：《元曲释词》（二），中国社会科学出版社 1984 年版。

顾学颉、王学奇：《元曲释词》（三），中国社会科学出版社 1988 年版。

顾学颉、王学奇：《元曲释词》（四），中国社会科学出版社 1990 年版。

顾之川：《明代汉语词汇研究》，河南大学出版社 2000 年版。

郭汉城等：《中国戏曲经典》（五卷本），山东教育出版社 2005 年版。

郭英德：《明清传奇史》，人民文学出版社 2012 年版。

黄竹三、冯俊杰：《六十种曲评注》，吉林人民出版社 2001 年版。

贾彦德：《汉语语义学》（第二版），北京大学出版社 1999 年版。

解玉峰：《吴梅词曲论著集》，南京大学出版社 2008 年版。

金宁芬：《明代戏曲史》，社会科学文献出版社 2007 年版。

［美］雷可夫（George Lakoff）、［美］詹森（Mark Johnson）：《我们赖以生存的譬喻》，周世箴译，联经出版事业股份有限公司 2006 年版。

李红印：《现代汉语颜色词语义分析》，商务印书馆 2007 年版。

刘云泉：《语言的色彩美》，安徽教育出版社 1990 年版。

陆澹安：《戏曲词语汇释》，上海锦绣文章出版社 2009 年版。

陆宗达、王宁：《训诂与训诂学》（第 2 版），山西教育出版社 2005 年版。

陆宗达：《训诂简论》，北京出版社 2002 年版。

（明）吕天成：《曲品校注》（第 2 版），吴书荫校注，中华书局 2006 年版。

（明）毛晋：《六十种曲》（第 2 版），中华书局 2007 年版。

戚世隽：《明代杂剧研究》，广东高等教育出版社 2011 年版。

［美］乔治·莱科夫（Goerge Lakoff）：《女人、火与危险事物——范畴所揭示之心智的奥秘》（上、下），梁玉玲等译，桂冠图书股份有限公司 1994 年版。

色彩学编写组：《色彩学》，科学出版社 2001 年版。

（明）沈泰：《盛明杂剧》，中国戏剧出版社 1958 年版。

束定芳：《认知语义学》，上海外语教育出版社 2008 年版。

（明）汤显祖：《牡丹亭》，人民文学出版社 2005 年版。

王逢鑫：《英汉比较语义学》，外文出版社 2001 年版。

王宁：《训诂学原理》，中国国际广播出版社 1996 年版。

王锳：《诗词曲语辞例释》（第 3 版），中华书局 2005 年版。

王玉峰：《焚香记》，吴书荫点校，中华书局 1989 年版。

王云路：《中古汉语词汇史》，商务印书馆 2010 年版。

谢国桢：《明清笔记谈丛》，上海书店出版社 2004 年版。

徐朝华：《上古汉语词汇史》，商务印书馆 2003 年版。

徐朝华：《上古汉语颜色词简论》，南开大学出版社 1999 年版。

徐嘉瑞：《金元戏曲方言考》，商务印书馆 1956 年版。

徐时仪：《古白话词汇研究论稿》，上海教育出版社 2000 年版。

叶军：《现代汉语色彩词研究》，内蒙古人民出版社 2001 年版。

詹人凤：《现代汉语语义学》，商务印书馆 1997 年版。

张相：《诗词曲语辞汇释》（第 2 版），中华书局 1955 年版。

张永言：《语文学论集》，语文出版社 1992 年版。

张志毅、张庆云：《词汇语义学》（第 2 版修订本），商务印书馆 2005 年版。

张志毅、张庆云：《词汇语义学与词典编纂》，外语教学与研究出版社 2007 年版。

章培恒、骆玉明：《中国文学史》，复旦大学出版社 1996 年版。

中华书局编辑部：《明清传奇选刊》，中华书局 1985 年版。

（明）周朝俊：《红梅记》，王星琦评注，上海古籍出版社 1985 年版。

Berlin B，Kay P. *Basic color terms*：*Their universality and evolution*. University.of California Press，1969.

Lakoff G，Johnson M. *Metaphors we live by*. University of Chicago Press，2008.

Lakoff G. *Woman*，*Fire and Dangerous Things*：*What Categories Reveal about the World*. University of Chicago Press，1987.

Lyons J. *Linguistic Semantics*：*An Introduction*《语义学引论》，外语教学与研究出版社 2000 年版。

Taylor J R. *Linguistic categorization*. Oxford University Press，2003.

二　学位论文

（一）硕士学位论文

程江霞：《李贺诗歌颜色词（语素）研究》，北京师范大学，2008 年。

黄有卿：《汉语颜色词的文化含义》，天津师范大学，2006 年。

江兰英：《〈醒世姻缘传〉的明代服饰词汇训诂》，南昌大学，2009 年。

刘琼：《〈盛明杂剧〉复音词研究》，广西师范学院，2011 年。

龙丹：《汉语"颜色类"核心词研究》，华中科技大学，2005 年。

孙素娟：《明代服饰词语研究》，苏州大学，2010 年。

孙钰：《苏轼词的颜色词研究》，北京师范大学，2009 年。

谭光万：《中国古代植物染料研究》，西北农林科技大学，2009 年。

应利：《〈全唐诗〉颜色词语研究》，西南大学，2008 年。

郑乔：《袁宏道诗歌颜色词研究》，北京师范大学，2012 年。

（二）博士学位论文

程江霞：《唐诗颜色词研究》，北京师范大学，2015 年。

董佳：《宋词基本颜色词研究》，北京师范大学，2010 年。

侯立睿：《古汉语黑系词疏解——古汉语颜色词研究之一》，浙江大学，2007 年。

郝静芳：《魏晋南北朝骈赋颜色词研究》，北京师范大学，2015 年。

解海江：《汉语编码度研究》，厦门大学，2004 年。

金福年：《现代汉语颜色词运用研究》，复旦大学，2003 年。

廖正刚：《英汉基本颜色词跨范畴现象对比研究》，东北师范大学，2011 年。

潘晨婧：《汉赋颜色词研究》，北京师范大学，2011 年。

汪琦：《元代散曲常用颜色词研究》，北京师范大学，2014 年。

夏秀文：《李白诗歌颜色词研究》，北京师范大学，2010 年。

肖世孟：《先秦色彩研究》，武汉大学，2011 年。

闫从发：《基于〈汉语大词典〉语料库的明代汉语词汇研究》，山东大学，2009 年。

叶桂郴：《〈六十种曲〉和明代文献的量词》，湖南师范大学，2005 年。

杨福亮：《清代诗歌颜色词研究》，北京师范大学，2016 年。

赵晓驰：《隋前汉语颜色词研究》，苏州大学，2010 年。

周四贵：《元明汉语介词研究》，苏州大学，2010 年。

三　期刊文章与会议论文

阿不力米提·优努斯、庄淑萍：《维吾尔语颜色词的文化含义》，《语言与翻译》2006 年第 4 期。

曾昭聪：《明清俗语辞书的范围及其所录俗语词的特点与研究意义》，《烟台大学学报》（哲学社会科学版）2012 年第 1 期。

朝格查：《论鄂温克民间故事中的颜色词"红"与"黄"》，《民族文学研究》2006 年第 2 期。

陈海宏、谭丽亚：《怒苏语颜色词的构成及其文化内涵》，《四川民族学院学报》2011 年第 4 期。

陈家旭、秦蕾：《汉语基本颜色的范畴化及隐喻化认知》，《河南师范大学学报》（哲学社会科学版）2003 年第 2 期。

　　陈建初：《试论汉语颜色词（赤义类）的同源分化》，《古汉语研究》
1998 年第 3 期。

　　陈曦、张积家、舒华：《颜色词素在词义不透明双字词中的语义激活》，《心理科学》2006 年第 29 卷第 6 期。

　　程娟：《〈金瓶梅〉复音形容词结构特征初探》，《中国语文》1999 年第 1 期。

　　程娟：《试论〈金瓶梅〉单音形容词的构词特征》，《古汉语研究》
1999 年第 2 期。

　　党玉晓、张积家、章玉祉等：《聋童对基本颜色和基本颜色词的分类》，《中国特殊教育》2008 年第 7 期。

　　董佳：《古典诗词中颜色词的语义特点》，《西安文理学院学报》（社会科学版）2012 年第 4 期。

　　杜予景：《中国古典诗作颜色词翻译初探》，《绍兴文理学院学报》
（哲学社会科学版）2004 年第 4 期。

　　范晓民、崔凤娟：《颜色词的认知研究》，《大连海事大学学报》（社会科学版）2007 年第 6 期。

　　符昌忠：《哥隆语颜色词系统的重构及其人文背景》，《语言研究》
2013 年第 1 期。

　　符准青：《汉语表"红"的颜色词群分析（上）》，《语文研究》
1988 年第 8 期。

　　符准青：《汉语表"红"的颜色词群分析（下）》，《语文研究》
1989 年第 1 期。

　　符准青：《语素"红"的结合能力分析》，《语文研究》1983 年第 2 期。

　　高芳：《论颜色词汇的文化内涵》，《河南大学学报》（社会科学版）
2006 年第 6 期。

　　谷晓恒：《从唐宋词使用的颜色词看唐宋审美文化的内涵》，《青海民族学院学报》2001 年第 2 期。

　　郭英德：《传奇戏曲的兴起与文化权力的下移》，《中国社会科学》
1997 年第 2 期。

　　郭英德：《独白与对话——论明清传奇戏曲的抒情方式》，《北京师范大学学报》（哲学社会科学版）2000 年第 5 期。

郭英德：《论明清文人传奇的时代主题》，《北京师范大学学报》（人文社会科学版）1989 年第 5 期。

郭英德：《明清传奇的价值》，《文史知识》1996 年第 8 期。

郭英德：《雅与俗的扭结——明清传奇戏曲语言风格的变迁》，《北京师范大学学报》（社会科学版）1998 年第 2 期。

胡朴安：《从文字学上考见古代辨色本能与染色技术》，《学林》1941 年第 3 期。

解海江：《汉语基本颜色词普方古比较研究》，《语言研究》2008 年第 3 期。

金福年：《不同性别表达者选用汉语颜色词的差异》，《修辞学习》2004 年第 1 期。

蓝庆元：《壮语方言颜色词考源》，《民族语文》2007 年第 5 期。

李春玲：《汉语中黑系词族的文化蕴涵及其成因》，《汉字文化》2005 年第 1 期。

李春玲：《汉语中红色词族的文化蕴含及其成因》，《汉字文化》2003 年第 2 期。

李红印：《颜色词的收词、释义和词性标注》，《语言文字应用》2003 年第 2 期。

李红印：《汉语色彩范畴的词汇化过程》，《汉语学报》2002 年第 6 期。

李红印：《汉语色彩范畴的表达方式》，《语言教学与研究》2004 年第 6 期。

李建东、董粤章、李旭：《颜色词的认知诠释》，《天津大学学报》（社会科学版）2007 年第 5 期。

李燕：《汉语基本颜色词之认知研究》，《云南师范大学学报》（对外汉语教学与研究版）2004 年第 2 期。

李运富：《论汉语复合词意义的生成方式》，《励耘学刊（语言卷）》2010 年第 2 期。

刘丹青：《现代汉语基本颜色词的数量及序列》，《南京师大学报》（社会科学版）1990 年第 3 期。

刘峰：《主观化、新颖化、形象化：手机颜色命名的特点》，《修辞学习》2005 年第 5 期。

刘皓明、张积家、刘丽虹：《颜色词与颜色认知的关系》，《心理科学进展》2005 年第 1 期。

刘钧杰：《颜色词的构成》，《语言教学与研究》1985 年第 2 期。

刘晓晖：《试论文学作品中基本颜色词的翻译方法》，《陕西师范大学学报》（哲学社会科学版）2001 年第 S2 期。

刘云：《现代汉语中的对举现象及其作用》，《汉语学报》2006 年第 4 期。

刘志生：《〈西游记〉中的选择疑问句》，《湖南社会科学》2002 年第 3 期。

陆宗达、王宁：《古汉语词义研究——关于古代书面汉语词义引申的规律》，《辞书研究》1981 年第 2 期。

马彦超：《颜色词"红"的内涵及其翻译》，《山西大同大学学报》（社会科学版）2008 年第 6 期。

马燕华：《论颜色词的分类及其特征》，中国语言学第 16 届年会论文，2012 年。

麦里筱：《汉语颜色类词的产生》，《古汉语研究》2003 年第 4 期。

聂鸿音：《试析西夏语表"五色"的词》，《民族语文》1991 年第 3 期。

潘晨婧：《汉赋色彩审美的平民化特质》，《江西社会科学》2012 年第 9 期。

石毓智：《现代汉语颜色词的用法》，《汉语学习》1990 年第 3 期。

史慧媛：《新闻媒体中颜色词屡获新义现象探析》，《赣南师范学院学报》2012 年第 2 期。

苏国荣：《〈明代传奇卷〉前言》，《艺术百家》2000 年第 3 期。

唐雪莹：《明代戏曲剧名中"红、黄"等颜色字刍议》，《四川戏剧》2006 年第 5 期。

汪榕培：《词义变化的社会和语言原因》，《外语与外语教学》1997 年第 3 期。

王红旗：《论语义指向分析产生的原因》，《山东师大学报》（社会科学版）1997 年第 1 期。

王宁：《汉语词汇语义学的重建与完善》，《宁夏大学学报》（人文社会科学版）2004 年第 4 期。

　　王宁：《论词的语言意义的特性》，《北京师范大学学报》（社会科学版）2011 年第 2 期。

　　王宁：《谈训诂学在 21 世纪的发展趋势》，《苏州大学学报》（哲学社会科学版）2012 年第 4 期。

　　王宁：《训诂学理论建设在语言学中的普遍意义》，《中国社会科学》1993 年第 6 期。

　　王文晖：《〈型世言〉词语解释四则》，《古汉语研究》1999 年第 2 期。

　　王寅、李弘：《原型范畴理论与英汉构词对比》，《四川外语学院学报》2003 年第 3 期。

　　王宇枫：《语言接触中的莫语颜色词》，《民族语文》2008 年第 2 期。

　　王政、李培坤：《格律工美与语言俚俗：明代吴江派戏曲美学之一》，《唐都学刊》1996 年第 1 期。

　　吴宝柱：《论满语颜色词》，《满语研究》1992 年第 2 期。

　　吴建设：《汉语基本颜色词的进化阶段与颜色范畴》，《古汉语研究》2012 年第 1 期。

　　吴世雄、陈维振、苏毅林：《颜色词语义模糊性的原型描述》，《福建师范大学学报》（哲学社会科学版）2002 年第 3 期。

　　谢花萍、彭小红：《汉族儿童早期颜色词习得个案研究》，《湖南医科大学学报》（社会科学版）2009 年第 5 期。

　　谢耀基：《香港话语的颜色词》，《方言》2000 年第 3 期。

　　谢云秋：《"绿云"浅探》，《南京师大学报》（社会科学版）1982 年第 1 期。

　　邢永革：《明代前期汉语词汇特点分析：基于史部类白话语料》，《浙江师范大学学报》（社会科学版）2012 年第 4 期。

　　徐朝华：《析"青"作为颜色词的内涵及其演变》，《南开学报》（哲学社会科学版）1988 年第 6 期。

　　徐朔方：《小说戏曲在明代文学史中的地位——〈明代文学史〉前言》，《文学遗产》1999 年第 1 期。

　　徐子方：《略论明杂剧的历史价值》，《艺术百家》1999 年第 2 期。

　　许嘉璐：《说"正色"——〈说文〉颜色词考察》，《中国典籍与文化》1995 年第 3 期。

玄贞姬：《汉朝颜色词群造词类型对比》，《延边大学学报》（社会科学版）2007 年第 2 期。

杨洪建：《哈萨克语颜色词的量性特征及用法》，《新疆大学学报》（社会科学版）2005 年第 3 期。

杨金良：《基本颜色词价值取向的跨文化研究》，《宁波大学学报》（人文科学版）2004 年第 1 期。

杨淑敏：《明代白话中某些新兴或特殊副词研究》，《东岳论丛》1994 年第 3 期。

姚秋莉：《颜色词的语义认知与原型》，《外国语言文学》2003 年第 4 期。

姚小平：《基本颜色调理论述评——兼论汉语基本颜色词的演变史》，《外语教学与研究》1988 年第 2 期。

叶桂郴：《明代新生量词考察》，《古汉语研究》2008 年第 3 期。

叶军：《浅论现代汉语基本色彩词》，《内蒙古大学学报》（人文社会科学版）2000 年第 3 期。

叶军：《论色彩词在语用中的两种主要功能》，《修辞学习》2001 年第 2 期。

叶军：《谈色彩词词典的收词和释义》，《辞书研究》2003 年第 3 期。

叶军：《含彩词语与色彩词》，《山东大学学报》（哲学社会科学版）1999 年第 3 期。

叶军：《关于建设现代汉语颜色词属性库的构想》，《语言文字应用》2000 年第 1 期。

于逢春：《论汉语颜色词的人文性特征》，《东北师大学报》（哲学社会科学版）1999 年第 2 期。

于逢春：《论民族文化对颜色词的创造及其意义的影响》，《吉林大学社会科学学报》2000 年第 5 期。

俞为民：《论明代戏曲的文人化特征》（上），《东南大学学报》（哲学社会科学版）2002 年第 1 期。

俞为民：《论明代戏曲的文人化特征》（下），《东南大学学报》（哲学社会科学版）2002 年第 2 期。

俞为民：《明代戏曲文人化的两个方面——重评汤沈之争》，《东南大学学报》（哲学社会科学版）2004 年第 1 期。

袁宾：《明代成化本词话语词考释》，《镇江师专学报》（社会科学版）1987 年第 1 期。

张积家、段新焕：《汉语常用颜色词的概念结构》，《心理学探新》2007 年第 1 期。

张积家、梁文韬、黄庆清：《大学生颜色词联想研究》，《语言文字应用》2006 年第 2 期。

张积家、林新英：《大学生颜色词分类的研究》，《心理科学》2005 年第 1 期。

张积家、刘丽红、陈曦等：《纳西语颜色认知关系研究》，《民族语文》2008 年第 2 期。

张健：《"红"语义隐喻认知分析》，《渤海大学学报》2012 年第 5 期。

张宁：《颜色词的文化蕴涵探析》，《唐都学刊》2006 年第 1 期。

张清常：《汉语的颜色词（大纲）》，《语言教学与研究》1991 年第 3 期。

张庆云：《说"语义特征"》，《外语与外语教学》1994 年第 4 期。

张庆云：《义位的民族个性》，《外语与外语教学》1995 年第 2 期。

张旺熹：《色彩词语联想意义初论》，《语言教学与研究》1988 年第 1 期。

张伟：《拉祜语颜色词的文化内涵》，《云南师范大学学报》（哲学社会科学版）2007 年第 5 期。

赵晓驰：《汉语颜色词释义补正》，《语言研究》2010 年第 3 期。

赵晓驰：《试从色彩义的来源谈制约颜色词搭配对象的因素——以隋前颜色词为例》，《古汉语研究》2011 年第 4 期。

赵晓驰：《跨语言视角下的汉语"青"类词》，《古汉语研究》2012 年第 3 期。

赵晓驰：《试论汉语颜色义和名物义从综合到分析的演变》，《语言研究》2013 年第 2 期。

赵晓驰：《上古到中古赤类颜色词词汇系统的演变》，《汉语史学报》2012 年第 11 卷第 1 期。

朱玲、肖莉：《色彩认知修辞化——表色汉字义符类别和"颜""色"

语义演变》，《江汉大学学报》（人文科学版）2006 年第 4 期。

Giora R. Understanding figurative and literal language：The graded salience hypothesis. *Cognitive Linguistics*，1997，8：183-206.

Giora R. On the priority of salient meanings：Studies of literal and figurative language. *Journal of Pragmatics*，1999，31（7）：919-929.

Giora R. Literal vs. figurative language：Different or equal?．*Journal of Pragmatics*，2002，34（4）：487-506.

Kay P，Mcdaniel C K. The Linguistic Significance of the Meanings of Basic Color Terms. *Language*，1978，54（3）：610-646.

Wierzbicka A. The meaning of color terms：semantics，culture，and cognition. *Cognitive Linguistics*，1990，1（1）：99-150.

四　工具书

陈复华、楚永安、郭成韬：《古代汉语词典》，商务印书馆 1998 年版。

罗竹风：《汉语大词典》，汉语大词典出版社 1992 年版。

许少峰：《近代汉语大词典》，中华书局 2008 年版。

（汉）许慎：《说文解字注》（第 2 版），（清）段玉裁注，上海古籍出版社 1988 年版。

语言学名词审定委员会：《语言学名词》，商务印书馆 2011 年版。

中国社会科学院语言研究所词典编辑室：《现代汉语词典》（第 6 版），商务印书馆 2012 年版。

中华书局编辑部：《小学名著六种》，中华书局 1998 年版。

［英］戴维·克里斯特尔：《现代语言学词典》（第四版），沈家煊译，商务印书馆 2011 年版。

五　电子文献

王宁：《汉语词汇语义学在训诂学基础上的构建》，http：// video. chaoxing. com/serie_ 400004196. shtml，2011-04-18。